CB126965

T. KINGFISHER

UM

OMO
ATAR
NCIPE

DARKLOVE.

NETTLE & BONE
Copyright © T. Kingfisher, 2022
Todos os direitos reservados.Edição publicada mediante autorização da The Foreign Office Agência Literària,

S.L. e da Cornerstone Literary, Inc.

Imagens do miolo: © Adobe Stock, © Freepik, © Shutterstock

Tradução para a língua portuguesa
© Flora Pinheiro, 2025

Diretor Editorial
Christiano Menezes

Diretor de Novos Negócios
Chico de Assis

Diretor de Planejamento
Marcel Souto Maior

Diretor Comercial
Gilberto Capelo

Diretora de Estratégia Editorial
Raquel Moritz

Gerente de Marca
Arthur Moraes

Gerente Editorial
Marcia Heloisa

Editora
Nilsen Silva

Capa e Projeto Gráfico
Retina 78

Coordenador de Diagramação
Sergio Chaves

Preparação
Rayssa Galvão

Revisão
Lorrane Fortunato
Victoria Amorim

Finalização
Roberto Geronimo

Marketing Estratégico
Ag. Mandibula

Impressão e Acabamento
Braspor

DADOS INTERNACIONAIS DE CATALOGAÇÃO NA PUBLICAÇÃO (CIP)
Jéssica de Oliveira Molinari CRB-8/9852

Kingfisher, T.
Como matar um príncipe / T. Kingfisher ; tradução de Flora Pinheiro. — Rio de Janeiro : DarkSide Books, 2025.
352 p.

ISBN 978-65-5598-541-2
Título original: Nettle & Bone

1. Ficção norte-americana 2. Literatura fantástica 3. Conto de fadas I. Título II. Pinheiro, Flora

25-1792 CDD 813

Índice para catálogo sistemático:
1. Ficção norte-americana

[2025]
Todos os direitos desta edição reservados à
DarkSide® *Entretenimento* LTDA.
Rua General Roca, 935/504 — Tijuca
20521-071 — Rio de Janeiro — RJ — Brasil
www.darksidebooks.com

T. Kingfisher

Como Matar um Príncipe

Tradução
Flora Pinheiro

DARKSIDE

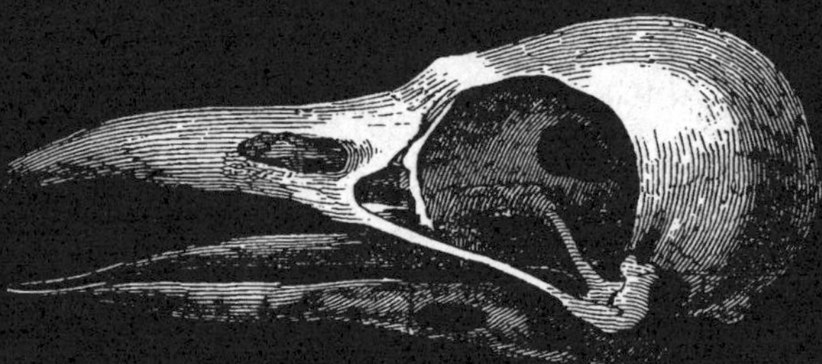

Dedicado à Galinha Forte e Independente,
uma ave inigualável.

Como Matar um Príncipe

Capítulo 1

As árvores estavam cheias de corvos, e a floresta estava cheia de homens loucos. A cova estava coberta de ossos, e suas mãos estavam cobertas de arame.

Seus dedos sangravam pelos cortes abertos nas pontas do arame. Os cortes mais antigos já tinham parado de sangrar, mas estavam vermelhos e quentes, traçando linhas raivosas pela pele. As pontas dos dedos estavam inchando e perdendo a destreza.

Marra compreendia que aquilo não era nada bom, mas as chances de viver o suficiente para morrer de infecção eram tão ínfimas que ela não conseguia se preocupar muito.

Pegou um osso longo e fino, um osso de perna, e envolveu as pontas com o arame. Ele tinha um bom encaixe com outro osso longo (que não vinha do mesmo animal, mas era parecido o bastante), então ela prendeu um ao outro, unindo-os à estrutura que estava criando.

A vala de ossos estava bem cheia, mas ela não precisou cavar muito fundo. Dava para acompanhar a progressão da fome ao longo das camadas. Tinham comido cervos, depois tinham comido o gado. Quando ficaram sem gado e os cervos acabaram, comeram os cavalos. E, quando os cavalos acabaram, comeram os cachorros.

Até que os cachorros acabaram, e eles comeram uns aos outros.

Ela queria os cachorros. Talvez conseguisse construir um homem de ossos, mas não lhe restava mais muito amor pelos homens.

Já os cachorros... Ah, os cachorros eram sempre leais.

"As cravelhas, ele fez com os ossos de seus dedos finos", Marra cantarolou baixinho, sem melodia. "E cordeou a harpa com seus cabelos divinos..."

Os corvos nas árvores crocitavam uns para os outros em vozes solenes. Ela ponderou sobre o harpista da canção, no que ele teria pensado enquanto construía sua harpa com os ossos de uma mulher morta. Deveria ser a única pessoa no mundo capaz de entender o que ela estava fazendo.

Isso se tiver existido, para começo de conversa. E, se existiu, que tipo de vida levava uma pessoa que construía uma harpa feita de cadáveres?

Aliás, que tipo de vida leva uma pessoa que constrói um cachorro de ossos?

Muitos dos ossos tinham sido quebrados para extrair a medula. Se conseguisse encontrar dois nacos do mesmo osso, poderia amarrá-los de volta, restaurá-los, mas as fraturas tinham bordas muito irregulares. Ela teve que juntá-los com o arame, seus dedos sangrentos deixando manchas nos ossos.

Mas tudo bem. Era parte da magia.

Inclusive, quando matou o verme envenenado, o grande herói Mordecai reclamou de dor nos dedos? Não, claro que não.

Pelo menos não para quem pudesse ouvi-lo e registrar as reclamações.

"A única música que a harpa fazia", cantarolou, "era a lamúria do vento e da chuva sombria..."

Estava muito ciente de como parecia desvairada. Parte de si repugnava isso. Mas uma parte ainda maior a lembrava de que estava ajoelhada à beira de uma cova cheia de ossos, em uma terra tão inchada de horrores que seus pés afundavam no chão, como se caminhassem sobre uma pústula gigantesca. Uma dose de desvario não era de se estranhar.

Com os crânios, era fácil. Tinha encontrado um bom, bem largo, com mandíbulas poderosas e órbitas expressivas. Tinha dezenas à disposição, mas só usaria um.

Aquilo trouxera uma dor inesperada. A alegria de encontrar um crânio foi logo esmagada sob o pesar dos tantos outros que continuariam sem uso.

Eu poderia passar o resto da vida aqui, sentada, com todo esse arame nas mãos, construindo cachorros de ossos. Então os corvos vão me comer, e eu vou cair na cova, e todos seremos ossos juntos...

Um soluço entalou na garganta, e ela teve que parar. Tateou a bolsa, procurando o odre, e tomou um gole de água.

O cachorro de ossos já estava na metade. Tinha o crânio e o belo arco de vértebras, duas pernas e as costelas longas e elegantes. Provavelmente havia cerca de dez cachorros ali, mas o crânio era o que importava de verdade.

Marra acariciou as órbitas vazias, envolvidas com delicadeza pelo arame. Diziam que o coração era a morada da alma, mas ela não acreditava mais nisso. Estava construindo a partir do crânio. Descartara vários ossos só porque não combinavam com o crânio. Os tornozelos compridos e finíssimos dos galgos não conseguiriam carregar aquele crânio. Precisava de algo mais forte e robusto, como os cães de caçar javalis ou alces, algo de *peso*.

Não havia uma cantiga de pular corda sobre um cachorro de ossos? Onde a ouvira? Com certeza não fora no palácio. Princesas não pulavam corda. Deve ter sido depois, na aldeia perto do convento. Como era mesmo? *Cachorro de osso, cachorro de pedra...*

Os corvos clamaram um aviso.

Marra olhou para cima. Os corvos crocitavam nas árvores à esquerda. Algo se aproximava, tropeçando entre as árvores.

Ela puxou o capuz da capa para cobrir a cabeça e deslizou mais para baixo, cova adentro, abraçando o esqueleto do cachorro junto ao peito.

Sua capa era de farrapos de pano de coruja e fio de urtiga. A magia era imperfeita, mas foi o melhor que pôde fazer.

Do raiar ao pôr do sol, com uma sovela de espinhos... Ah, duvido fazerem melhor. Até a dama do pó falou que fiz um bom trabalho, e os elogios dela são comuns como chuva na seca.

De tão esburacada, a capa de farrapos deixava algumas partes à mostra, mas Marra descobriu que isso não fazia diferença. Sua silhueta ficava quebrada, de forma que o olhar passava direto por ela. Se alguém estranhava alguma coisa no aspecto da luz e das sombras, nunca olhava por tempo suficiente para entender o porquê.

As pessoas eram demasiado inclinadas a ignorar a própria visão. Marra achava que talvez o mundo fosse tão estranho, e a visão, tão falha, que logo se percebia que qualquer coisa poderia ser uma ilusão de ótica.

O homem saiu de entre as árvores. Ela ouvia seus resmungos, mas não distinguia as palavras. Só sabia que era um homem porque tinha uma voz bem grave, e mesmo isso era só palpite.

Quase toda a gente daquela terra flagelada era inofensiva. Aquelas pessoas tinham comido a carne errada e foram punidos por isso. Algumas viam coisas que não estavam lá. Algumas não conseguiam andar, e eram ajudadas por outras. Duas tinham dividido a fogueira com ela, algumas noites atrás, mas Marra tomara o cuidado de não comer da sua comida, ainda que tivessem oferecido.

Só um espírito cruel puniria pessoas famintas pelo que tinham sido forçadas a comer, mas os espíritos nunca fingiram nenhuma bondade.

Ainda assim, os companheiros de fogueira haviam alertado Marra.

"Tome cuidado", dissera a mulher. "Seja ligeira e silenciosa. É preciso ficar de olho em alguns. Já eram maus antes, e agora são piores."

"Maus", concordara o homem. Sua respiração saía com grande dificuldade, e ele precisava pausar quase a cada palavra. Dava para ver o quanto aquilo o frustrava, e ele tentava falar entre as pausas. "Não é… bem… isso. Todos… somos… agora…" Ele balançou a cabeça com pesar. "Mas eles… *Raiva*."

"A raiva não adianta nada", completara a mulher. "Mas eles não escutam. Comeram demais. Tomaram gosto." Ela riu muito alto, baixando os olhos para as próprias mãos. "Nós paramos assim que apareceu outra coisa, mas eles continuaram comendo."

O homem balançou a cabeça.

"Não", retrucou. "É mais… que isso. Sempre… Raiva… Nasceram…"

"Tem gente que nasce assim", concordou Marra, assentindo. Sabia muito bem disso.

Algumas dessas pessoas são homens. Alguns desses homens são príncipes. Sim, eu sei. É outro tipo de raiva. É mais sombria e deliberada.

Ele parecia aliviado por ela ter entendido.

"Sim. Mais raiva… Agora. Muita."

Os três ficaram em volta da fogueira em silêncio. Marra estendeu as mãos em direção às chamas e soltou um suspiro lento.

"No geral, eles nos matam", disse a mulher de repente. "Nem sempre dá para fugir. Fica tudo uma confusão…" Ela fez um gesto um pouco acima da linha dos olhos, e mesmo que Marra não tenha conseguido entender, o outro sujeito assentiu. "Somos fáceis de pegar, quando isso acontece. Mas, se virem você, vão tentar te pegar também."

A fogueira crepitava. Aquela terra era muito úmida, e Marra estava grata pelo calor, mas ainda assim...

"Vocês não têm medo que eles vejam o fogo?"

A mulher balançou a cabeça.

"Eles odeiam", explicou. "É o castigo. Quanto mais comem, mais medo têm. Eles não cozinham a carne, entende..." Ela esfregou o rosto com uma angústia evidente.

"Mais seguro", disse o homem. "Mas... não dá... para ter sempre."

Os dois se apoiaram um no outro. Ela deitou a cabeça no ombro dele, que estendeu o outro braço, trazendo-a mais para perto.

Há alguns dias, Marra teria se perguntado por que eles não abandonavam aquela terra terrível. Agora não mais. Podiam até não ser sãos, na concepção do mundo lá fora, mas não eram tolos. Se eles se sentiam mais seguros aqui do que lá, ela não tinha o direito de dizer o contrário.

Se eu tivesse que explicar a todos que encontrasse o que aconteceu comigo, aguentar o julgamento pelo que precisei fazer... Bem, talvez eu também achasse que viver em um lugar com alguns canibais à solta seria um pequeno preço. Pelo menos aqui todos entendem o que aconteceu e se tratam com a maior bondade possível.

Quando era garota, não teria entendido isso. Mas Marra não era mais a garota que havia sido. Agora, com 30 anos, tudo que restava daquela garota eram os ossos.

Por um momento, invejara aqueles dois, aquelas duas pessoas que foram punidas sem ter qualquer culpa, só porque tinham um ao outro.

Agora, encolhida na cova de ossos, o esqueleto que abraçava junto ao peito tremeu.

"Shhhh...", ela sussurrou para as aberturas do crânio. "Shhhhh..."

Cachorro de osso, cachorro de pedra... Cachorro preto, cachorro branco...

Ouviu os passos do homem que se aproximava. Será que ele a viu?

Se viu, também ignorou, pensando ser uma ilusão de ótica. Os passos contornaram as margens da cova, e o som da respiração foi sumindo.

"Deve ser inofensivo", murmurou para o crânio. Mesmo que não fosse, Marra seria um alvo difícil.

As outras pessoas dali, mais delicadas, eram especialmente vulneráveis. Depois que se aprende a não confiar nos próprios sentidos, a pessoa pode acabar esperando demais para fugir de um inimigo.

Marra não tinha mais tanta certeza das próprias percepções, mas sua mente estava apenas um pouco desgastada, não em frangalhos, despedaçada por espíritos furiosos.

Depois que os passos já tinham desaparecido havia vários minutos, e os corvos tinham se acalmado, ela se endireitou mais uma vez. A neblina contornava as margens da floresta, pairando em redemoinhos baixos sobre o prado. Os corvos crocitavam juntos, como um batimento cardíaco descompassado. Nada mais se movia.

Marra se debruçou de novo sobre o cachorro de osso, os dedos ocupados em amarrar o arame, com esperanças de terminar a tarefa antes que a escuridão caísse.

• • •

O cachorro de ossos ganhou vida ao anoitecer. Estava quase completo. Marra estava debruçada sobre a pata dianteira esquerda quando as mandíbulas do crânio se abriram em um bocejo, como se o cão acordasse de um longo sono.

"Quietinho", falou para o cachorro. "Estou quase terminando..."

O cão se sentou. Sua boca se abriu, e o fantasma de uma língua úmida tocou o rosto de Marra feito uma neblina.

Ela coçou o crânio no ponto em que estaria a orelha. Suas unhas fizeram um ruído suave de raspagem na superfície pálida.

O cachorro de ossos abanou o rabo, a pelve e quase toda a coluna em puro deleite.

"Parado", mandou Marra, segurando sua pata dianteira. "Fique sentado e me deixe terminar."

O cão se sentou com toda a educação. As órbitas vazias a encaravam, fazendo o seu coração se contrair de forma dolorosa.

O amor de um cachorro de ossos, pensou, voltando sua cabeça para junto da pata. *É só o que mereço, hoje em dia.*

Na verdade, poucos humanos eram de fato dignos do amor de um cachorro vivo. Há dádivas que uma pessoa nunca terá como merecer.

Precisou envolver cada pequeno osso do pé em uma voltinha de arame e prendê-los juntos, depois envolver a pata inteira várias vezes para mantê-la estável. Não deveria ter dado certo, mas a pata aguentou, mantendo-se unida.

Com a capa também tinha sido assim. Fios de urtigas e retalhos rasgados que deveriam ter se desfeito, mas ela era muito mais firme do que parecia.

As garras do cachorro eram enormes sem a cobertura da carne. Marra envolveu cada uma como se fosse um amuleto, juntando-as à cesta de arames finos.

"Cachorro de osso, cachorro de pedra", sussurrou. Podia ver as crianças em sua imaginação, três meninas pequenas, cantando juntas. *Cachorro de osso, cachorro de pedra... Cachorro preto, cachorro branco... Cachorro vivo, cachorro morto... Cachorro amarelo, corre!*

No *corre*, a menininha que pulava saltara para fora da corda e começara a correr de um lado para o outro, desviando da corda que girava. Os únicos sons eram seus pés e o estalo da corda no chão. Quando ela finalmente tropeçou, as duas meninas nas pontas soltaram a corda, e todas desataram a rir.

O cachorro de ossos descansou o focinho em seu antebraço. Não tinha orelhas nem sobrancelhas, mas ainda assim Marra quase podia sentir o jeito que ele a olhava, trágico e esperançoso, como os cachorros costumam olhar.

"Pronto", disse, enfim. Sua faca já estava sem fio de tanto cortar o arame, e precisou de várias tentativas para separar a última parte. Ela enfiou a ponta afiada por baixo da junta, para que não ficasse presa em nada. "Prontinho. Espero que seja o suficiente."

O cachorro de osso abaixou a pata, testando-a. Ele ficou em pé por um momento, depois se virou e disparou para a neblina.

Marra cerrou o punho contra o estômago. *Não! Ele fugiu. Ai, eu deveria ter amarrado esse cachorro. Deveria ter imaginado que ele fugiria...*

O barulho das patas desapareceu em meio ao branco.

Imagino que o bicho tivesse outro mestre, antes de morrer. Talvez tenha ido atrás dele.

Suas mãos doíam. Seu coração doía. Pobre cachorro tolo. A primeira morte não tinha sido o bastante para lhe ensinar que nem todos os mestres eram dignos.

Marra também aprendera isso tarde demais.

Ela olhou para a cova de ossos. Seus dedos latejavam. Não com a mesma ardência horrível que sentira ao montar a capa de urtiga; era um ardor mais profundo, no ritmo de seu coração. A vermelhidão começava a subir por suas mãos. Uma longa linha já serpenteava pelo pulso.

Não aguentava nem pensar em sentar de novo e esculpir outro cachorro.

Apoiou a cabeça nas mãos doloridas. Recebera três tarefas da dama do pó. Costurar uma capa de fio de urtiga e pano de coruja, construir um cachorro de ossos amaldiçoados e capturar o luar em um jarro de barro. Falhara logo na segunda, sem nem ter a chance de começar a terceira.

Três tarefas, e a dama do pó lhe daria as ferramentas necessárias para matar um príncipe.

"Típico", disse, entre as mãos. "Típico. É claro que eu consigo fazer o impossível, mas não penso que às vezes os cachorros fogem." Até onde sabia, o cachorro de ossos podia muito bem ter farejado alguma coisa. Ele acabaria a cem quilômetros dali, perseguindo coelhos de ossos, raposas de ossos ou cervos de ossos.

Marra riu contra as mãos inchadas, a angústia mudando de forma, como acontecia com frequência, tornando-se um divertimento exausto. *Bem. É assim que as coisas são. É isso o que eu ganho por esperar lealdade de ossos, só porque os trouxe de volta à vida e os juntei com arame. O que os cachorros entendem de ressurreição?*

"Eu devia ter trazido um osso para ele", comentou, afastando as mãos. Os corvos nas árvores ecoaram o som de sua risada.

Bem.

Se a dama do pó tinha falhado — ou melhor, se ela falhara com a dama do pó —, encontraria outro jeito. Em seu batismo, uma madrinha lhe dera apenas um presente, e não facilitara em nada sua vida. Essa talvez fosse uma dívida que deveria ser paga.

Ela se virou e saiu andando, arrastando os passos para fora daquela terra flagelada.

Como Matar um Príncipe

Capítulo 2

A infância de Marra tinha sido muito taciturna. Ela era o tipo de criança que sempre estava no lugar errado, de forma que os adultos ficavam mandando que saísse da frente. Não que fosse lenta, mas parecia mais jovem do que de fato era, e pouca coisa prendia sua atenção por muito tempo.

Tinha duas irmãs, e era a mais nova. Amava muito a irmã mais velha, Damia, que tinha seis anos a mais que ela (o que parecia uma vida inteira). Damia era alta, graciosa e muito pálida, filha da primeira esposa do pai de Marra.

A irmã do meio, Kania, era só dois anos mais velha que ela. As duas tinham a mesma mãe, mas não compartilhavam nenhuma afeição.

"Eu te odeio", dissera Kania entredentes, aos 12 anos, para uma Marra de 10 anos. "Eu te odeio, tomara que você *morra*."

Marra carregava o conhecimento do ódio da irmã bem guardadinho debaixo das costelas. Não chegava a tocar o coração, mas parecia encher seus pulmões, e às vezes, quando tentava respirar fundo, o ar se prendia nas palavras da irmã, e Marra ficava sem fôlego.

Não falava disso com ninguém. Não adiantava. O pai não era cruel, mas bastante ausente, mesmo quando estava presente. Na melhor das hipóteses, teria dado tapinhas desajeitados em suas costas e mandado que fosse à cozinha comer um doce, como se Marra ainda fosse muito nova. E a mãe, a rainha, teria dito: "Não seja ridícula, sua irmã te ama". A voz sairia distraída enquanto ela abria a mensagem mais recente de seus espiões, em meio a decisões políticas tomadas às pressas para evitar a ruína do reino.

Quando o príncipe Vorling foi prometido a Damia, a casa exultou. A família de Marra governava uma pequena cidade-estado que tinha a má sorte de abrigar o único porto de águas profundas ao longo da costa de dois reinos rivais. Ambos queriam o porto, e qualquer um dos dois poderia ter invadido a cidade e o tomado sem grande esforço. A mãe de Marra manteve o equilíbrio no fio da navalha por muito tempo.

Mas, agora que o príncipe Vorling, do Reino do Norte, iria se casar com Damia, isso consolidaria uma aliança entre as famílias. Se o Reino do Sul tentasse tomar o porto, o Reino do Norte os defenderia. O primeiro filho de Damia um dia ocuparia o trono do Norte, e o segundo (se existisse) governaria a cidade portuária.

Talvez fosse um pouco estranho gastar um primogênito com algo tão pequeno quanto o Reino do Porto, mas o que se dizia era que o sangue da família real do Norte estava ralo demais, depois de tantos casamentos com primos próximos ao longo dos séculos. A família era protegida por uma magia poderosa, mas a magia não conseguia reparar o sangue, então os reis estavam tentando casamentos para além das fronteiras. O laço matrimonial que garantia o Reino do Porto e seu ancoradouro comercial matava dois coelhos com uma só cajadada: o Reino do Norte enriqueceria seu sangue e seus cofres.

"Finalmente", dissera o pai de Marra. "Finalmente, estaremos seguros."

A mãe dela assentiu. Agora o Reino do Sul não ousaria atacá-los, e o Reino do Norte não teria mais motivos para isso.

Marra foi a única que chorou. "Mas eu não quero que você vá!", dissera, soluçante, agarrada à cintura de Damia. "Você vai *embora*!"

Damia deu risada. "Vai ficar tudo bem", respondeu. "Eu venho visitar. Ou você vai me visitar."

"Mas você não vai mais estar *aqui*!"

"Pare com isso", a mãe dissera com os lábios contraídos, afastando a filha da enteada. "Não seja egoísta, Marra."

"Ela só está amargurada assim porque não tem um príncipe", dissera Kania, provocando.

A injustiça daquela acusação a fizera chorar ainda mais. Marra tinha 12 anos, sabia que era velha demais para fazer um escândalo, mas sentia que era o que estava prestes a acontecer.

A ama foi chamada para levá-la dali, então Marra não viu Damia partir com toda a pompa e cerimônia de uma noiva indo para o reino de seu noivo.

Mas estava lá para ver quando o corpo da irmã foi trazido para casa em uma procissão fúnebre, cinco meses depois.

Uma imensa carruagem preta chegara, puxada por seis cavalos pretos e escoltada por cavaleiros usando faixas de luto. Três carruagens pretas menores vinham antes e depois da carruagem maior, com as cortinas fechadas. Os cavalos também eram pretos. Tinham arreios pretos, selas pretas, bardas pretas.

Aquilo lhe pareceu uma extravagância de luto. De alguém que queria que o mundo soubesse o quão triste ele podia se dar ao luxo de se sentir.

"Uma queda", diziam os sussurros. "O príncipe está de coração partido. Dizem que ela estava esperando um filho."

Marra balançou a cabeça. Não era possível. O mundo não podia ser tão mal organizado a ponto de Damia poder morrer daquele jeito.

Ela não chorou. Não acreditava que a irmã tivesse morrido.

Parecia estranho demais que todos os outros acreditassem. Todos corriam de um lado para o outro, às vezes chorando, mas quase sempre planejando os detalhes do funeral.

Naquela noite, Marra se esgueirou até a capela. Se conseguisse provar que o corpo deitado ali não era o de Damia, toda aquela tolice de funeral acabaria.

A figura sob a mortalha tinha um forte cheiro de cânfora. Uma máscara mortuária fora posta por cima da mortalha. Era Damia, o rosto sereno.

Marra encarou a figura por um tempo, pensando em como vários dias haviam se passado desde a notícia da morte de Damia. Dias frescos, mas não frios. A cânfora não dava conta de apagar todo o cheiro de decomposição.

Se tentasse afastar a máscara mortuária e erguer a mortalha, veria um cadáver em decomposição. Quem sabe como estaria?

Coisa de criancinha, pensou, com raiva. *Achei que saberia dizer se era mesmo Damia. Poderia ser qualquer pessoa.*

Até mesmo ela.

Marra se afastou, sorrateira, e deixou a mortalha intocada.

O funeral foi opulento, mas apressado. Os cavaleiros enviados pelo príncipe estavam mais bem-vestidos do que a mãe e o pai de Marra. Ela se ressentiu dos pais por parecerem maltrapilhos, e do príncipe por deixar isso óbvio.

Baixaram o corpo até a terra. Poderia ser Damia. Poderia ser qualquer um. O pai de Marra chorava, e a mãe olhava para a frente, com os nós dos dedos brancos segurando a bengala.

Os dias se seguiram, correndo um atrás do outro, virando semanas. Marra começou a acreditar que era mesmo Damia, ainda mais porque todos os outros pareciam acreditar nisso. Mas já parecia tarde demais para o luto. E, de qualquer forma, como uma coisa daquelas podia acontecer?

Tentou falar com Kania apenas uma vez.

"Claro que ela morreu", respondeu a irmã, brusca. "Ela morreu há meses."

"Mas será?", perguntou Marra. "Quer dizer, ela morreu. Mas... morta?! Sério? Você acha que isso faz sentido?"

Kania a encarou. “Não seja ridícula”, retrucou. “Não precisa fazer sentido. As pessoas morrem e pronto, é isso.”

“É”, disse Marra. Ela se sentou na beirada da cama. “Quer dizer... todo mundo diz que ela morreu.”

“Ninguém mentiria sobre isso”, completou Kania. “O casamento com o príncipe significava que ficaríamos seguros. Se Damia morreu, o príncipe vai se casar com outra mulher, e estaremos outra vez em perigo.”

Marra não disse nada. Também não tinha pensado nisso.

Preciso começar a pensar feito adulta. Kania está se saindo melhor nisso.

Os dois anos de diferença entre elas de repente pareceram imensos, cheios de coisas que Marra sabia, mas nas quais nunca pensara.

Kania suspirou. Ela se aproximou e abraçou a irmã com um só braço.

“Também sinto falta dela”, falou.

Marra aceitou o abraço, mesmo sabendo que a irmã a odiava. Parecia que o ódio, assim como o amor, era complicado.

A fronteira da terra flagelada estava bem à frente. Marra ficou olhando por quase um minuto, pensativa.

Era estranho como era uma fronteira óbvia. Parecia a sombra de uma nuvem. Aqui era escuro, lá era claro. Levava um instante ou dois para que o vento que soprava de um lado chegasse ao outro.

Ela ouvia os corvos crocitando. Os que estavam do lado de fora faziam *Crá! Crá! Crá!* Os que voavam sobre sua cabeça faziam *Ga-ha-uá! Ga-ha-uá!*

Ponderou se os corvos de fora odiavam os corvos da terra flagelada da mesma forma que os aldeões de fora odiavam as pessoas lá dentro. Tinha ouvido muitos alertas sobre o perigo de entrar.

"Vão te matar assim que te virem", disse um sujeito apoiado na cerca. Um segundo homem, que Marra não tinha certeza se era amigo ou irmão dele, concordou com a cabeça e comentou: "Tá se espalhando. A cada ano fica um pouquinho maior".

O primeiro assentiu. "Tem árvores que ficavam do lado de cá, mas agora estão lá", cuspiu ele. "Está cheio de canibal. Se você entrar lá, vão te devorar e deixar só os ossos."

"Não tem por que entrar lá", disse o segundo. "Pelo menos, para quem é esperto."

Os dois a olharam com suspeita. O primeiro cuspiu de novo, perto dos pés dela.

Marra descobriu que as pessoas lá dentro eram muito mais acolhedoras. Dividiram a fogueira com ela e fizeram o melhor que puderam para indicar o caminho.

Eu me preocupei com as coisas erradas.

Como de costume.

Levara um dia e meio para chegar à terra flagelada, saindo da casa da dama do pó. Bem lá no fundo, tinha a sensação de que deveria ter levado mais tempo. Marra nunca ouvira falar da terra flagelada; aquilo não deveria estar ali, tão perto, quase na porta de casa.

Magia, talvez. Magia ou coisa pior. Que uma terra como aquela existisse. Que os deuses a tivessem destruído. Que, se escolhesse uma direção e saísse andando, com o pensamento focado, você chegaria lá, não importava para que lado fosse.

Aquela ideia a desagradava. Significava que a terra flagelada poderia tocar seu reino, que os deuses que puniriam o povo faminto poderiam, um dia, estender as mãos e tocar sua gente. Aquilo estava perto demais, era real demais, era faminto demais.

Marra ajeitou a capa de pano de coruja em volta dos ombros e saiu da terra flagelada.

A maldição a puxava enquanto ela caminhava, uma coceira semelhante a picadas de mosquitos se espalhava por toda a sua pele. Deu tapas nos braços sem nem pensar, só por instinto, mesmo sabendo que não havia nada ali.

O chão parecia mais duro que o normal sob seus pés, como se estivesse pisando em tapetes e passasse para um piso de pedra. Ela olhou em volta, piscando sob a luz forte.

Dera dez passos, mais ou menos, com as mãos junto ao peito, quando alguém gritou: "Pare!".

Mal se passara uma estação desde o funeral de Damia quando chegou a notícia de que o príncipe estava disposto a se casar com Kania.

"Ainda não", respondera a mãe de Marra. "Não até um ou dois anos se passarem. Não seria de bom tom. Só depois, para manter a aliança."

Kania concordara. Tinha a pele mais escura do que a de Damia e era no mínimo quinze centímetros mais baixa, mas, naquele momento, Marra as achou muito parecidas: determinadas, fortes e um pouco assustadas.

"Não...", dissera Marra, mas falara baixinho, de modo que ninguém ouvira.

Era absurdo pensar que Kania morreria só porque Damia tinha morrido. A morte de Damia fora um acidente, simples assim. Uma tragédia. Não era culpa de ninguém.

Marra sabia de todas essas coisas. Mas nada disso diminuía a angústia que a corroía por debaixo do osso do peito. Sentia como se a angústia fosse visível para as outras pessoas, como um inchaço, e parecia estranho que ninguém nunca comentasse nada.

"Tome cuidado", dissera a Kania, certo dia. "Por favor. Não..."

Ficou quieta. Não sabia como terminar a frase. Não se case? Não desça escadas?

Kania lhe lançou um olhar cortante. "Cuidado com o quê?"

Marra balançou a cabeça, infeliz, respondendo: "Não sei. Só sinto que algo vai dar errado".

"Nada vai dar errado", retrucara Kania. "O que aconteceu com Damia foi um acidente. Não vai acontecer *comigo*!"

Na última palavra, a voz dela soou alta e aguda, e Kania se virou e foi embora a passos bruscos.

Estraguei tudo de novo. Não posso dizer nada até saber mais.

Um ano se passou, e Kania foi embora para o norte com um pouco menos de pompa do que Damia. Marra cravou as unhas nas palmas das mãos e assistiu à partida. Sua irmã era jovem demais, e ninguém estava dizendo nada.

Antes da morte de Damia, Marra teria falado alguma coisa, teria exigido respostas e explicações. Ali, só baixou a cabeça e não disse nada.

Todo mundo sabe. Todos devem saber. Não estão falando nada por algum motivo. Por que ninguém está falando nada?

"Não chore", disse sua ama, vendo-a parada junto ao muro do castelo, assistindo aos cavalos do príncipe levarem Kania embora. "Tente ficar feliz por ela. Um dia, você vai ter um príncipe só seu."

Marra balançou a cabeça e respondeu: "Acho que não quero nenhum".

"Claro que quer", retrucou a ama. Tinha sido contratada para garantir que as princesas fossem vestidas e alimentadas, que aprendessem a andar, falar e sorrir com educação, não para desembaraçar seus pensamentos. Marra sabia disso e sabia que estava pedindo demais, então não disse mais nada, apenas ficou assistindo enquanto os cavalos levavam sua irmã para mais e mais longe.

• • •

Marra foi para o convento oito meses depois. Tinha 15 anos. Não fazia sentido ir para um convento se um dia poderia se casar com algum príncipe e ter filhos, mas o príncipe Vorling não queria isso. Kania ainda não tivera filhos. Se Marra se casasse e tivesse um filho antes de Kania, a criança poderia disputar o trono do pequeno Reino do Porto.

O príncipe Vorling conseguiu o que queria. A faca do Reino do Norte ainda estava na garganta do pequeno reino, e agora ele tinha Kania como refém.

A rainha explicou isso a Marra, embora não tivesse usado a palavra refém. Usou termos como *conveniência* e *diplomacia*, mas a jovem sabia muito bem que a palavra *refém* estava à espreita, mais ao fundo. Kania era refém do príncipe. Os futuros filhos de Marra, se tivesse algum, eram reféns da fertilidade de Kania.

"Você vai gostar do convento", disse a rainha. "Mais do que gosta daqui, pelo menos." Ela e Marra eram muito parecidas, redondas e de rosto largo, indistinguíveis das camponesas que trabalhavam nos campos fora do castelo. A mente da rainha era afiada como uma adaga de ferro, e ela passava os dias tecendo, com delicadeza, a teia de alianças e acordos comerciais que permitiam que seu reino existisse sem ser engolido. Ao que parecia, decidira que a filha mais nova poderia ser retirada do jogo de comerciantes e príncipes e posta de lado. Marra ficava ressentida com a mãe por ser tão lúcida e, ao mesmo tempo, grata por se ver livre daquele jogo. Tratou de adicionar esses sentimentos ao monte de emoções complicadas que estavam empilhadas debaixo do seu coração.

E gostou mesmo do convento. A casa de Nossa Senhora das Gralhas era tranquila e monótona, e as coisas que esperavam dela eram claras, não estavam envoltas em palavras diplomáticas. Ela não era bem uma noviça, mas trabalhava junto delas no jardim e tricotava ataduras e mortalhas. Gostava de tricotar, gostava de tecidos e de fibras. Podia deixar as mãos fazendo o trabalho e pensar no que quisesse, sem que alguém perguntasse o que era. Se dissesse alguma tolice, afetaria apenas ela própria, não toda a família real. Quando fechava a porta do quarto, ela permanecia fechada. No palácio real, as portas estavam sempre sendo abertas, com criados indo e vindo, amas indo e vindo, damas de companhia indo e vindo. Princesas eram propriedade pública.

Não tinha percebido que uma freira tinha mais poder do que uma princesa, que poderia fechar uma porta.

Ninguém além da abadessa sabia que ela era princesa, mas todos sabiam que Marra vinha de origem nobre, então não esperavam que limpasse o estábulo onde viviam as cabras e o burro. Quando percebeu isso, alguns meses depois de chegar, algo parecido com raiva ardeu dentro dela. Estivera orgulhosa do trabalho que vinha fazendo. Era algo que pertencia a *ela*, Marra, não à princesa do reino, e o fazia bem feito. Seus pontos eram pequenos, finos e precisos; sua tessitura era uniforme e cuidadosa. O fato de ainda viver sob a sombra da princesa despertou sua teimosia. Foi aos estábulos, pegou um forcado e, inexperiente, começou a trabalhar.

Era péssima naquilo, mas não parou. E voltou no dia seguinte, mesmo com as costas doendo e com bolhas se formando nas palmas das mãos. *Não é pior do que quando você caiu do cavalo pela primeira vez. Continue limpando.*

As cabras a observavam com desconfiança, mas isso não significava nada, porque as cabras observam a todos com desconfiança. Marra imaginava que elas não estavam muito impressionadas com sua técnica de limpeza.

"Ninguém espera que você faça isso", disse a mestra das noviças, parada na porta do estábulo. Sua sombra se estendia pelo corredor central como uma pedra alta.

"Pois deveriam", retrucou Marra, apertando o cabo do forcado, enquanto suas bolhas berravam. Enfiou os dentes do instrumento embaixo de um monte de esterco, que levantou com cuidado.

A mestra suspirou. "Às vezes recebemos noviças que nunca trabalharam", disse, quase distraída. "Algumas têm medo do trabalho pesado. Aí aparecem umas que acham que o trabalho não é para elas. E também há aquelas que mergulham fundo, que tratam o trabalho como uma mortificação da carne."

Marra jogou o esterco no carrinho de mão e se endireitou. Suas costas perguntaram se ela queria mesmo estar fazendo aquilo. "Qual tipo você acha que sou?"

A mestra deu de ombros. "Com o tempo, todas acabam do mesmo jeito. Fazem o trabalho porque precisa ser feito, e é satisfatório fazer por um tempo." Ela pegou o forcado e limpou um trecho do estábulo com dois ou três movimentos experientes. "Segure assim. Você está pegando baixo demais, e por isso perde a alavancagem."

Marra pegou o forcado de volta e tentou, com cuidado. Era mais fácil assim, parecia mais leve. As cabras, menos entretidas agora que ela estava usando a ferramenta direito, se afastaram.

“Vou adicionar você à rotação”, disse a mestra das noviças, tirando um pouco de sujeira do manto. “Quando terminar este estábulo, pode encerrar o dia. E fale com a Irmã Boticária sobre essas bolhas.”

“Obrigada”, respondeu Marra, em uma voz quase inaudível, e baixou a cabeça. Sentiu como se tivesse passado em algum teste, mesmo que fosse só na própria cabeça, e não sabia o que aprendera. Se é que aprendera alguma coisa.

Capítulo 3

À beira da terra flagelada, Marra parou e olhou ao redor, em busca da origem da voz. Estava claro demais. Ficara acostumada à penumbra da terra flagelada. Seus olhos doíam como se estivesse encarando um campo de neve, e não uma estrada empoeirada e uma linha de cercas.

"Eu vi você", disse a voz. Estreitando os olhos contra a luz, Marra avistou o interlocutor. Um homem. A aparência comum, vestido no traje marrom acinzentado que todos usavam ali, na fronteira do deserto. Nada nele chamava muita atenção, a não ser pelo fato de estar gritando com ela.

"Olá?", respondeu, rouca. Sua voz soava tão áspera quanto os corvos acima.

"Eu vi você sair de lá", rosnou o homem. "Você é um deles. Um dos maus."

Marra balançou a cabeça. Era um absurdo. Partilhara pão com almas amaldiçoadas, mas é claro que um homem que parecia ser são era quem tentaria detê-la. Isso era ridículo. Era...

Típico. O príncipe também é são, segundo o julgamento dos homens. Eu já devia ter imaginado.

"Não sou de lá", explicou, resistindo à vontade de defender as pessoas daquela região. "Eu me perdi. Sou do Reino do Porto."

"O Reino do Porto não fica nem perto daqui."

Apesar de tudo, Marra sentiu uma pontada de alívio. Que bom. A terra flagelada não tocava seu reino. Pelo menos por enquanto.

O alívio não durou. O homem segurava uma pá, que Marra observou, hesitante. Pás eram boas para enterrar corpos, mas também para matar esses corpos.

"Viajei por muito tempo para chegar aqui", explicou. "Bem, não aqui em específico. Até a dama do pó." Marra se perguntou se usar o nome dela ajudaria. Todos respeitavam as damas do pó, não?

O homem cuspiu no chão. "Tentando ressuscitar os mortos?", perguntou. "Os mortos maus lá dentro?" Ele deu um passo à frente.

"Não, eu..." Marra recuou, lançando um olhar rápido por cima do ombro. Será que conseguiria ir até a segurança da neblina?

Isso é um completo absurdo. Por acaso o herói Mordecai teve que parar para explicar o verme venenoso aos locais? Por acaso tentaram expulsá-lo de volta para os pântanos? Já era ruim o suficiente ter falhado na tarefa, e agora isso?

O sujeito deu mais um passo à frente e ergueu a pá. "Volte para dentro", mandou. "Volte lá para dentro agora mesmo, ou eu te mato. Fique na sua terra."

"Mas..."

Ela tentou explicar. Tentou mesmo. As palavras começaram a jorrar como sangue de uma ferida, uma confusão de explicações sobre a dama do pó, o cachorro de ossos e três tarefas impossíveis, as viagens nos coches do Reino do Porto... Mas, depois de cerca de trinta segundos, percebeu que o homem não estava ouvindo nada do que dizia. Estava olhando por cima do seu ombro, na direção da névoa.

Marra se virou e viu sombras se movendo nas margens turvas da terra flagelada.

"Ai, meu deus", sussurrou o homem, agarrando a pá. "Tem alguma coisa vindo."

Marra congelou, presa entre a sombra e a pá, sem ousar se mexer. Ouviu passos na terra, um som chacoalhante, e então...

A coisa galopou para fora da névoa: um fantasma articulado, quase saltitando. Então se ergueu nas patas traseiras por um instante, lambeu o rosto dela com a língua inexistente, e depois voltou para o chão.

"Cachorro", disse Marra. Lágrimas começaram a escorrer pelo seu rosto. "Cachorro... Você voltou."

O cachorro de ossos a encarou com as órbitas vazias, a boca aberta em um sorriso sem carne.

"M-monstro!", gritou o fazendeiro, recuando às pressas. "*Monstro*!"

Monstro? Cadê?

Marra olhou para trás, tentando ver se algo terrível saíra da terra escaldada. O cachorro esquelético latiu sem fazer barulho, dando pulinhos, e Marra ouviu o chacoalhar dos ossos e do arame.

Agarrou o cachorro pela espinha dorsal, tentando encontrar uma maneira conveniente de segurá-lo. Não dava para pegar a nuca de um animal sem nuca. "Silêncio!", implorou. "Calma! Fique quieto!"

A margem da terra escaldada estava calma. Um corvo crocitou, ecoando em um espaço entre o aqui e o ali. O homem já fora embora havia muito tempo, deixando a pá para trás.

Monstro?

Então, olhando para baixo, ela se deu conta de que o agressor estava falando do esqueleto do cachorro.

Ah. Bem. Suponho que seja mesmo.

Ela fez uma careta de desagrado. Ele era um *bom* cachorro. Tinha ossos excelentes. Mesmo que Marra tivesse usado arame demais e deixado os dedos e um dos ossos da cauda um pouco enroscados, era de se esperar que uma pessoa decente admiraria o esmero do trabalho *antes* de gritar e sair correndo.

"Gosto não se discute", resmungou. Ainda chorava um pouco, mas as lágrimas pareciam tão fantasmagóricas quanto a língua do cachorro de ossos. "Bem. Vamos voltar para a dama do pó, mostrar a ela que você existe."

• • •

Como era uma noviça que jamais se ordenaria como freira, não esperavam que participasse dos cultos três vezes ao dia. Às vezes ia mesmo assim. Os cultos para a Nossa Senhora das Gralhas eram curtos. A deusa (ou santa, ninguém sabia ao certo) não gostava de teologia complexa. Ninguém sabia o que ela queria, apenas que costumava ser benévola com os humanos. "Somos uma religião misteriosa", disse a abadessa, certa vez, depois de beber um pouco mais de vinho do que o habitual, "para pessoas que trabalham demais para se preocupar com mistérios. Então apenas seguimos como podemos. Vez ou outra alguém tem uma visão, mas ela não parece pedir muito, então tentamos retribuir o favor."

A estátua de Nossa Senhora das Gralhas era uma mulher com um capuz que caía em dobras, cobrindo o rosto até os lábios, que ostentavam um pequeno sorriso irônico. Quatro pássaros estavam pousados em seus braços. Os panos do altar eram bordados com figuras de santos menores. Como a deusa não parecia querer nada, as freiras faziam orações para santos que não tinham adoradores próprios. "Alguns não devem nem estar vivos", comentou a abadessa, acendendo as velas, "mas não faz mal orar um pouco pelos mortos."

O convento compartilhava uma parede com um mosteiro, e, quando tinha uma acompanhante, Marra podia visitar a biblioteca deles. Nunca fora muito boa de leitura, mas lá havia livros sobre tudo, não apenas religião, e encontrou alguns sobre tecelagem e tricô. Valia a pena desvendar as palavras mais longas para aprender novos padrões. Juntava retalhos e os costurava. Às vezes dava certo, às vezes não, mas aquele ardor de curiosidade para ver se uma técnica funcionaria, e outra, e mais outra, fazia com que continuasse avançando.

Não se lembrava de ter sentido algo parecido antes. Entre as princesas, não havia qualquer estímulo ao cultivo da curiosidade intelectual. Nem sabia direito como chamar aquilo. Era como uma luz brilhando em seu peito, algo que lhe permitia ver só um pouco do que estava à sua frente, mas isso era o suficiente para fazê-la seguir adiante. Não havia ninguém para explicar o que ela queria saber ou mesmo se a informação sequer existia. Também não tinha ninguém com quem dividir sua empolgação, mas isso não a incomodava, porque não lhe ocorreu que alguém poderia se importar.

Como era da realeza, e não uma freira de fato, permitiram que continuasse lendo. Uma vez por estação, quando a abadessa escrevia para a casa real e solicitava o pagamento para manter a princesa, ela mencionava que sua protegida gostava muito de tricô e de bordado, então sempre chegava lã fina e linha tingida junto com as moedas.

Sua mãe, a rainha, enviava cartas cuidadosas e precisas uma vez por mês. Nada que pudesse interessar um espião era escrito. O rei estava resfriado. As macieiras no pátio estavam florindo. A rainha sentia saudades dela. (Marra não sabia se acreditava nessa parte.) E uma mesma frase todo mês: "Sua irmã diz que está bem".

Aos 18 anos, Marra acabou perdidamente apaixonada por um jovem acólito do mosteiro, que era aprendiz do Irmão Adegueiro, tinha lindos olhos e mãos habilidosas. Ela não teve a menor chance. Os dois tiveram quatro ou cinco cópulas frenéticas e desajeitadas, então Marra ouviu ele se gabar para os outros acólitos de que havia se deitado com uma bastarda do rei. Não importava que tivessem zombado dele, sem acreditar. Ela foi para o quarto e se encolheu em uma bola de infelicidade, decidindo que morreria de coração partido. Os menestréis escreveriam canções tristes sobre como ela virou o rosto para a parede e morreu, vítima do coração falso dos homens.

Não conseguia decidir se queria ser um fantasma que assombraria o convento. Seria muito satisfatório ser um espectro bonito de olhos tristes que vagava pelos corredores, olhando para a lua e chorando baixinho, como um aviso para outras jovens mulheres. Por outro lado, ainda era baixa, de rosto redondo e robusta, e havia pouquíssimas histórias de fantasmas de mulheres robustas e de baixa estatura. Marra não conseguira ser pálida, esguia e definhante em 18 anos de vida, então não achava que alcançaria tal feito antes de morrer. Talvez fosse melhor apenas ter canções a seu respeito.

Foi visitada pela Irmã Boticária, a freira que tratava todas as aflições das residentes do convento, que preparava remédios, unguentos e tratamentos para as esposas dos agricultores que moravam nas redondezas. Ela estudou Marra com intensidade por alguns minutos. "Foi um homem, não foi?", perguntou, por fim.

Marra grunhiu. Já lhe ocorrera, cerca de uma hora antes, que não sabia como os menestréis ficariam sabendo de sua existência para escreverem as tais canções tristes, e sua mente estava um tanto ocupada com esse problema. Precisaria mandar uma carta para eles?

A Irmã Boticária serviu duas pequenas doses de licor e entregou uma a Marra, dizendo: "Beba comigo, vou lhe contar sobre o primeiro rapaz que amei".

Marra precisou de mais três doses de licor e duas histórias dolorosas, mas se desenrolou e contou tudo à Irmã Boticária. A Irmã lhe deu um chá para trazer suas regras, apenas por precaução, e foi falar com a abadessa. O jovem foi transferido para outro mosteiro uma semana depois. Marra ficou se sentindo sensível e vazia, e meditou sobre como, na cabeça dos monges, "nobre desconhecida" se traduzia em "filha bastarda do rei".

Bem. Era mais seguro do que ser uma princesa. Estava fora da hierarquia e recebera uma história que fazia sentido para a sua posição. Ficou constrangida pela própria mãe, porque agora todos pensavam que o rei havia sido infiel, e de repente lhe ocorreu que talvez ele tivesse mesmo sido infiel, e ela tivesse de fato meias-irmãs pelo mundo. Era um pensamento grande e avassalador demais, então o enterrou no mesmo instante.

Mas seu coração se curou, como os corações quase sempre fazem. Ela ficou triste e pensativa por um tempinho, e depois passou. Teve um amor poderoso e não correspondido por um visitante, um estudioso de cabelos ruivos como fogo e olhos expressivos, e esse sentimento lhe causava agradáveis agonias. Em vez de fantasmas ou menestréis, dessa vez ela fantasiou sobre envelhecer no convento e contar a jovens noviças sobre o grande amor perdido de sua vida.

Mas o tempo passou, e até essa grande paixão se tornou uma lembrança querida. As cartas da rainha continuavam chegando, mês após mês, dizendo que sua irmã Kania estava bem.

Aos 20 anos, depois de passar cinco anos no pequeno quarto com paredes caiadas e cestos de lã e de linha, foi convocada para o Reino do Norte. Sua irmã, Kania, estava enfim prestes a dar à luz.

Era estranho viajar outra vez na carruagem da rainha. Marra não estava confinada ao convento, e viajava com frequência até a vila próxima, mas ia a pé ou na carroça do burro com uma das irmãs. Estar em uma carruagem alta com assentos de veludo, puxada por rápidos cavalos cinzas, era um luxo esquecido.

Olhou pela janela e pensou em como tudo era estranho, muito estranho.

"Você parece estar bem", disse a rainha.

"Obrigada", respondeu Marra. Ela examinou a mãe com um olhar avaliativo. Era como olhar para um espelho, mas vinte e tantos anos no futuro. O cabelo da rainha continuava preto, ainda que com alguma contribuição da hena, e as roupas estavam arrumadas com cuidado, como se fossem uma armadura, criando uma forma na qual os olhos inimigos não poderiam encontrar defeito.

"É o corpete", explicou a rainha, com um ar divertido, observando o olhar de Marra. "Há certos segredos, na minha idade. É preciso ter uma boa forma para quem deu à luz duas filhas, mas não tão esbelta a ponto de suspeitarem de algum artifício, nem tão voluptuosa a ponto de acharem que você está tentando ser sedutora."

"Isso é tão importante assim?", perguntou Marra, olhando para as próprias vestes simples. O tecido era bastante refinado, e havia gralhas bordadas em volta das mangas, mas ninguém a confundiria como pertencente a outro lugar que não um convento.

"Para uma rainha? Sim."

Marra suspirou. Parecia ridículo. A abadessa era corpulenta como um barril, e a Irmã Boticária tinha ombros estreitos e quadris largos, feito uma pera, mas ambas, assim como Marra, usavam vestes em camadas. A diferença era que a abadessa também usava paramentos, e a Irmã Boticária amarrava as mangas para que não arrastassem nas ervas.

"Podemos providenciar roupas para você", disse a rainha. "Se preferir vestidos durante a semana, em vez de túnicas." Sua voz tinha uma neutralidade cuidadosa, como se não quisesse influenciar a decisão da filha.

Marra olhou para as roupas da rainha e se lembrou de quanto tempo costumava levar para se aprontar de manhã, mesmo aos 15 anos. Na época, era emocionante. Agora parecia trabalhoso demais, e os olhos sobre ela seriam muito menos complacentes do que quando era uma princesa adolescente no castelo de sua própria família.

Esqueci tudo que sabia. Haveria criadas e damas de companhia para cuidar de mim, arrumar meu cabelo e passar pó no meu rosto, mas eu teria que ficar horas sentada enquanto elas me vestiriam feito uma boneca, então passaria o resto do dia com medo de comer ou beber, com receio de estragar todo o trabalho delas.

"Prefiro ir como freira", respondeu.

A mãe assentiu. "Mais túnicas, então", afirmou ela. "Será fácil arranjar. Mas saiba que você será tratada como freira, não como uma princesa."

"Acho que prefiro assim", retrucou Marra, dobrando as mãos para esconder os calos que se formaram após limpar tanto esterco.

A capital do Reino do Norte ficava na colina de uma planície fria e muito plana. Tinha poucas árvores. As montanhas ao fundo se assomavam como espadas, mas a cidade era ainda mais alta, como se tivesse sido construída para resistir às montanhas.

A primeira cidade tinha uma muralha, mas cresceu para além dos limites da muralha, então outra foi construída, depois uma terceira, até que houvesse cinco muralhas altas e brancas, e uma estrada principal que espiralava colina acima até o palácio.

A pedra branca brilhava contra a terra marrom, mas era um brilho frio, como o luar na neve. Marra sentia que era muito pequena em comparação àquela imensa cidade branca, pequena e insignificante, porém tinha a sensação de que o efeito era deliberado, como se a cidade tivesse sido projetada para fazer os visitantes se sentirem insignificantes.

Talvez assim fique mais segura contra invasões, pensou. *Mas não parece um lugar amigável.*

A carruagem adentrou pelos portões, passando por baixo de grossos rastrilhos serrilhados, grades que só seriam baixadas para defesa. Marra apertou o cobertor junto ao corpo, como se fosse invadida pelo frio. Depois veio o longo caminho sinuoso até o palácio, passando por ruas que se enrolavam em um círculo, de novo e de novo, como se andassem pelo corpo de uma enguia enroscada. O rio perto do convento tinha várias enguias, que às vezes eram dadas às freiras como dízimo. Marra já comera muita enguia. Era provável que aquela ali entalasse em sua garganta, se tentasse.

No palácio, quase ninguém esperava para recebê-las. Marra tivera uma vaga impressão de que haveria uma grande demonstração de pompa e distinção real, e estivera se preparando para suportá-la. Quando não aconteceu, sentiu-se desconcertada. "Não tem muita gente", murmurou.

"Estamos sendo colocadas em nosso lugar", explicou a rainha, com calma. "Estamos aqui como a família de Kania, não como emissárias reais, então eles estão nos lembrando de que somos as parentes pobres."

"O que vamos fazer?"

"Ignorar." E ela desceu da carruagem como se fosse a rainha daquele reino, não uma parente pobre.

Dois criados de libré ladeavam uma mulher que lembrava a Irmã Boticária. "Ela entrou em trabalho de parto", avisou a parteira, sem rodeios. "Vossa Majestade. Ainda vai levar horas, mas já se passaram horas, e a primeira vez é sempre difícil."

"Leve-me até ela."

O palácio era uma explosão de cores, corredores e tapeçarias. Marra foi atrás da mãe, seguindo a parteira. Também estivera na expectativa de ser levada a algum quarto e talvez descansar ou comer, mas pelo visto não haveria tempo.

Eu também vou ficar junto? Vou mesmo ver?

Bem, talvez sim.

A parteira abriu uma porta e lá estava: um quarto do tamanho de um grande salão, com uma lareira em uma das extremidades. Quaisquer que fossem as falhas de recepção, o Reino do Norte não economizava com a parteiras de sua princesa. Parecia que metade de um exército montara acampamento no quarto, e, no meio disso tudo, em uma cama que se assemelhava a um campo de batalha, estava o círculo marrom do rosto de Kania.

"Você está radiante", disse a rainha, pegando as mãos da filha.

Marra se esgueirou por trás da mãe, sem saber direito o que dizer.

Kania não estava radiante. Parecia exausta e pálida, e seus olhos eram poços escuros e fundos. "Mãe!", exclamou ela, agarrando as mãos da rainha. "Mãe!" Então fechou os olhos e engoliu. Soou como um clique em sua garganta.

"Vai acabar logo", prometeu a rainha. "Dói, mas logo passa."

"Não me importo com a dor", disse Kania, rouca. "Quero essa criança fora de mim. *Agora*."

"É assim que toda mulher se sente quando chega a hora", explicou a rainha. Ela se inclinou e beijou a testa da filha. "Não vai demorar. Eu prometo." Ela se levantou, dizendo: "Vou buscar algo para você beber". E virou-se para pedir chá para as damas de companhia.

Marra olhou para a mãe, nervosa, depois de volta para Kania. Nunca tinha visto uma mulher dar à luz e não sabia o que esperar, mas a certeza do ódio de Kania estava guardada embaixo de seu coração. Será que a irmã queria vê-la ali?

"Marra?", sussurrou Kania.

"Estou aqui", respondeu, pegando a mão da irmã. "Estou aqui."

"Você está aqui", repetiu Kania. Então olhou por cima do ombro de Marra. "Onde está nossa mãe?"

"Foi pegar uma bebida para você. Ela já volta."

"Então não temos tempo", disse Kania, em voz baixa. E chamou Marra para mais perto, até que seus lábios estivessem quase colados no ouvido da irmã.

"Kania...?"

"Escute", sussurrou Kania. "Escute! Se eu morrer, não deixe que ela case você com o príncipe. Fuja. Arruíne seu corpo. Faça o que for preciso. Não deixe que ela arraste você para este inferno junto com a gente."

Marra piscou, surpresa. Kania agarrou seu ombro e talvez quisesse dizer mais alguma coisa, mas foi tomada por uma contração e gritou, o corpo inchado se contorcendo na cama.

O que é isso? O que foi isso? Marra olhou ao redor, em pânico, porque aquilo não podia ser normal, mas as parteiras estavam calmas, agindo como se não fosse nada de outro mundo o corpo de uma mulher se retorcer na cama feito uma cobra moribunda.

A rainha voltou. Kania deu a Marra um último olhar penetrante antes de soltar sua mão. A rainha derramou água na boca da filha, murmurando palavras tranquilizadoras, enquanto as parteiras circulavam feito chacais, à espera do bebê.

Capítulo 4

Quando chegou, o bebê se mostrou ser uma menina. Kania recebeu essa notícia com os lábios brancos e firmes. Ela entoara gritos terríveis durante o parto, mas era forte e saudável, assim como a bebê, e talvez só Marra achasse estranho que a irmã recebesse aquela notícia como um golpe.

A rainha pegou a neta e sorriu para a menina, o sorriso mais largo que Marra já vira. O príncipe não aparecera. Marra ainda não o conheceu. Em sua mente, ele se tornara algo além do humano, uma criatura como um dragão, grande e poderoso e incerto.

O palácio do Reino do Norte definitivamente parecia mais o domínio de um dragão do que de qualquer humano. Era enorme e rico, com cem corredores, cem tapeçarias em cada corredor e cem cortesãos à espreita, buscando sinais de fraqueza. Mesmo depois que a bebê de Kania nasceu, não havia privacidade. Marra não conseguia perguntar o que a irmã quisera dizer com aquilo, ou mesmo se quisera dizer alguma coisa.

Marra não gostava dos cortesãos. Na verdade, sentia-se um pouco intimidada por eles. O palácio do Norte era muito maior do que o palácio pequeno e precário em que crescera, que, por sua vez, era muito maior do que o convento. Havia mesmo se passado apenas cinco anos desde que caminhara entre aquela gente? Parecia muito mais tempo, algo como uma vida inteira. Ficou feliz por ter decidido não usar os vestidos que a mãe oferecera.

Os cortesãos a incomodavam, mas, no geral, não se incomodavam *com* ela. Era uma jogadora pequena demais para valer a pena cultivar. Quando falavam com ela, eram educados e cuidadosos. Depois de dois dias, Marra percebeu que a achavam um tanto lenta.

Bem, no que lhes diz respeito, é como se eu fosse. Essas maquinações estão além da minha compreensão. Prefiro ficar olhando as tapeçarias, tentando descobrir como os pontos foram feitos.

Ela conheceu o rei, que era muito velho, com dentes falsos de marfim de morsa e uma mente que vagava. Às vezes ele estava muito alerta; em outras, muito aéreo. Nesses dias, perambulava pelos corredores do palácio e chamava Marra pelo nome da avó dela. Os guardas que os escoltavam fingiam que não havia nada de estranho acontecendo, então Marra também fingia.

Ficaram lá uma semana, até o batismo. O palácio lhe parecia frio demais, mesmo com todas aquelas tapeçarias nas paredes. Havia correntes de ar em lugares inesperados, até mesmo em seu quarto, e, por mais que tentasse, não conseguia descobrir de onde vinham.

"Imagino que devem ser os reis mortos", sugeriu sua criada, com naturalidade.

"Reis mortos?", Marra procurou os olhos dela no espelho.

A criada assentiu. Era mais jovem que Marra, mas passara a maior parte da vida no palácio do Norte e tinha pena da irmã da princesa, de sua falta de conhecimento sobre o mundo. Marra até que gostava dela. A criada nunca parava de falar, mas sua tagarelice era uma combinação de fofocas inofensivas e comentários políticos perspicazes. Quando a jovem lhe disse, no primeiro dia após o nascimento, que Marra deveria usar o cabelo de uma maneira específica, ela apenas baixou a cabeça e permitiu que a criada o trançasse como achasse melhor. Ficou feliz por ter aceitado quando viu como as outras mulheres usavam o cabelo. Um penteado mais simples teria chamado a atenção pela simplicidade, e Marra gostaria de apenas desaparecer, não ser notada.

Só não tinha percebido que a criada era supersticiosa.

"Que reis mortos?", perguntou.

"Embaixo do palácio", explicou a jovem. "É onde ficam as catacumbas. Os reis precisam ser mantidos lá, bem no fundo, para que o gelo não os traga de volta. Mas, com isso, acabam ficando frios e secos, e não viram ossos tão rápido quanto deveriam. Abaixe o queixo, madame, para eu fazer esta parte aqui..."

Obediente, Marra abaixou o queixo. No espelho, seu pescoço desapareceu em uma dobra gorda. Ela se perguntou se a criada continuaria por conta própria ou se precisaria pedir mais informações. Por sorte, aquele parecia ser um tópico favorito.

"Todos os reis mortos estão lá embaixo, os príncipes mortos também. Dizem que tem todo um palácio dos mortos lá embaixo. Cada rei ganha um quarto, entende? E suas rainhas também ganham o próprio quarto, logo ao lado. Se elas tiveram bebês que morreram, são colocados nos quartos delas. E, nos quartos deles..." A criada estremeceu de leve, deliciada. "Nos quartos deles, colocavam as concubinas reais, nos tempos em que isso existia, sabe? E as concubinas que ainda não tinham morrido quando o rei era enterrado... Bem, elas eram estranguladas com um cordão de seda e colocadas lá embaixo ao lado deles."

Marra viu os próprios olhos se arregalarem no espelho.

"Minha nossa! O que as rainhas achavam disso?"

"Acho que apenas ficavam felizes em ter o próprio quarto", respondeu a criada, pragmática. "Mas, claro, alguns reis tinham mais de uma rainha. Se ela morria antes de ter filhos, era mandada de volta para o seu povo. Caso contrário, era enterrada aqui. Então às vezes os reis têm três ou quatro quartos que se ramificam a partir do seu, e os príncipes também recebem quartos, por isso virou um labirinto debaixo do palácio, e ninguém sabe até onde vai. Vez ou outra, tem gente que tenta explorar, mas para isso é preciso levar uma árvore genealógica em uma das mãos e um mapa na outra, e essas pessoas nem sempre voltam." Ela franziu o nariz. "Os mortos nem sempre descansam em paz, ainda mais os reis, que nem sempre gostam de como seus descendentes estão administrando as coisas. Então eles sobem e andam por aí, desaprovando tudo. É por isso que o castelo tem tantas correntes de ar."

"Minha nossa!", repetiu Marra. Gostaria de ter praguejado com palavras fortes, mas não parecia apropriado para a irmã da princesa, que também era quase uma freira. "São tantos reis assim?"

"Eles não duram muito", explicou a criada, nada comovida com a mortalidade da família real. "É difícil ser rei, e os que não morrem em batalha, definham ainda jovens. Já viu Sua Majestade, certo?"

"Ele é bem velho", comentou Marra, pensando nos dentes de marfim e na mente errante.

"Tem pouco mais de 50 anos."

"*O quê?*"

A criada riu, mas sem maldade. "Pois é, está no sangue. Minha mãe serviu ao pai *e* ao avô dele, e ela se aposentou no ano passado. Dizem que o reino está sob um feitiço terrível, e que só é mantido sob controle graças à bênção da madrinha. Mas essa tensão consome os reis, pobres almas. Minha mãe disse que eles se exaurem para manter nossa segurança. Mas quem pode dizer? Enfim, é por isso que o palácio debaixo do palácio é tão grande."

"Ah...", murmurou Marra com a voz fraca, imaginando no que a irmã se metera com aquele casamento.

"Há quem diga que não são só os reis", acrescentou a criada. "Não dá para ter um palácio dos mortos grande desse jeito sem chamar a atenção dos ladrões de túmulos, não é? Então o lugar está cheio de maldições que arrancam as almas dos ladrões e juntam todas, e dizem que esse aglomerado fica andando pelos corredores do palácio dos mortos, procurando mais almas para comer."

"Minha nossa."

"A gente treme só de pensar, não é?", disse a criada em um tom de voz alegre. Ela deu um tapinha no ombro de Marra, como se fosse um cavalo. "Prontinho, madame. É melhor não se atrasar para o batismo."

Foi no batismo a primeira vez que Marra viu o príncipe Vorling.

Ele era pequeno. Foi isso que mais a surpreendeu. A vida de toda a sua família havia sido organizada segundo os caprichos do príncipe, que costumava ser gigante em seus pensamentos. Mas o sujeito quase não era mais alto que Kania, tinha quadris esguios e um rosto estreito e pontudo. Ele ficou atrás do berço dourado e sorriu sem parar, os olhos tão inertes quanto as pedras de um rio. Não parecia estar envelhecendo mais rápido que um homem normal, mas talvez isso acontecesse apenas com os reis, ou talvez fosse só lorota da criada.

Ainda assim... Ficou olhando o rei, com seus cabelos tão finos e delicados quanto os da bebê no berço. Ele teria mesmo apenas 50 anos?

O batismo em si foi monótono. Os cortesãos ficaram em volta, fingindo estar fascinados com a visão de um berço que, em teoria, continha uma criança no meio da pilha de rendas e linho. Como era parte da família, Marra até pôde se sentar relativamente perto, mas como também era uma pessoa sem grande importância na família, assistiu a tudo por cima do ombro esquerdo de sua mãe.

O berço tinha fitas douradas. O rei murmurou um nome, então Vorling gritou o nome da filha com uma voz bem audível. Marra conseguiu entender que o primeiro nome era Virian, mas o restante se dissolveu em uma confusão de nomes que esqueceu assim que ouviu. *Eles podem mesmo colocar o peso de todos esses nomes nos ombros da criança?*, pensou. Queria lançar um olhar divertido para a irmã, mas só via o lado do rosto de Kania.

E agora devem começar os discursos, pensou enquanto se preparava para parecer calma, serena e interessada.

Mas os discursos não vieram. Em vez disso, Vorling recuou, dizendo: "A bênção da madrinha". Depois ficou em silêncio. Os cortesãos também ficaram quietos. As portas duplas ao lado do grande salão de audiências se abriram.

"A madrinha da casa real", anunciou o arauto na entrada, então se afastou, e uma figura de cinza entrou pela porta.

A madrinha era velha, muito velha, mais velha do que Marra achava que uma pessoa poderia ser. Mas ela não tinha mais rugas: sua pele se esticava por cima do crânio, quase translúcida. Marra via a sombra dos ossos no rosto dela, como se a mulher fosse atravessada pela luz, feito um vitral, e os ossos fossem o chumbo entre as placas de pele.

Ela se movia bem devagar. Tinha as costas curvadas, mas de uma maneira que lembrava uma lâmina de cimitarra, e não velhice. Ela se apoiava em uma bengala preta, e sua caminhada em direção ao berço levou muitos minutos, mas nenhum dos cortesãos, nem mesmo o príncipe, demonstrou o menor sinal de impaciência.

Ocorreu a Marra que o rei não era tratado com metade da deferência que a madrinha recebia.

Seus trajes eram do mesmo tom de cinza de uma pomba, mas sua pele era tão pálida que fazia com que eles parecessem quase pretos, devido ao contraste. Ela avançou devagar até o berço, e foi só quando ergueu a mão que Marra notou as camadas requintadas de renda drapejando as mangas.

Ela própria já tentara fazer renda, uma única vez para nunca mais. O preço era exorbitante. Até o príncipe e os lordes mais importantes só usavam renda nos punhos e nas bainhas, e ali estava a madrinha, vestindo o suficiente para comprar um palácio.

A renda balançou quando ela abriu as cortinas do berço, e a mão com ossos de sombra pairou no ar acima da cabeça da criança.

"Esta é a minha bênção", anunciou a madrinha. Sua voz não era alta, mas o silêncio era tão absoluto que alcançou todos os cantos do salão. "Eu a servirei como servi a toda a sua linhagem, minha vida está ligada à dela. Nenhuma magia estrangeira fará mal a ela. Nenhum inimigo derrubará seu trono. Como foi para todos os filhos da casa real, assim será para ela, enquanto eu respirar."

O rei inclinou a cabeça. O príncipe também. Quando a madrinha se virou e começou a jornada a passos lentos em direção à porta, a nova princesa do Reino do Norte começou a chorar.

Kania se virou, fazendo menção de ir até a filha, mas o príncipe agarrou seu braço e segurou firme. Uma ama nas proximidades veio às pressas, os passos abafados no tapete, e pegou a criança, acalmando-a com sussurros baixos e frenéticos.

Nem mesmo no próprio batismo ela tem permissão de chorar. Marra baixou a cabeça para que ninguém visse seus lábios comprimidos. Ela, também, já fora uma princesa. *E não sei se desejaria isso para você, minha sobrinha, mas eu sou só uma filha mais nova disfarçada de freira, e ninguém liga para o que eu penso.*

Voltar para o convento foi um alívio. As paredes brancas eram relaxantes e frias, o que era agradável depois de toda a opulência das cores. Marra tinha vários pontos na cabeça, e desperdiçou alguns pedaços de tecido tentando duplicá-los.

Várias das noviças, ainda achando que ela era uma filha bastarda, queriam saber tudo sobre o palácio, o batismo e a princesa. Marra tentou responder às perguntas, mas se viu com muito pouco a dizer. Os homens eram todos muito garbosos? Não tinha achado. As mulheres eram todas muito bonitas? Lembrou-se das olheiras de Kania e da tensão em seus lábios. O príncipe era bem-apessoado? Não fazia a menor ideia. Tentou descrevê-lo, mas a única palavra em que conseguiu pensar foi *baixo*.

Não era o que as noviças queriam ouvir, e tudo o mais que Marra poderia contar não eram coisas que gostaria de dizer em voz alta. Depois de um tempo, as moças desistiram de perguntar, e cada parte daquela interação foi para o seu canto, em decepção mútua.

A abadessa tinha suas próprias perguntas, e Marra também não conseguiu responder à maioria. Ela estava interessada na fada madrinha do príncipe Vorling, mas bem mais interessada nos padres e clérigos que haviam comparecido. "Arcebispo Lydean estava lá?"

Marra ergueu as mãos, impotente. "Não sei. Será?"

"É uma pessoa bem jovem", explicou a abadessa. "A mais jovem já nomeada para o cargo. Deveria estar junto do Arquimandrita, um homem muito velho em vestes azuis."

Marra tinha vagas lembranças do homem muito velho, um clarão azul-celeste na multidão. Sim, tinha visto o Arquimandrita. Ele tossira e tossira e parecia um pedaço tremeluzente de céu.

"Ah!", disse a abadessa. "Ouvimos dizer que ele não está bem de saúde. Quando morrer, Lydean vai assumir a mitra e se tornar Arquimandrita, mas haverá resistência, por ser tão jovem."

"Entendi", disse Marra, consciente das questões políticas que se desenrolavam no mundo e que tinham pouco a ver com princesas.

A abadessa deu algumas batidinhas em sua mão e foi embora de novo, então Marra enfrentou seus novos pontos e arrancou ervas-daninhas do jardim, deixando a calmaria do convento cobri-la como uma manta contra o frio.

Seis meses depois, uma carta da rainha mencionou que Kania estava grávida outra vez, o que deixou Marra mais preocupada do que gostaria de admitir. Parecia rápido demais, e a rainha não teria mencionado nada a menos que a filha estivesse grávida de vários meses. Marra não achava que fosse possível engravidar tão pouco tempo depois de dar à luz, mas a Irmã Boticária disse que era, sim.

Meses se passaram. Marra esperava ser convocada para o parto e o batismo a qualquer momento, até que um dia contou nos dedos e se deu conta de que Kania já devia estar grávida havia pelo menos onze meses. *Ela deve ter perdido o bebê*, pensou, *ou talvez ele nunca tenha existido.*

Sabia mais sobre abortos espontâneos do que imaginava que uma princesa deveria saber. Sua amizade com a Irmã Boticária persistira, e, como sabia ler, pesquisar e escrever com a mão firme, Marra acabou fazendo pequenas tarefas para ela. Um dia, um camponês foi trazido até uma das portas do convento, gritando de dor pela perna quebrada, e Marra ficou com o papel de segurar a lanterna e entregar as ataduras à Irmã, agindo como sua ajudante.

Muito depois da meia-noite, a Irmã lavou as mãos em um balde de água ensanguentada e lhe falou: "Você se saiu bem".

O elogio a aqueceu até os ossos porque era sincero e não era para a princesa.

Alguns dias depois, bateram à sua porta quase à meia-noite. Marra abriu, confusa, já que ninguém nunca vinha tão tarde, e Nossa Senhora das Gralhas só realizava cultos à meia-noite nos solstícios e equinócios. Deu de cara com a Irmã Boticária segurando uma maleta de couro rachado. "É um parto", explicou a mulher, sem delongas. "Você já viu um, não viu?"

"Um...?", repetiu Marra. "Só um."

"Então já viu mais do que o Irmão Enfermeiro. Ele não toca nessas partes de uma mulher desde que saiu de dentro de uma ao nascer. Minha assistente está doente, e eu preciso de alguém para segurar a lanterna."

Marra engoliu em seco. Esperou para ver como agiria, quase convencida de que se encolheria, choramingando, mas, em vez disso, endireitou-se e respondeu: "Está bem. Vou me calçar".

O parto foi muito parecido com o de Kania, o que Marra estranhou. *Se bem que camponesas e princesas cagam pelo mesmo lugar e têm as regras pelo mesmo lugar, então imagino que não seja surpresa que os bebês saiam pelo mesmo lugar.* Tendo assim, sem querer, antecipado alguns séculos de pensamento político revolucionário, Marra se ocupou de ferver água para fazer chá.

Pelo menos o parto foi mais rápido do que o de sua irmã, mas ainda foi longo, tenso e tedioso. Marra pegou no sono mais de uma vez, às vezes acordando com a lanterna na mão, vendo a Irmã Boticária agachada entre as pernas da mãe, e se perguntando se estava mesmo acordada ou se aquilo era um sonho estranho.

A aurora já passara, era quase de manhã quando o bebê emergiu para o mundo, olhou ao redor e caiu em prantos.

"Você vai se acostumar", disse a Irmã ao bebê, e entregou a criança nos braços de Marra, que a encarou com um horror intenso. Estava ensanguentada, enrugada e a pele era cinza avermelhado, mais parecia o tipo de coisa que deveria ser mandada de volta para o inferno com água benta.

"Hã...", falou Marra.

"Está... está..." A mãe arfava, mal conseguia respirar. "O bebê chorou. Está vivo, não está?"

"Ah, sim", respondeu Marra, mais do que depressa. "Vivíssimo." Ela encarou o bebê, tentando pensar em mais alguma coisa para dizer. "Tem braços e pernas. E... uma cabeça..."

"Isso é bom", disse a mãe, e começou a rir, uma risada alta e histérica. "Ah, isso é bom! Queremos mesmo que tenha uma cabeça."

"Nossa Senhora das Gralhas, tenha piedade", murmurou a Irmã Boticária, mas, como disse essas palavras bem na frente do canal de parto, ninguém além de Marra ouviu.

Por sorte, as secundinas logo saíram, e a Irmã as entregou para Marra, ficando com a criança. "Vá lá entregar isso ao marido dela", mandou a Boticária. "Ele vai saber o que fazer."

Marra baixou a cabeça e fugiu dali.

O marido era um fazendeiro de rosto jovem e mãos velhas e calejadas. Ele pegou as secundinas com a reverência de quem segurava uma criança. "A senhora vai me ajudar, irmã?"

Marra engoliu em seco. "Eu... eu não sou uma irmã. Não por completo."

Ele abriu um meio sorriso. "Não precisa ser. Não para isso."

Marra o acompanhou, pegando a pá que ele apontou. Enterraram a carne estranha e molenga expelida no parto sob uma nogueira, entre as raízes. "É mais comum ser um carvalho", explicou o fazendeiro, sentando-se, enquanto Marra dava batidinhas na terra assentada. "O carvalho é forte. Mas a nogueira dá sorte. Já temos dois filhos fortes, e o terceiro bem que poderia ter um pouco de sorte para encontrar seu caminho na vida."

Marra sufocou um suspiro, pensando na própria madrinha, de quem ela e as irmãs receberam presentes de saúde e príncipes. Um pouco de sorte poderia ter facilitado um bom tanto a vida das três.

Acompanhou a Irmã no próximo trabalho de parteira. A Boticária era chamada à noite com frequência, porque a parteira da cidade era idosa e tinha um sono profundo. Uma ou duas vezes por mês, Marra ouvia batidas noturnas à porta: era a Irmã indo cuidar de uma mulher em trabalho de parto.

Nunca lhe era pedido para fazer mais do que segurar a mão da paciente e buscar água, mas Marra aprendeu mesmo assim. Entre outras lições, aprendeu a fingir não ouvir as ameaças assustadoras proferidas pelas mulheres em trabalho de parto. Por mais estranho que fosse, aquilo a tranquilizava. Kania poderia não estar falando sério quando sussurrou aquelas coisas no ouvido de Marra.

Foi o parto falando, só isso. Quando o moleiro foi levado até a cabeceira da esposa, ela ameaçou enfiar os testículos dele na mó e moê-los bem fininhos se o homem sequer olhasse para ela outra vez.

Viu bebês nascerem e mães morrerem. Viu mães sorrirem ao dar à luz e morrerem horas depois, brancas e sem sangue, apoiadas nos travesseiros. Viu um gancho de parto, viu como era usado para extrair bebês que não tinham sobrevivido por tempo suficiente para nascerem.

No quinto ou sexto ou décimo parto, enquanto voltavam para o convento, Marra não conseguiu manter o silêncio. "É uma *estupidez*!", esbravejou.

A Irmã a olhou com calma. "Ambos sobreviveram", falou. "É um bom desfecho, na minha opinião."

"Não é isso", explicou Marra. Tanto a mãe quanto o bebê tinham sobrevivido, embora tivesse sido um parto mais difícil do que qualquer uma delas gostaria. "É só que... Ai, Senhora das Gralhas! Ficamos deitadas de costas, ou sentadas em uma cadeira, e fazemos força para expelir uma coisa grande demais para passar, então tudo se rasga e sangra! Que jeito mais *estúpido* de parir!"

"Ah, isso", respondeu a Irmã. "Sim. Já pensei muito nisso. É bem mais fácil para as vacas. E para as cabras e ovelhas. É certo que as pernas são um pouco mais difíceis de desembaraçar, mas não chega nem perto da bagunça dos humanos."

"Eu me recuso a fazer isso", declarou Marra.

"Ninguém está pedindo isso de você", respondeu a Irmã. Ela fez uma pausa. Marra tinha quase certeza de que a Boticária sabia muito bem quem e o que ela era, sabia quem eram seus pais, e estava tentando encontrar uma maneira de formular a próxima frase. "Bem, pelo menos não agora. E se alguém um dia... ah... Há outros jeitos."

Fuja. Arruíne seu corpo. Faça o que for preciso. Não deixe que ela arraste você para este inferno junto com a gente.

Marra lambeu os lábios. Será que tinham usado um gancho de parto em Kania, para a criança que passara tempo demais sem nascer?

"Jeitos?"

A Irmã olhou em volta, como se alguém pudesse mesmo estar ouvindo, escondido em uma moita naquela área remota logo antes do amanhecer. "Jeitos", repetiu. "Ervas, em geral. Esponjas embebidas em suco de limão. Nada que funcione com perfeição, e qualquer um que diga o contrário está mentindo. São quase todos bem perigosos. Às vezes acabam todos mortos de qualquer jeito, e não há o que fazer. Mas há coisas que podem tornar uma gravidez menos provável."

O coração de Marra deu um pulo. Será que poderia aprendê-las? E contá-las para Kania? A função das rainhas e das princesas era serem as éguas de criação da realeza, mas, se houvesse maneiras de impedir isso...

"Eu quero saber", falou. "Todos os jeitos."

A Irmã Boticária suspirou. "Pode ser", respondeu. "Mas não hoje."

A Irmã cumpriu sua palavra. No momento, foi tudo bastante abstrato para Marra, mas ela memorizou os métodos e até chegou a ferver um frasco inteiro de extrato com a Irmã de pé ao seu lado, garantindo que ela estava preparando tudo do jeito certo.

"Você se importa muito com isso", comentou a Boticária.

Marra deu de ombros. Não queria se importar. Não queria pensar que seu tempo no convento poderia chegar ao fim, que poderia ser arrastada de volta para o tabuleiro do jogo com todos os outros peões e príncipes.

Mas se eu for, não irei desarmada. Eu me recuso. Preciso aprender. E talvez eu possa contar para Kania. Já tinha visto mulheres se exaurirem por terem ficado grávidas vezes demais.

Havia mais uma carta em seu quarto, outra mensagem educada e correta da mãe. No fim, ela escrevera que Kania estava grávida outra vez.

É demais. Com certeza é demais. Ela está se exaurindo tentando gerar um herdeiro, e, se morrer...

Marra disse a si mesma que era o medo pela irmã que a compelia, não o medo por si mesma. Sufocou o sussurro traiçoeiro que lhe dizia que precisaria ocupar o lugar de sua irmã como égua de criação do príncipe.

Eu não vou. Eu não *vou. Mas não vai chegar a isso. Eu vou aprender...*

Capítulo 5

Na primavera do 15º ano de Marra no convento, uma febre assolou o reino. Derrubou Marra por muitos dias, e quando ela enfim conseguiu levantar de novo, descobriu que a abadessa estava à beira da morte. Por quase uma semana, o futuro da mulher foi incerto. Como havia se recuperado, Marra teve autorização para cuidar dela. Na verdade, não havia muito o que fazer, a não ser ficar sentada no quarto com ela, praticando a costura e ouvindo sua respiração difícil, que nunca parava por completo.

A abadessa se recuperou, mas surgiram tons brancos em seus cabelos grisalhos como o ferro, e passou a caminhar com mais cautela. Precisava de uma bengala para subir escadas, e isso claramente a enfurecia. A abadessa nunca fora muito paciente com a própria fraqueza.

Marra se recuperou bem, embora em certos dias ficasse cochilando na janela, sem conseguir se obrigar a se mexer.

Até a vista da janela lembrava a praga. Tinham perdido duas noviças, e o velho que vendia leite de cabra fora substituído pelo filho, que explicou, em voz baixa, que o pai não voltaria.

Estava olhando pela janela, semiacordada e perdida em longos fios de pensamentos, quando bateram à sua porta: era a Irmã Boticária à sua espera.

"Más notícias", falou a Irmã, entregando-lhe uma carta. "A abadessa me pediu para trazer isso aqui. Ela mesma teria vindo, mas as escadas são demais para ela. Não sei o que diz, mas não é bom."

Marra quebrou o selo. Se a Irmã disse algo mais, não ouviu. Seu coração batia alto demais. Se a abadessa tinha sido informada do conteúdo, deveria ser ruim. Deveria ser...

Lamento informar que a febre levou sua sobrinha, Virian. O funeral será realizado assim que a família puder viajar para o Reino do Norte. Se estiver bem o suficiente para a jornada, uma carruagem será mandada para buscá-la.

"Ah", disse Marra. Ficou horrorizada ao descobrir que a sensação que a atingiu era alívio. Não tinha sido a mãe, a irmã ou o pai. Seu coração doía pela tristeza de Kania, mas parte dela dizia: *É só uma criança que você viu por alguns minutos no batizado, depois nunca mais*. E ela se odiou por se sentir assim, mas a perda era mais distante, e seu amor era abstrato, não nascido de uma familiaridade próxima.

"Minha sobrinha", explicou, percebendo que a Irmã esperava resposta. "Minha sobrinha morreu da febre. Haverá um funeral. Eu tenho que ir. Eu... alguém precisa ser informado... Não sei o que fazer, mas é para alguém vir me buscar..."

Alguém veio. Dois dias depois, Marra estava em uma carruagem viajando para o norte. Os cavalos eram pretos, de rédeas pretas, e o cocheiro estava de cinza carvão. O Reino do Norte ostentava sua riqueza mais uma vez, e Marra se viu chorando, não pela sobrinha, mas por Damia. *Tarde demais de novo*, pensou. *Foi há tantos anos... Mais uma vez você está sendo lenta, só chorando agora. É provável que vá chorar pela sobrinha daqui a uma década, ou algo assim.* O que era reconfortante, ainda que tolo, porque talvez significasse que não era esse monstro todo (algo que estivera suspeitando desde o primeiro momento de alívio instintivo).

Marra foi recebida por um criado de libré que a levou aos aposentos de Kania. Foi tudo tão parecido com a primeira vez que quase esperava encontrar a irmã em trabalho de parto novamente. Mas ela não estava. Estava de pé em frente a uma janela, envolvida no braço da mãe, e a primeira coisa que Marra notou foi sua barriga redonda.

"Você está grávida de novo", comentou, sem pensar. Ao longo dos anos, recebera outras cartas com anúncios de gravidez, mas nunca de um nascimento. Depois de um tempo, as cartas pararam de chegar, e Marra pensou que Kania talvez tivesse parado de tentar. *Talvez ela só tenha parado de anunciar.*

Kania e a rainha olharam para ela. A irmã tinha olheiras azuladas e o rosto inchado, mas ainda era tão filha de sua mãe que era como ser observada pela rainha e seu reflexo. Marra conseguiu gaguejar um pedido de desculpas, ou talvez tenha sido apenas um gaguejar sem sentido, e Kania teve pena dela. "Estou", respondeu a irmã.

"Você... Felicitações. Tenho certeza de que você deve estar muito..." *Ai, inferno. Como ela pode estar feliz? Acabou de perder a filha, a que já tinha nascido.* Marra olhou ao redor do quarto, desesperada, torcendo para que as palavras certas viessem, mas isso não aconteceu. Então o silêncio se estendeu por tanto tempo que nenhuma palavra poderia consertá-lo.

A rainha suspirou, mas Kania deu uma risada contida e atravessou o quarto para abraçar Marra, dizendo: "Fico feliz que esteja aqui, Irmã".

"Sinto muito", respondeu Marra, infeliz. "Sinto muito por Virian, por você, ou... eu sinto muito. Não sou boa nisso."

"Tudo bem", respondeu Kania. "Eu também não sou." Ela secou os olhos e recuou. Marra achou que a irmã talvez não estivesse grávida de muitos meses, e sim que o corte das roupas evidenciava bem a barriga, ou ela talvez fosse uma daquelas mulheres que começavam a parecer grávidas muito cedo.

"Há algo que eu possa fazer?", perguntou Marra. "Qualquer coisa?"

"Não há o que fazer", respondeu Kania. "Fique sentada aqui comigo. O funeral é amanhã." Marra assentiu, então as três se sentaram junto à janela, e ela tentou não dizer nada muito tolo. Portanto, ficaram a maior parte do tempo em silêncio.

Naquela noite, houve um jantar em família. Foi tenso, e as pessoas apenas remexeram a comida. Havia muitos pratos, tudo suntuoso demais, e os criados os levaram embora quase intocados. Marra viu tartarugas cozidas nos cascos, codornas cozidas com damascos, carne de veado com mirtilo-vermelho e trufas e trifles e se perguntou quem em sã consciência serviria aquelas comidas para os enlutados.

O velho rei estava em um de seus dias de confusão, com alguns momentos de lucidez. O rosto suave e bonito de Vorling estava ainda mais suave e frio do que Marra lembrava. Ponderou se ele estava começando a envelhecer como o rei. Não tinha ideia de quantos anos o príncipe tinha. 40 anos? 45 anos? Não parecia velho. E não parecia jovem. Parecia mármore esculpido. Kania, ao lado dele, era toda de carne, com pulsos e tornozelos dilatados e a pele inchada. Marra queria agarrar as mãos da irmã e implorar para que ela não engravidasse de novo, despejar tudo que aprendera sobre a prevenção da concepção no colo dela.

Mas não o fez, porque nem mesmo ela era desvairada a ponto de fazer uma coisa dessas no meio do jantar, ainda mais junto do marido que comprara a irmã para parir filhos. Remexeu no cabo da taça de vinho e esperou que os pratos intermináveis fossem levados de vez. A comida enfim se foi. O último prato foi retirado, então o rei se levantou, e todos os demais também.

"Amanhã", anunciou Vorling. Seus olhos fitaram Kania de relance. "E você se ajeite. Está pavorosa."

Marra arfou, surpresa. O homem havia mesmo dito aquilo? Ela teria ouvido errado? Por que mais ninguém tinha reagido? Fora chocante, de tão cruel. Não podia ter ouvido certo.

Olhou para a mãe procurando alguma confirmação, mas o rosto da rainha estava impassível, com a mesma calma que ela demonstrava ao falar com inimigos e diplomatas. Os dois servos que ajudavam o rei foram conduzindo o monarca em direção à porta com gentileza, e Vorling foi atrás.

"Eu gostaria de fazer vigília pela minha filha esta noite", avisou Kania, dirigindo-se às costas de Vorling. "Na capela."

Vorling se virou. Marra o viu apertar os lábios, viu quando começaram a formar uma negativa... mas o velho rei olhou para a nora e deu um sorriso vago antes de dizer: "Sim, sim, muito apropriado...".

A fúria tomou o rosto de Vorling. Foi tão estranha e inesperada que Marra quase não a reconheceu. Por um momento, achou que o príncipe estava com dor ou prestes a ter algum ataque. Depois passou, e o rosto dele retomou aquela tranquilidade lisa e suave.

"Mandarei alguns guardas", avisou o príncipe.

"Eu preferiria fazer a vigília sozinha", respondeu Kania. Sua voz saiu um pouco trêmula, como se estivesse pedindo um favor enorme. "Mas levarei minha irmã junto para me confortar."

O rosto de Vorling se virou para Marra. Sua expressão tinha um quê de máscara, e Marra quis dar um passo para trás, mas Kania também olhava para ela, assim como o velho rei.

"Sim, claro", murmurou, dobrando as mãos dentro das mangas. "Seria uma honra."

"Você deve levar uma guarda", disse Vorling.

“Eu devo ficar de luto”, retrucou Kania. “Uma freira é uma acompanhante adequada, eu acho.”

Marra queria dizer que não era uma freira de verdade, mas sabia que a irmã sabia disso, e, se ela achava importante mentir, Marra não iria expor a mentira.

Uma lágrima escorreu pelo rosto do velho rei, que a enxugou. Seu cabelo ralo parecia flutuar enquanto ele assentia. “É apropriado”, falou. Cutucou o ombro do filho. “Você precisa deixar as mulheres chorarem como lhes convém.”

Os lábios de Vorling se apertaram por cima dos dentes. “Meus guardas vão escoltá-la”, avisou, com uma voz tensa, então deu meia-volta e saiu.

Os guardas foram buscar Marra naquela noite, depois do jantar. Já mandara a criada embora e estava encarando as tapeçarias no quarto, andando de uma até a outra. Quase todas mostravam tratados sendo assinados e eram incrivelmente tediosas, mas precisava admirar a habilidade que sugeria a escrita em páginas sem de fato trançar as letras. *É um trabalho bem feito. Será que eu poderia fazer algo assim?*

Uma das tapeçarias se agitou com uma corrente de ar, talvez vinda do palácio de pó sob seus pés. Amanhã, sua sobrinha se juntaria aos antigos reis. Parecia um lugar frio e solitário para onde mandar uma criança.

Alguém bateu à porta e a abriu sem esperar um convite. Dois guardas, que usavam os mantos brancos da guarda pessoal do príncipe, entraram. “Você foi convocada”, anunciou o mais alto.

Marra assentiu. Um tanto tarde demais, ocorreu-lhe que os guardas deveriam se dirigir a uma princesa com um pouco mais de respeito, mas ali, naquele lugar construído sobre reis mortos, uma princesa talvez não tivesse muito valor. Foi andando atrás deles, de cabeça baixa, e se concentrou ao máximo em parecer uma freira.

Senhora das Gralhas, perdoe-me por esta enganação. Parece ser importante.

A capela onde o corpo de sua sobrinha jazia, com toda a pompa fúnebre, parecia maior à noite, com velas bruxuleantes e sombras se assomando nos cantos. Kania estava parada ali dentro, perto da porta, com a feição inexpressiva, como se tivesse se afastado de seu próprio rosto enquanto recuava para algum lugar profundo dentro de si.

Outros dois guardas estavam com ela, também vestidos de branco. Os quatro revistaram a capela, examinando cada banco e cada sombra. Marra achou que aquilo quase parecia uma paródia de vigilância. Não havia onde se esconder naquela capela. Eles estavam tentando impressioná-la com o cuidado? Procurando assassinos debaixo dos bancos?

Ficou quase surpresa por eles não olharem dentro do sarcófago fechado, por deixarem-no em paz. Quando tinham terminado de vasculhar o aposento, o líder dos quatro deu um breve aceno de cabeça para Kania, e todos saíram da capela. Marra ouviu uma barra sendo deslizada nos apoios conforme eram trancadas lá dentro.

"Eles foram bem... minuciosos...", murmurou.

Kania deu uma risada desdenhosa. "O príncipe teme que eu esconda amantes em cada arbusto", explicou. "Se o rei não tivesse achado tudo tão *doce*", ela rolou a palavra na língua e a cuspiu com desprezo, "nem esta pouca solidão me seria permitida."

"Ah", Marra respondeu com a voz fraca. Engoliu em seco. Kania? Com amantes? Entendia todas as palavras, mas elas não pareciam fazer sentido em sua cabeça. "Ah."

As duas se ajoelharam, juntas, na barra diante do caixão. Kania acomodou seu peso, a barriga volumosa contra as pernas. Marra queria dizer que eram gestações demais, perguntar se ela conhecia os métodos para evitar concepções, mas como fazer isso em um cômodo com uma criança morta? Em vez disso, baixou a cabeça e tentou rezar. *Nossa Senhora das Gralhas, por favor... por favor...* Não conseguia pensar no que pedir. O que pedir quando uma criança morreu? *Por favor, faça com que isso seja o mais fácil possível para a minha irmã*, pensou, por fim. Parecia ser a única coisa que valia a pena pedir.

Encarou o caixão de pedra e voltou a pensar no alívio que sentiu por ter sido só sua sobrinha quem havia morrido. A vergonha a inundou. Ela baixou os olhos para as mãos.

"Você aprendeu a rezar no convento", murmurou Kania.

"É", respondeu Marra. "O que mais aprendi foi a tecer e bordar. E a limpar um estábulo. E, nos últimos tempos, a ajudar nos partos." Ela olhou para Kania, ponderando se aquela seria uma oportunidade, mas sua irmã não disse nada.

Continuaram ajoelhadas. As velas queimavam devagar, uma gota de cera escorrendo pelos pilares pálidos.

Depois do que pareceu uma hora, Kania falou: "Minha filha está neste caixão, mas eu não sinto nada". Ela olhou para o pequeno sarcófago sem lágrimas nos olhos. "O convento lhe ensinou o que fazer com isso?"

Marra engoliu em seco e balançou a cabeça.

"Eles a tiraram de mim assim que ela nasceu", contou Kania. "Você se lembra? Eu não a segurei, nem por um momento. Eles a levaram para o pai, depois para a ama de leite. Minha filha tinha um exército de amas e tutores. Eu a via por alguns poucos minutos por dia, no máximo." A irmã balançou a cabeça devagar. "Perdi tantas coisas sem nem saber que estava perdendo... Ela deu seus primeiros passos e disse as primeiras palavras, e eu fiquei sabendo pelas amas."

"Talvez seu luto tenha sido naquela época", sugeriu Marra, torcendo para que fosse verdade. *Eu também não fiquei de luto por ela, e agora parece que ninguém está, não de verdade, e isso não é certo.*

"Talvez. Mas eu deveria estar de luto agora", respondeu Kania, soando pensativa. "Eu deveria estar destruída. Esta deveria ser a maior dor que uma mãe poderia conhecer. No entanto, é como se a filha de um estranho tivesse morrido. Sinto pena desse estranho, mas parece não ter nada a ver comigo."

"Sinto muito", Marra disse com a voz rouca. *Nossa Senhora das Gralhas, por favor, mostre para mim o que dizer. Nossa Senhora das Gralhas, por favor, conserte isto, porque eu não consigo.*

"Eu também", respondeu Kania. Ela ajustou a gravidez volumosa fazendo uma careta de dor. Levou a mão à parte inferior das costas e se encolheu, depois estendeu os braços ao longo da barra de orações. "Tiraram minha filha de mim, e agora tiraram até minha capacidade de lamentar a morte dela. As crianças que perdi antes de nascerem... todas elas pareciam mais reais do que isto."

Aquela poderia ter sido uma oportunidade para falar sobre as gestações perdidas. Poderia ter sido a hora. Mas o olhar de Marra estava fixo nos pulsos da irmã, em uma linha de marcas roxas.

Estendeu a mão, tremendo um pouco, e as marcas coincidiam. Marcas de dedos. De uma mão masculina, maior que a dela, mas eram, sem dúvida, marcas de dedos.

"Kania", disse com uma voz rouca.

A irmã olhou para o braço e puxou a manga para esconder as marcas roxas, murmurando: "Ah".

"Essas são... como você...?" Sentiu a garganta fechar. Aquilo não poderia ser o que parecia. *Deve ter sido um acidente. Precisa ter sido um acidente. Ela tropeçou, e ele a segurou...*

"Ele costuma tomar cuidado para não deixar marcas em lugares visíveis", falou Kania, com uma voz tão exausta que faria os entalhes nas paredes ganharem vida e chorarem. "Mas, como estou grávida, essa habilidade é limitada. E ele ficou com muita raiva porque eu quis fazer a vigília sozinha."

Marra a encarou. As palavras caíram dentro dela como pedras em um poço, podia ouvi-las se chocando na mente, mas não pareciam fazer sentido. Não *poderiam* fazer sentido.

"Ele..." Precisou parar e engolir. Sua garganta ficou seca. "Ele... machuca você?"

Kania lhe deu um daqueles olhares rápidos e cáusticos de que se lembrava da infância, quando demorava demais para entender alguma coisa. Era a mesma expressão de quando Marra se recusava a acreditar que Damia tinha morrido. Ela se encolheu como se aquilo fosse um golpe.

"Claro que sim", respondeu a irmã. "Embora, em geral, pare quando estou grávida. Ele não quer mais abortos. Mas ainda assim, eles acontecem." Ela deu um sorriso sombrio. "De qualquer forma, isso não é um grande alívio, porque ele acumula muita raiva nesses meses. Seria de se esperar que tivesse prostitutas em quem descontar, mas o homem tem horror a bastardos, então sou eu ou nada."

"O príncipe", disse Marra, sentindo que ainda estava meio passo atrás na conversa. "O príncipe faz isso?"

Ela lhe lançou outro olhar cáustico. "E quem mais?"

"Mas alguém precisa impedi-lo", falou Marra. "O rei... ou..." Não terminou a frase. Quem poderia impedir um príncipe? Daria para chamar os guardas? Não dava para fazer isso, certo?

"O rei está senil", explicou Kania. "Você o viu. Ele aparece em cerimônias, murmura e acena, e depois volta para a cama. Vorling é o verdadeiro governante. Já faz anos."

"Há quanto tempo isso está acontecendo?", sussurrou Marra.

"Desde o começo."

"Ah." Marra engoliu em seco. Nada de rei. Nada de guardas. Nada de ajuda. "Volte para casa, então. Deixe esse homem e volte para casa, onde ele não pode encostar em você."

O olhar de Kania foi quase de pena. "E aí ele vai declarar guerra contra o nosso país por quebra de contrato. Você acha que eu não perguntei? Ele não permitiu nem mesmo que eu fosse para casa fazer uma visita. Eu disse que ele morre de medo de bastardos. Vale para os dois lados. Se eu ficar fora de vista por um só dia, ele tem certeza de que engravidarei de outro homem. E me diz que não terá bastardos no trono. É por causa do feitiço, entende? A bênção da fada madrinha. Nenhum inimigo tomará o trono, mas só enquanto a linhagem persistir. Um bastardo no trono significa a queda do Reino do Norte. Pelo menos, é nisso que ele acredita."

Cada palavra soava feia, como o golpe de um machado no cerne de uma árvore. Marra balançou a cabeça devagar. Era desconcertante. Apavorante. Não fazia sentido. "Mas você não faria uma coisa dessas!"

Kania deu uma risada curta e rouca. "Em um piscar de olhos", sussurrou, baixando a voz. "Sem pensar duas vezes. Se eu achasse que poderia ter um filho que não carregasse o sangue daquele monstro..."

Marra olhou para o caixão, não conseguia mais olhar nos olhos da irmã.

"Ele saiu em uma campanha militar, bem no início do casamento", contou Kania. "Passou anos fora. Quando voltou, não me tocou por nove meses. Disse que era para ter certeza. Queria ter certeza absoluta." Ela deu outra risada rouca. "Foram os melhores anos do meu casamento. Mas eu ainda era jovem e boba o suficiente para pensar que ele poderia mudar."

Marra respirou fundo. "Então você precisa matá-lo", falou, sua própria voz mal passava de um sussurro. Será que os guardas na porta podiam ouvi-la? Baixou a voz ainda mais. "Com uma apunhalada enquanto ele dorme."

Kania a olhou com pena e desespero. "Ele não dorme comigo."

"Então... quando ele... você sabe..." Marra sentiu seu rosto ficar vermelho.

Quando Kania olhou para a irmã, seu rosto se suavizou. "Os guardas dele ficam junto, até mesmo nesses momentos", explicou com gentileza. "Acho que ele se excita sabendo que estão assistindo."

O mundo todo pareceu se inclinar para o lado. Marra nunca tinha pensado... nunca tinha nem sonhado... "Ah", respondeu.

Não conseguia lidar com aquilo. Não havia lugar em sua cabeça para armazenar aquela informação. Tentou pensar em algo mais, algo que pudesse consertar as coisas. Kania ficou em silêncio, com as mãos dobradas, olhando para o caixão da filha que não tivera permissão de amar.

"Se... Se você tivesse um herdeiro", começou Marra, "se você lhe desse um herdeiro, ele a deixaria em paz? Você poderia ir embora. Para algum lugar. Uma propriedade à parte, ou de volta para casa? Algo assim. Ele não precisaria mais de você."

"Ele não precisaria mais de mim", concordou a irmã. "E, assim que ele não precisar de mim, assim que tiver um filho que governará tanto nosso reino quanto o dele, minha vida vai valer menos do que a do camponês mais insignificante. Minha morte não será rápida, mas eu vou morrer."

"Então você não pode ter mais filhos!", exclamou Marra, desesperada. Sua mente estava tomada pelos cavalos com rédeas pretas, um cortejo fúnebre de enlutados, o corpo amortalhado que devia ser de Damia. "Não pode! Pode ser que nasça um menino!"

E, se ela não gerar filhos, não será mais útil. Ele a matará e se casará com a próxima irmã da fila para conseguir um filho.

A próxima irmã.

Kania a olhou com firmeza, e Marra percebeu que aquela compreensão devia estar estampada em seu rosto.

"Você entende como será", murmurou Kania. "Se há uma saída, eu não consigo encontrar." Ela se ergueu, uma rainha em cada centímetro. "Mas eu aguento. Pelo bem do nosso povo, eu aguento."

Os três dias seguintes foram tomados pela náusea da monotonia de seu horror. Marra não ousou falar com ninguém sobre o que descobrira. O príncipe ficaria sabendo. Sem dúvidas. Kania não ousara falar sobre o assunto, exceto na capela, para a irmã e o corpo da filha. *Não falarei com ninguém. Ele vai descobrir. Ele vai descobrir.*

Mas, assim como não havia como tocar no assunto, também não havia como parar de pensar a respeito. Não havia momento, acordada ou dormindo, em que aquilo não ardesse em sua mente. Marra engoliu torradas secas e sonhou com as marcas nos braços de Kania, e seu único consolo era que todos acharam que seu horror era luto.

O caixão da sobrinha foi sepultado nas criptas abaixo do palácio. Marra só conseguia se lembrar das grandes portas de ferro se abrindo, então da procissão por um labirinto de galerias de pedras gélidas. Andou atrás de Kania, com as mãos enfiadas nas mangas, e observou o rosto de Vorling, percebendo que nunca odiara ninguém antes. Aquele novo sentimento devia ser isso. Ocupava tanto espaço em seu peito que não sabia se conseguiria respirar com aquilo ali.

Quando ela e a mãe deixaram o Reino do Norte, o alívio a atingiu com tamanha força que pareceu alegria, como se ela pudesse pular da carruagem e dançar na estrada. *Não posso ficar aliviada. Kania ainda está presa. Nunca fui eu em perigo. Não mereço me sentir assim.* Mas o alívio veio mesmo assim, e a vergonha o acompanhou em ondas. Conforme se afastavam, a alegria desvairada de estar longe do palácio de Vorling persistia.

Passou apenas uma noite no palácio do pai. Seu antigo quarto tinha sido preservado. Até mesmo um reino pequeno e pobre podia se dar ao luxo de preservar o quarto de uma princesa. A decoração era para alguém muito nova, cheia de brinquedos de pelúcia, e Marra já tinha 30 anos. *Mas não posso pedir que mudem a decoração de um quarto que uso uma vez por década. Seria um desperdício.* A abadessa teria torcido o nariz diante de tamanha extravagância, que poderia ter alimentado os pobres, e a Irmã Boticária teria balançado a cabeça e dado risada.

No entanto, havia uma coisa que poderia fazer na casa de seu pai, apenas uma. Marra reuniu o máximo de coragem que pôde. Nunca lhe ocorrera que viver como freira poderia ter roubado sua coragem, e, ainda assim, enfrentar a mãe parecia muito mais assustador do que quando era criança. Estava muito consciente de que a mulher era antes rainha, depois mãe, e que Marra era só uma pequena peça insignificante em seu jogo.

"Preciso falar com você", disse, quando a mãe olhou para ela. "Hã... Vossa Majestade. Mãe. Por favor."

Ah, isso foi ainda pior do que eu esperava, pensou. Nunca tinha sido muito hábil com as palavras, mas parecia ter perdido a pouca habilidade que um dia possuíra.

Uma linha surgiu entre as sobrancelhas da rainha. "Deixe-nos a sós", ordenou às damas de companhia, que saíram olhando para trás com curiosidade.

"Kania está em apuros", avisou Marra, assim que a porta se fechou atrás delas.

A rainha inclinou a cabeça para o lado. "Como assim?"

"É o príncipe", Marra engoliu em seco. Sua garganta estava muito ressequida. *Ela está ouvindo, já é alguma coisa.* "O príncipe Vorling. Ela está com medo. Está com muito medo. Eu acho... tenho quase certeza..."

Não conseguia dizer as palavras. Estavam bem ali, em seus pensamentos. *Ele machuca Kania*. Mas não conseguia dizê-las. *Eu não consigo. Por que não consigo?*

Sentia como se estivesse prestes a dizer algo horrível e vergonhoso. Sua garganta queria se fechar, impedindo-a de dizer coisas tão terríveis, ainda que fosse tudo verdade, ainda que não fosse culpa de Kania, e sim de Vorling. Porém, por algum motivo, pronunciar as palavras parecia impossível. Ela engoliu em seco mais uma vez. Seu rosto estava quente.

Diga logo. Diga logo. Pensou de novo nas marcas violeta e tentou se concentrar. Por que era tão difícil? Kania não pediu ajuda, mas Marra precisava forçar as palavras a saírem. Sua mãe resolveria aquilo. A rainha resolvia as coisas, era por isso que seu pai se casara com ela. A rainha entendia de política e era prática, e, de alguma maneira, resolveria tudo.

"Ele está... ele vem...", Marra respirou fundo. *Diga logo. Você precisa dizer.* "Ele está machucando Kania. Eu vi as marcas. Precisamos tirar ela de lá."

"Ah", respondeu a rainha.

Será que ela acredita em mim? E se ela não acreditar? Todas as lembranças da infância surgiram em sua cabeça, todas as mentiras infantis, Kania dizendo que ela só estava com ciúmes porque não tinha um príncipe... *Ai, Senhora das Gralhas! O que eu faço? Arrasto minha mãe até o Reino do Norte e mostro as marcas no braço de Kania?*

O pensamento foi devastador. Ficou olhando enquanto a rainha curvava a cabeça para o bordado em suas mãos. Marra conseguia identificar o ponto: um nó de mosquito. Pensou que teria feito melhor, com um resultado mais bonito. Isso lhe deu um pequeno fio de coragem, saber que era mais habilidosa em alguma coisa do que a rainha, e lhe restava pouquíssima coragem.

"O príncipe Vorling é um monstro", afirmou a rainha, decidida. "Sem dúvidas, ele está machucando Kania de diversas maneiras, embora tenha aprendido a não fazer nada que possa causar um aborto. Vamos torcer para que o próximo bebê seja menino, para que sua irmã tenha alguma chance de escapar da atenção direta dele."

Marra ficou boquiaberta, mas não havia palavras em sua garganta. *Mas ele não vai deixar que ela escape. Ele vai matá-la.*

"No entanto, até ter um filho, Kania está à mercê dele. E nós também."

"Mas...", Marra engasgou.

A rainha puxou a agulha pelo tecido com um gesto impaciente. "Pense, Marra! Somos um reino muito pequeno, a faca dele está na nossa garganta. Se perdermos a proteção do Reino do Norte, o Reino do Sul marchará sobre nós para tomar o porto."

"Mas... mas eles nunca fizeram isso..." Marra sentia como se tropeçasse nos passos de uma dança muito mais intrincada do que tinha imaginado.

"Não fizeram porque o Reino do Norte teria impedido. Não por nossa causa, mas para que o Sul não controlasse o porto. Mas, se o Reino do Norte tornar público que caímos em desgraça e que eles não têm mais interesse em nossa defesa, as tropas do Sul vão cercar o castelo em duas semanas."

Marra tentou imaginar os campos ao redor do castelo repletos de tendas, espadas e piques, mas não conseguiu.

Outra agulhada forte no tecido. O ponto ficaria apertado demais, enrugaria o tecido. "Ou", continuou a mãe, "se desafiarmos Vorling antes que ele tenha um filho para herdar nosso trono, ele próprio pode decidir marchar contra nós e arrasar a cidade inteira em um único dia sangrento."

Marra engoliu em seco. "Mas Kania..."

"Está em uma situação muito perigosa e delicada. Ela pediu que você a tirasse de lá?"

"Não..." Marra sentia como se estivesse de pé alguns passos atrás de si mesma, descolada do mundo. Um mundo que podia ser muito estranho, cruel e complicado. "Não, eu... não."

A rainha assentiu.

Ela queria dizer muito mais. Queria dizer que Kania achava que um filho menino significaria sua morte, mas ela talvez estivesse errada, ou talvez a rainha estivesse errada, ou talvez todo mundo estivesse errado, e não houvesse nenhum conserto para nada. Mas outro pensamento atingia seu crânio como uma mariposa contra o vidro.

"Você sabia?", perguntou Marra. "Antes?"

"Eu sabia que ele tinha apetites questionáveis", respondeu a rainha. Não havia nada em seu rosto ou no tom de voz que sugerisse um pedido de perdão. "Tinha esperanças de que fosse sábio o suficiente para manter isso tudo em segredo. Não pensei que fosse tolo o bastante para atormentar a esposa até provocar um aborto, até que a levasse à morte." Ela balançou a cabeça, seus lábios formando uma linha sombria.

Morte? Mas... Levou tempo demais até enfim lhe ocorrer que a mãe estava falando de Damia, não de Kania.

Ah.

Ah.

Então ele a matou mesmo.

E minha mãe sabia.

Marra não conseguia identificar o que sentia. Aquilo era grande demais, estranho demais. Não sabia se queria chorar, berrar de raiva ou se atirar do muro do castelo. Não havia nada em seu coração ou em seu passado que lhe dissesse o que fazer com a nova informação. Era descomunal. Precisava deixar aquilo de lado e se concentrar em Kania, ou então estaria perdida.

"Poderíamos tirar minha irmã de lá", sugeriu Marra, sem esperanças. "Ela poderia ficar comigo. Entrar para a Ordem das Irmãs. Aí ele não poderia colocar as mãos nela."

"Marra", disse a rainha, suavizando a voz. "Marra, meu amor, acha que um homem que tortura a esposa, que arrasaria um reino por puro capricho, seria detido pelos muros de uma abadia?"

Marra ainda estava parada a uma distância segura de si mesma, presa em âmbar. Viu a si mesma inclinar a cabeça e dizer: "Não. Claro que não".

A fúria que crescia dentro dela foi extinta de uma só vez. Sua mãe já sabia, e também já sabia que não havia nada que pudesse fazer. Era tarde demais. Talvez já fosse tarde demais quando Vorling apareceu para cortejar Damia, muitos anos antes.

Não deixe que ela arraste você para este inferno junto com a gente, Kania disse com os olhos opacos de agonia, agarrando-se às vestes da irmã. *Fuja*.

A compreensão se espalhou dentro dela como sangue encharcando um curativo. O príncipe Vorling escolhera um reino pequeno e vulnerável que não poderia revidar.

Tinha sido uma escolha deliberada. Ele se casara com suas filhas, sabendo que poderia atormentá-las segundos seus caprichos, que elas teriam que aceitar o que fosse para manter seu povo em segurança.

... Ah.

"Não faça nenhuma tolice", disse a rainha. "Não fale com ninguém sobre isso. Se o príncipe ficar sabendo, vai ser ruim para a sua irmã." Ela deixou o bordado de lado. "Eu não toco no assunto pelo mesmo motivo."

"Ela vai ficar bem?", perguntou. Sabia que a resposta era não, mas queria que a rainha a reconfortasse, que lhe dissesse que tudo se resolveria da melhor forma, como fazia quando Marra era bem pequena.

"Até agora, ela ficou", respondeu a rainha. "Ela está montada em um dragão, e todos nós no reino estamos juntos na montaria."

COMO MATAR UM PRÍNCIPE

Capítulo 6

Marra passara quinze anos no convento. Metade de sua vida, exceto alguns meses. Sabia bordar, costurar e tricotar, e talvez soubesse um pouco mais de política do que uma freira comum. Mas não podia fazer nada para salvar sua irmã.

Pensara que retomar a rotina familiar do convento a acalmaria, mas isso não aconteceu. Dias haviam se passado após seu retorno do Reino do Norte, mas Marra ainda não conseguia sossegar. Ia de um lado para o outro, com os dedos coçando devido à inatividade, incapaz de suportar a quietude do convento. O que poderia fazer? Precisava ajudar Kania. Mas não podia. Mas precisava. Mas não podia. Mas...

"Você está apaixonada ou está grávida?", perguntou a Irmã Boticária.

"Nenhuma das duas coisas", respondeu Marra, um tanto horrorizada.

"Não pareça tão chocada. Você anda inquieta feito um gafanhoto, e esses são os dois males que conheço que começam assim."

"Não", insistiu Marra. Confiava muito na Irmã Boticária, mas lembrou-se do que a rainha dissera sobre o príncipe ficar sabendo... "Não. Estou preocupada com minha irmã. Ela... Ela teve muitas gestações. Muito próximas. E perdeu algumas. E... você sabe."

"Eu sei", respondeu a Irmã Boticária, séria. "Vejo isso o tempo todo. 'Cada criança, um dente', dizem as camponesas, e metade dessas pobres mulheres não tem nenhum dente sobrando. Elas se exaurem dando à luz. Mas sua irmã é uma princesa, e as princesas recebem mais cuidados do que o resto de nós. Ela está em boas mãos."

São as mãos do príncipe que me preocupam. Apertando, agarrando, machucando... Lembrou-se da fileira de marcas violeta no pulso de Kania.

"Eu preciso fazer alguma coisa", murmurou Marra, andando de um lado para o outro, apertando os próprios pulsos com os dedos.

"Não é seu trabalho resolver isso", falou a Irmã Boticária. "Acha que eu não impediria mulheres de engravidarem até a morte? Mas não é escolha sua. Você não pode sair por aí expulsando os maridos delas da cama. Posso preparar tonéis de chá especial, mas não posso obrigá-las a beberem."

Marra olhou para as suas mãos. "Eu preciso fazer alguma coisa", repetiu.

"Boa sorte", disse a Irmã Boticária, brindando com um cálice de licor. "Se encontrar uma solução, avise."

• • •

Os dias se estenderam em semanas de preocupação, Marra sempre cravando as unhas na própria pele. A abadessa ficou preocupada, mas a Irmã Boticária misturou um unguento para os arranhões e disse apenas: "Você está lutando contra o mundo, é isso".

E era verdade, até certo ponto, mas Marra continuou ressentida. Era algo que deveria ser superado aos 16 anos, não aos 30. *Sempre fui lenta para a minha idade, mas isso já é demais.*

As semanas se tornaram um mês, depois outro, e outro, e Marra não fazia nada além de andar para lá e para cá, preocupada, sentindo-se cada vez mais inútil. *Eu devia fazer alguma coisa. Eu devia poder fazer alguma coisa. Devia conseguir um jeito de resolver isso.*

Não conseguia pensar em nada. Talvez fosse um trabalho para heróis, e Marra não sabia ser heroína. Passava as noites em claro, perseguindo fantasmas atrás de seus olhos, revivendo os momentos na capela, revivendo os momentos com a mãe. Fazia planos dramáticos na escuridão e os descartava ao raiar do dia. Pediria uma audiência com Vorling e o esfaquearia. (Não, os guardas a impediriam.) Tentaria seduzir Vorling para que os guardas fossem embora, *então* o esfaquearia. (Ela era quase uma freira... o que sabia sobre sedução?) Pegaria plantas do estoque da Irmã Boticária e o envenenaria. (Como chegaria perto da comida dele?) Iria... Iria...

Ao que parecia, não iria fazer nada. Cada ideia de ação terminava com Marra executada e sua irmã ou seu reino esmagados. Os planos se desenrolavam em sua cabeça noite após noite, todos inúteis.

Planos inúteis. Marra inútil. Que serventia eu tenho?

Ocorreu-lhe que a gravidez de Kania já devia estar bem avançada. *Se a barriga estiver aparecendo, talvez ela esteja segura. Kania disse que, no geral, ele a deixa em paz quando está grávida.* Pensou nas roupas da irmã, em como a barriga estava visível desde muito cedo. Com algumas mulheres era assim mesmo, mas Kania não era boba, talvez as costureiras tivessem modelado as roupas para deixar a gravidez óbvia.

Supondo que ela não tenha perdido essa criança também.

Mas não foi o bebê que ela perdeu. Em vez disso, chegou a notícia, não por cartas, mas por boatos, de que o rei havia morrido, e o príncipe Vorling agora era o Rei Vorling do Norte.

É melhor assim?

É pior?

Será que mais pessoas estarão de olho?

Mas agora ele é rei, ninguém pode impedi-lo.

Marra não tinha respostas. Não sabia se aquilo era bom, ruim ou terrível, se era uma tábua de salvação à que Kania poderia se agarrar ou se era uma sentença de morte. Mal conseguia assimilar a ideia. *Rei Vorling* não fazia sentido. Em sua mente, ele ainda era o *príncipe Vorling*. Ainda se lembrava daquele lampejo de raiva quando Kania pediu para velar a filha. Como um homem daqueles poderia ser rei, ter todo um reino nas mãos?

Foi tirar ervas daninhas do jardim com afinco, arrancando labaças, línguas-de-ovelha e carrapichos-de-agulha, com os dentes rangendo.

Se eu fosse homem, lutaria contra ele.

Se Kania fosse homem, ninguém a forçaria a tentar ter um filho depois do outro. Se eu fosse um homem, não seria a próxima na fila para me casar, se ele a matar. Se nós fôssemos homens... Olhou para os dedos enfiados na terra. Não importava. Elas não eram homens, e a história do mundo era escrita no ventre e com o sangue das mulheres, nunca permitiriam que ela mudasse isso.

A fúria a sacudiu por dentro, uma fúria que parecia capaz de derrubar os portões do Paraíso, então desapareceu sob a ciência da própria impotência. A fúria só era útil para quem tinha permissão de usá-la para fazer alguma coisa.

Marra ainda olhava para as mãos quando ouviu duas das leigas consagradas conversando. "Não sei o que fazer", disse uma. "Estou sem ideias."

"Vá ver a dama do pó", aconselhou a outra. "Ela sabe coisas."

"Que tipo de coisas?"

"Ah, você sabe. Magia."

Marra ergueu os olhos de repente. Mas foi repentino demais. As duas perceberam e se afastaram às pressas, baixando as vozes, mas a semente tinha sido plantada.

A dama do pó.

Naquela parte do reino, todo cemitério de tamanho considerável tinha sua dama do pó. Marra tinha uma vaga consciência da existência delas, mas vinha do lado oeste do reino, e havia uma diferença distinta. No lado da costa, os cemitérios enterravam um cachorro para guiar e proteger os mortos, eles eram chamados de cães guardiães da igreja. No lado leste, o lado da montanha, havia damas do pó. (Em alguns lugares no meio, havia os dois, tanto uma dama do pó quanto um cão guardião da igreja. "Mal eles não fazem", já dissera uma dama do pó sobre o cão guardião, "e é bom ter um cachorro por perto".)

Damas do pó viviam em casinhas junto aos cemitérios. Eram um misto de bruxas e coveiras, porque cavavam os túmulos e sepultavam os mortos. Mesmo quando ficava velha e frágil demais para cavar as covas sozinha, a dama do pó se arrastava com sua pá e escavava o primeiro montinho de terra antes que um ajudante contratado terminasse o serviço. Do contrário, sem a bênção da dama do pó, havia a chance de os mortos acharem que a pessoa que estava cavando era um ladrão de túmulos e a amaldiçoarem.

Diziam que as damas do pó falavam a língua dos mortos e que conheciam todos os segredos que jaziam sob a terra. Quando uma delas morria, era cremada, e as cinzas eram espalhadas pelo cemitério dela, para que cada dama do pó que viesse depois tivesse acesso à sabedoria de suas antecessoras.

Marra puxou o capuz do manto para cobrir o cabelo e saiu em busca da dama do pó. O convento tinha seu próprio cemitério, bem pequeno, mas aquelas almas pertenciam à Nossa Senhora das Gralhas. Precisaria ir à cidade, até a grande igreja consagrada à Nossa Senhora da Colheita, para visitar o cemitério de lá.

A dama do pó estava trabalhando do lado de fora, cuidando dos túmulos. Era uma mulher gorda e robusta, de rosto corado. "Boa tarde", cumprimentou, sorrindo. "Posso ajudar, moça?"

"Preciso de um feitiço", soltou Marra, então ficou ali, parada, sem saber se tinha cometido algum erro social terrível. Será que deveria jogar conversa fora com a dama do pó antes? Implorar? Oferecer dinheiro? "Desculpe. Eu não..." Levou as mãos às bochechas. Estavam quentes.

A dama do pó se levantou e deu tapinhas gentis na mão de Marra. "Vamos começar do começo. Meu nome é Elspeth. E o seu?"

"Marra", respondeu ela, antes que lhe ocorresse mentir.

"Bom nome, tradicional. Como o da nossa princesa. Venha, sente-se aqui e me conte qual é o problema."

Marra soltou um longo suspiro. O aviso da mãe pesava em seus pensamentos. Quanto poderia contar? "Minha irmã é casada", explicou, sentando-se no muro ao lado da dama do pó. "Ele... Ele não é bom. Minha irmã engravida só para não apanhar dele. Mas o corpo dela sofre com isso. Ela perde os bebês às vezes, então fica pior. Eu não posso... Eu preciso ajudar minha irmã. Mas ele... Ele não vai deixar que ela vá embora." Ela olhou para as mãos.

"Pobre menina. Isso é difícil. Ele tem uma posição que permite que saia impune?"

Soltar uma risada histérica não ajudaria ninguém, então Marra apenas respondeu: "Sim".

Elspeth inclinou o corpo para trás e ficou séria. "O que quer que eu faça, jovem? Não parece que ficar estéril ajudaria sua irmã. Eu poderia dar um amuleto para tornar a gravidez mais tranquila, mas, para dizer a verdade, não ajuda muito. E não pode salvar um bebê que não deseja vir ao mundo."

Marra fechou os olhos e pensou em traição, em regicídio, então sussurrou: "Você pode me dar um feitiço que o mate?".

A dama do pó passou um bom tempo em silêncio. Marra abriu os olhos, esperando ver horror, mas os olhos de Elspeth estavam cheios de pesar e compreensão. "Não", respondeu. "Se eu pudesse, talvez lhe desse um, mas eu não sou uma carrasca e iria querer saber mais antes de sujar as mãos. Mas o tipo de magia que você quer está muito além das minhas capacidades. É poder de verdade, não uma questão de saber fazer amuletos, conhecer e saber ouvir os mortos." Ela desviou o olhar, parecendo medir bem as palavras, então disse: "Se você for para a capital, tem uma mulher que, pelo que me disseram, entende muito de venenos".

Marra balançou a cabeça. O príncipe empregava um provador de comida, é claro, mas não podia explicar esse detalhe. "Se ele fosse envenenado, desconfiariam dela na hora", respondeu, em vez disso.

Elspeth estendeu a mão e segurou a de Marra. Por um momento, Marra achou que a mulher a estava confortando, mas o aperto era forte demais. Ela olhou para cima, surpresa, e os olhos da dama do pó estavam estranhos e estáticos, com as pupilas enormes e as íris quase sumindo.

Os olhos dos mortos, pensou Marra, e sua cabeça completou: *é como devem ter ficado os olhos de Damia*.

Então Elspeth piscou, e seus olhos voltaram ao normal. Ela soltou a mão de Marra e esfregou o rosto. "Bem", falou, quase para si mesma. "Então tá. Então é assim."

"Perdão?", indagou Marra.

"Os mortos podem ajudar", explicou Elspeth. "Mas você precisa de uma dama do pó de verdade, uma casada com argila, osso e terra de sepultura, não uma bruxa herbalista velha que é boa em cavar buracos." Ela apertou os olhos e fez uma careta, como se a luz do dia a incomodasse. Marra viu uma lágrima escapar do canto do olho dela e escorrer pela bochecha.

"Onde encontro alguém assim?", perguntou.

"Ao sul", respondeu Elspeth. "A sudeste. Não aqui. Contorne o lado sul das montanhas. As planícies secas, conhece?"

Marra assentiu. O pai tinha levado as princesas até lá, certa vez, como parte de uma procissão real. Era uma terra ressequida feito pedra e levantava vastas nuvens de poeira branca enquanto viajavam. "Conheço."

"Lá tem uma grande necrópole, mas não é nesse lugar. Pare antes de chegar lá. Na encosta da montanha e das cavernas esculpidas, na morada abandonada e com crânios de touros. É ali. Ali tem uma dama do pó digna do título. Os mortos rastejariam de joelhos para entregar seus segredos a ela."

Marra assentiu de novo. "Obrigada", falou, descendo do muro.

"Não me agradeça", retrucou Elspeth. "Volte para me contar como foi, depois que tudo terminar."

Pensando na longa jornada para sudeste, Marra balançou a cabeça.

"Eu posso não viver para contar a história", admitiu.

"Eu sei", a dama do pó disse com a voz gentil. "Mas eu ainda poderei ouvir."

Era uma longa viagem. A única pessoa para quem contou foi a Irmã Boticária, que a fitou com os olhos firmes, então lhe entregou uma bolsa cheia de moedas e um saco cheio de folhas de chá. "Magia", falou ela. "A magia está além das minhas habilidades. Volte quando puder. E, se não puder voltar, espero que o destino seja bom com você."

Marra não tinha mais muita fé no destino. Nascera princesa, o que deveria ter sido uma sorte, mas o preço por nunca passar fome era ser envolvida em um conflito entre pessoas poderosas demais para terem que encarar a justiça.

Também quase queria que a Irmã Boticária lhe dissesse para não ir, porque, dessa forma, teria algo contra o que se rebelar. Estava acostumada a ser teimosa, e ter pessoas concordando com ela era desconcertante e não lhe dava muita oportunidade.

Com a Irmã Boticária encobrindo sua ausência, ergueu o capuz do manto e voltou à cidade. A dama do pó a orientou a procurar um pastor que levaria lã para o mercado em Low Bandai, ao sul, e Marra foi com ele até a cidade.

O pastor parecia gostar da companhia, mas não falava muito. Isso agradou Marra, que tinha pouco a dizer além de *Ai, meu deus, meu deus, o que estou fazendo, meu deus...*

De Low Bandai, havia coches para todas as direções. Ela se despediu do pastor e pegou um coche para o mais longe possível a sudeste, depois outro. Economizava as moedas para comprar comida e dormia dentro do coche ou em bancos enquanto esperava pelos próximos coches. Estava cansada, mal-humorada e costumava esconder o cabelo bagunçado com o capuz do manto, mas seu estoque de moedas não diminuiu com a mesma rapidez que iria caso dormisse em quartos de estalagem.

Ninguém nem pensaria que ela era uma princesa.

A primeira vez que teve que comprar um assento em um coche foi assustadora. Nunca tinha feito aquilo, ficara medo de dizer algo tão tolo que o cocheiro riria dela e recusaria a passagem. Mas juntou coragem e disse: "Preciso ir para Essemque". Então o cocheiro lhe deu um preço. Ela entregou uma moeda, e ele assentiu, dizendo que o coche partiria dali a vinte minutos e que era para ela estar a bordo.

A segunda vez foi mais fácil, assim como a seguinte. Ela se acostumou aos coches e descobriu que ficar apertada lá dentro podia dar náuseas, mas era o jeito mais barato de viajar. Não sabia de onde saíra aquela súbita frugalidade, mas algo no fundo de sua mente sussurrava que não receberia ajuda de ninguém e que se ficasse sem dinheiro, não teria como ganhar mais. Suas únicas habilidades eram bordar e cuidar de jardins. *Eu imagino que poderia vender meu corpo, mas também não sei fazer isso.*

Imaginava que seria muito mais complicado do que comprar uma passagem em um coche. Precisaria falar com os clientes ou eles falariam com ela? E como iniciar uma conversa que terminava em uma troca de dinheiro por sexo? Havia regras de etiqueta?

Não era algo que se ensinava em conventos. Era mais fácil dormir nos coches.

A cada sono de moer os ossos, foi avançando a sudeste, contornando as montanhas. Ocorreu-lhe que era provável que a abadessa tivesse que contar de seu sumiço à rainha. Então Marra tinha fugido? Alguém pode mesmo fugir, tendo 30 anos?

Teve sorte, dentro do possível. Ninguém a incomodou, pelo menos, não muito. Só uma vez, quando um homem tentou arrastá-la para uma conversa que se mostrou perigosa.

"Para onde você está indo?", perguntou o sujeito, sentado diante dela dentro do coche. O homem tinha todos os dentes, e dava para ver cada um deles em seu sorriso.

"Para o sul", respondeu Marra.

"Qual cidade?"

Ela deu de ombros. "Para o sul", repetiu, tentando esconder como seu pulso estava acelerado. Será que o sujeito a reconhecera? Por que estava perguntando?

O homem perguntou seu nome, e ela apenas o encarou em silêncio. Ele fez mais perguntas, querendo saber para onde ela estava indo, se tinha família lá. Quando Marra não respondeu, seu tom ficou feio. Ele lançou um insulto, sem se importar com os outros passageiros ouvindo.

Foi uma mulher de meia-idade que a salvou, inclinando-se e estalando os dedos diante do rosto do homem. "Seu jovem tolo e rude", rosnou a mulher. "Não está vendo que ela é uma freira? Por que está descontando sua raiva em uma freira em peregrinação?"

O homem já estava xingando a mulher quando processou suas palavras. Ele parou no meio de um palavrão, as consoantes se perderam em sua língua e ele ficou olhando para Marra, em suas roupas sujas de viagem, como se a visse pela primeira vez. "Uma freira?", indagou.

Ela aproveitou a oportunidade. "Eu sirvo à Nossa Senhora das Gralhas", explicou à mulher. Não era uma mentira tão grande assim. "Obrigada." *Senhora, me perdoe.*

O homem murmurou alguma coisa, corando, e não a incomodou mais. Ele desceu na parada seguinte. A mulher de meia-idade ficou com Marra até chegar o próximo coche, seus olhos fracos e aquosos, mas afiados feito sílex por trás da fraqueza. "Diga que é uma freira logo de cara", aconselhou. "Muitos homens não hesitam em maltratar mulheres, mas morrem de medo de um hábito e de um símbolo sagrado. Isso pode poupar você de alguns problemas pelo caminho."

Marra assentiu. Depois disso, tentou caminhar como a abadessa, com as mãos enfiadas nas mangas, como faziam as irmãs. Tinha um colar com uma pena de gralha esculpida que a mãe enviara e que ela pensara em vender, mas passou a usá-lo por fora da roupa. Era parecido o suficiente com uma medalha clerical para garantir um pouco mais de espaço nos coches, um pouco mais de distância ao seu redor. Pessoas que esbarrariam em Marra, a mulher, abriam caminho para Marra, a freira.

E Marra, a princesa?, ela se perguntou, intrigada. *Será que abririam caminho para ela?*

Uma situação que nunca aconteceria, claro. Uma princesa não viajaria em coches comuns. Não se sentaria nos bancos dos pátios de coches comuns, nem dormiria com a cabeça encostada na parede. A princesa que um dia fora estava morta, tão morta quanto Damia, em sua sepultura, tão morta quanto as crianças que Kania tentava, sem sucesso, trazer ao mundo.

Na última cidade antes da grande necrópole, ela se dirigiu ao cemitério, onde encontrou a dama do pó local, uma mulher tão velha que mal conseguia segurar a pá para cavar a terra.

"Estou procurando a dama do pó ", explicou Marra. "A... a poderosa."

"Ah", disse a velha. "Sei de quem você está falando. Caminhe para fora da cidade em direção ao sol nascente até encontrar dois muros um pouco mais altos que um homem. Tem uma passagem entre eles, com muitas pedras soltas. Atravesse essa passagem, e você verá um lugar plano cheio de túmulos e um pequeno cume de pedra. A casa dela foi construída ali."

"Obrigada", respondeu Marra.

"Tome cuidado", avisou a velha. Os mortos olhavam através de seus olhos, e Marra se perguntou quem exatamente estava dando o aviso. "Seja educada. Ela não é como um demônio, não vai tentar prender você com as palavras, mas sabe coisas demais."

Estava prestes a perguntar como alguém poderia saber coisas demais, mas então pensou em todas as coisas que descobrira sobre o príncipe Vorling e a morte de Damia. Marra se curvou em uma mesura à dama do pó pensando em como uma princesa nunca se curva para ninguém, e a dama do pó suspirou e a observou seguir para o leste.

Os muros não eram mais da altura de um homem. Talvez fossem mais altos quando a velha era jovem, ou talvez sua memória os tivesse aumentado. Marra caminhou entre dois muros que chegavam na altura dos ombros, olhando as centenas de pedras soltas e planas, cada uma do tamanho de sua mão, com inscrições em uma língua que não conhecia.

Dentro do mar de pedras havia pequenas construções ovais, como colmeias sem aberturas. Marra soube na hora que eram túmulos. Às vezes via essas marcações no Norte, em geral onde uma família tinha seu próprio terreno.

As pedras planas tornavam o solo irregular, e ela andou com cuidado. Se precisasse correr, perigava quebrar um tornozelo ou coisa pior. As pedras se balançavam e deslizavam sob seus pés, conversando entre si na linguagem das pedras, dizendo todas as coisas que tinham guardado até que o próximo humano passasse por cima delas.

Marra olhava bem por onde andava, então não estava prestando muita atenção no resto, quando ouviu um som que a surpreendeu não pela estranheza, mas pela familiaridade. Não era um som que esperava ouvir ali, em uma planície estranha e rochosa à beira de sepulturas antigas. Olhou para cima.

"Có", repetiu a galinha, virando a cabeça para olhá-la mais de perto.

Marra soltou uma risada, surpresa. Viu uma elevação rochosa com uma casa redonda construída na encosta. No quintal em frente à casa, um pequeno bando de galinhas ciscava e chafurdava no chão empoeirado. Enquanto ela observava, uma galinha se inclinou e bicou uma das companheiras, que cacarejou e correu para longe, em direção às pedras.

A casa era muito parecida com os túmulos de colmeia construídos por ali, com camadas de pedras planas empilhadas, porém tinha uma boca escura e cavernosa. Teria sido alarmante se as galinhas não estivessem ali na frente, tão galinhescas quanto possível. Era difícil ter medo do desconhecido se esse desconhecido criava galinhas.

"Sim, sim", ouviu alguém dizer lá dentro. A voz não era fina nem queixosa, mas algo nela sugeria uma idade avançada. "Sim, eu ouvi. Parece que temos visita."

Marra ficou imóvel, sem saber se deveria se aproximar da casa, bater ou chamar. Uma das galinhas decidiu que uma humana parada ali era uma ameaça extrema a todas as galinhas e fugiu, cacarejando em alarme.

"Ora, entre logo!", exclamou a voz. "Antes que eu morra de velhice." Então, quase como se tivesse acabado de lhe ocorrer, completou: "Cuidado com a galinha marrom. Tem um demônio nela".

Marra olhou em volta, mas não viu nenhuma galinha marrom nas imediações. Respirou fundo, endireitou os ombros e deu um passo à frente, rumo ao seu destino, pronta para conquistar as ferramentas para matar um príncipe.

Capítulo 7

De certa forma, a primeira tarefa foi a mais fácil. “Não é complicado”, disse a dama do pó. “Isto aqui é pano de coruja.” Ela passou a mão pelo tecido. Não brilhava nem reluzia, mas algo nele confundia o olhar. Havia cinco ou seis retalhos espalhados pelo telhado plano da casa da dama do pó. “Faça uma capa com o tecido. Você mesma terá que fiar o fio.” Ela indicou um fuso de madeira, uma roca de fiar e uma massa áspera de algo apenas um pouco mais sólido que fumaça. “Com isso.”

Marra franziu a testa. Parecia fácil demais, e ela desconfiava de coisas que pareciam fáceis. Já tinha fiado, todas no convento viviam fiando os fusos enquanto conversavam ou descansavam, até mesmo enquanto rezavam. Era a única maneira de manter as tecelãs abastecidas de fio. Eram necessárias seis irmãs com fusos para abastecer uma irmã tecendo.

Estendeu a mão e tocou a massa esfumaçada, mas afastou o dedo no mesmo instante. Ardia como se ela tivesse sido picada. Levou o dedo à boca para esfriar o ferimento.

"Lã de urtiga." A dama do pó não soava arrogante ou presunçosa, o que foi a única coisa que tornou a situação suportável. "Você precisa fiar a lã de urtiga para costurar o pano de coruja. Isso vai machucá-la se tiver como."

"Era comum fazerem tecido com fio de urtiga", comentou Marra. "Não é possível que fosse assim."

"Ah, não. Se deixar os caules no campo por alguns meses, eles ficam parecidos com qualquer outra planta. Esta é a lã de um carneiro que ficou preso por cem anos nos espinheiros, com espinhos crescendo no sangue e nos olhos." A dama do pó cutucou a lã com a bota.

"Isso é verdade?", perguntou Marra, cética.

"É provável que não. Mas ainda é uma coisa maligna, é encantada." Ela se endireitou. "Você tem do amanhecer ao anoitecer e até o amanhecer de novo. Tem água naquela jarra ali." Ela desceu a escada e deixou Marra sozinha no telhado, com a lã que não podia ser fiada.

No fim, ela conseguiu, é claro. Teve o mesmo sentimento amargo de quando limpara o estábulo. *Eu vou conseguir. Você não vai me deter*. Tentou cobrir as mãos de diversas maneiras, mas acabou descobrindo que o tecido ou dificultava muito a tarefa ou era fino demais para oferecer qualquer proteção. Por fim, olhou para a massa de fumaça e pensou: *estou executando uma tarefa heroica, e não há como fazer tarefas heroicas sem se jogar por inteiro. É só dor. A dor de Kania é muito pior do que a minha.* Então enfiou a mão esquerda na massa de fumaça e urtigas e começou a fiar.

Ardeu, queimou e feriu a pele. Marra soltou o ar entre os dentes, praguejou e se curvou sobre a mão. *Não. Continue. Você não pode parar, agora que começou.* Pensou em cada parto que já presenciara. Aquelas mulheres tinham passado por uma dor muito pior e tinham conseguido, porque, depois de começar, não há como parar. Ela conseguiria. *Só a mão esquerda. Vou precisar da direita para enfiar o fio.* Podia proteger a mão direita com tecido, mas precisaria da esquerda para puxar a lã para o fuso, e não havia como protegê-la.

Era desajeitada com a mão esquerda, mas feito é melhor que perfeito. As pontas dos dedos ficaram vermelhas e os nós começaram a inchar, mas isso não importava. Só precisava manter os dedos na mesma posição e deixar aquela fumaça violenta fluir pelo meio. O sol acima se arrastou. A pele entre o polegar e o indicador doía e doía, até que a dor virou algo completamente diferente.

Era difícil manter o fuso girando devagar o suficiente. Queria apressar o processo. Mas um giro mais rápido criaria um fio mais fino, e queria um fio bem grosso e resistente para unir a capa, para que não precisasse usar tanto. Mordeu o interior da bochecha até sangrar e olhou para a mão esquerda, que mais parecia uma garra, ponderando se algum dia conseguiria voltar a usá-la.

Por fim, tinha o suficiente. Ou achava que tinha. A lã de urtiga quase acabara, e restava só um grande espinho afiado, do tamanho da perna dianteira de uma ovelha, com uma ponta que poderia ter perfurado o coração de um homem. Largou o fuso e apertou a mão destruída contra o peito. Estava vermelha e violeta, com as juntas inchadas. Quando tentou abrir os dedos, Marra sentiu os tendões rangerem contra os ossos e não conseguiu conter um grito.

Olhou para cima. O sol estava no horizonte distante, e as sombras estavam ficando azuis. Bebeu água, segurando a jarra com a mão direita. Tentou derramar um pouco na mão esquerda, mas não ajudou em nada. Chorou um pouco, e isso também não ajudou em nada.

Marra poupara a mão direita para a tarefa mais delicada. Respirou fundo e soltou a linha do fuso, com a pele ardendo como se tivesse pegado fogo. O fio era encaroçado, feio e desigual, mas não havia o que fazer. De qualquer forma, não tinha mais lã de urtiga para fiar. Queria torcer o fio, mas não tinha tempo e não sabia quanto mais de dor poderia suportar.

Não havia agulha. Encarou os retalhos de pano de coruja e o fio em sua mão, sem conseguir acreditar que não percebera isso antes. *Sempre tem alguma agulha*, pensou, cansada. *Eu bordo, sempre tenho agulha*. Então começou a rir baixinho, sozinha, a risada débil de um ferimento mortal. Todas as suas agulhas estavam em seu quarto no convento, espetadas com cuidado em uma pequena almofada em forma de rato branco. Tinha sido presente da Irmã Boticária.

Examinou o telhado, procurando o objeto que devia ter passado despercebido, um brilho de osso ou de metal ao luar. Quando a lua aparecera? Já fazia tanto tempo assim?

Marra não encontrou uma agulha. Em vez disso, notou o brilho opaco da luz sobre o espinho amargo no coração da lã de urtiga.

Pegou o espinho com os dedos inchados e inspecionou a ponta. Era afiada o suficiente para servir de sovela. Teria que empurrar o fio com os dedos, depois agarrá-lo do outro lado e puxá-lo. Aquilo arderia, arderia muito, e seus dedos parariam de funcionar, então que a Senhora das Gralhas a ajudasse, pois talvez ela tivesse que usar os dentes.

Você achou mesmo que as tarefas impossíveis seriam tão fáceis de realizar?

Olhou para a sua pilha triste e deformada de fio e para o pano de coruja macio e mutável e chorou um pouco mais, então se debruçou sobre o tecido e começou a costurar.

"Pelas bolas de deus!", comentou a dama do pó, uma semana depois, olhando o cachorro de ossos. "Você conseguiu." Ela não parecia feliz. Também não lhe parecera feliz com a capa de urtigas, quando Marra descera de mãos arruinadas e lábios inchados e largara a peça de pano de coruja a seus pés.

"Eu consegui", respondeu Marra. "Onde começo a próxima tarefa? O luar em um jarro de barro?"

A dama do pó gemeu. Ela se levantou, sem responder, e foi procurar algo na despensa. Depois de um tempo, encontrou uns ossos de galinha, que jogou para o cachorro de ossos.

Marra tinha a vaga noção de que ossos de galinha faziam mal para cachorros, mas também não sabia se algo no cachorro de ossos poderia ser ferido. Ele se deitou, feliz e satisfeito, e começou a roer. Lascas de osso vazavam de seu pescoço conforme ele engolia.

A dama do pó puxou uma das cadeiras da mesa e se deixou cair sentada. Ela era alta, ossuda e de ombros curvados na mesma proporção em que Marra era baixa e roliça. "Você sabe qual é o propósito de passar uma tarefa impossível?", perguntou a mulher.

Marra fez cara feia. Era o tipo de pergunta que ela odiava, que a fazia pensar que a outra pessoa estava tentando ser esperta às suas custas. Mas a dama do pó tinha sido justa com ela, então tentou pensar em uma resposta. "Ver se a pessoa consegue fazê-la?" Ela revirou a memória, pensando em todas as lendas antigas: Mordecai e o verme; a corça branca que amava um humano e sua terrível missão para salvar seu amado; a Ratinha que matou o dragão no dia de seu casamento. "Ver se essa pessoa é um herói?"

"Heróis...", a dama do pó bufou. "Que os deuses nos salvem dos heróis." Ela olhou para Marra, seu rosto, que em geral era inexpressivo, estava marcado pela tristeza. "Mas talvez esse seja o seu destino, afinal. Não, jovem, uma tarefa impossível é passada *para que a pessoa não consiga fazê-la*."

Marra avaliou aquela afirmativa com cuidado, de todos os ângulos. "Mas eu consegui", falou. "Duas vezes."

"Eu percebi", retrucou a dama do pó, a voz sombria. "E é muito provável que vá conseguir executar a terceira tarefa, então serei obrigada a ajudá-la a matar seu príncipe."

"Ele não é *meu* príncipe", respondeu Marra, ácida.

"Se planeja matá-lo, ele é, sim. É sua vítima. Seu príncipe. Dá tudo no mesmo. Se você enfia uma faca nas entranhas de uma pessoa, passa a estar ligada a ela naquele exato momento. Quando um assassino caminha pelo mundo, é possível ver todas as vítimas indo atrás dele com cordas pretas, sombras de fantasmas esperando a oportunidade." Ela batia com as unhas na mesa. "Tem certeza de que quer isso?"

"Ele matou Damia", afirmou Marra. "Está torturando Kania. Ele merece morrer."

A dama do pó não disse nada. Por um tempo, o único som foi o barulho dos ossos sendo triturados e o bater das lascas no chão.

"Muitas pessoas merecem morrer", falou a mulher, por fim. "Nem todo mundo merece ser assassino." Ela suspirou. "Não vou conseguir fazer você mudar de ideia, não é?"

"Não."

"Certo." A dama do pó empurrou a cadeira para trás, estendeu um braço comprido e pegou um jarro na prateleira. "Aqui", disse, passando-o para Marra. "Abra."

O jarro era de barro pesado, baixo e muito comum. Marra abriu a tampa com cuidado. O luar banhou seu rosto e uma radiância branca-azulada parecia fluir.

"Agora feche", ordenou a dama do pó. "Pronto. O luar em um jarro de barro. Pode me entregar de volta, por favor."

Marra, que a essa altura estava perplexa, fechou o jarro e o entregou de volta para a dama do pó. Seus olhos pareciam ofuscados pela lua que aparecera ao meio-dia dentro da casa.

"Pronto", disse a dama do pó. "Você me deu o luar em um jarro de barro. Muito bem. Essa é a terceira tarefa."

"Mas..." Marra olhou para a mulher e o pequeno jarro de barro que continha o luar. "Mas eu não mereci. Eu não fiz nada."

"Era uma tarefa impossível", explicou a dama do pó. "As outras duas deveriam ter sido impossíveis, mas aqui está você, com um cachorro de ossos e um manto de pano de coruja e urtigas. Você teria sido destruída pegando o luar. Não é uma tarefa para mortais que querem manter o coração."

"Mas..."

"Eu não queria fazer isso", disse a dama do pó. "Foi por isso que lhe dei tarefas impossíveis, para que você falhasse, para que fosse embora e não me pedisse mais nada. Não gosto de viajar e não gosto de ir a outros lugares, e agora terei que encontrar alguém para cuidar das galinhas. E esta é uma missão tola, provavelmente vamos todos morrer."

"Mas...?" Uma esperança começou a florescer no coração de Marra, que lutou contra o sentimento, dizendo a si mesma que devia estar enganada.

A dama do pó balançou a cabeça. "Você quer uma arma contra um príncipe. Bem, não tenho uma espada mágica, uma flecha encantada, nem nada que possa ser carregado." Ela se recostou na cadeira. "Então é isso. Sua arma contra o príncipe. Sou eu."

• • •

Deixar a casa da dama do pó levou mais tempo do que Marra teria gostado.

"Três dias", disse a mulher. "Tenho coisas para colocar na mala e coisas para resolver." No quintal, a galinha marrom encarava o cachorro de ossos, sem parecer se incomodar com sua falta de olhos.

"Kania pode estar morta daqui a três dias", argumentou Marra.

"Então ela vai morrer", respondeu a dama do pó, implacável. "Porque levará semanas para chegarmos à capital do Reino do Norte, ainda mais com as paradas que precisaremos fazer no caminho."

Marra respirou fundo e se obrigou a ter paciência. Em um convento, até uma princesa aprendia a ser paciente, e o que as freiras não tinham ensinado, ela aprendera tricotando e tecendo. A pressa levava a fios soltos e meias tortas. Não podiam se dar ao luxo de ter pressa demais com a vida de Kania.

E você já esperou muitos anos, pensou, sombria. *Se tivesse notado os hematomas dela cinco anos antes, ou dez, tudo já estaria resolvido.* O cachorro de ossos, cansado de ser perseguido por uma galinha, deitou no chão do quintal, jogado de lado. Era impossível saber quando ele estava dormindo, mas o movimento lento de suas costelas para cima e para baixo passava uma sensação de relaxamento.

"Qual é o nome dele?", perguntou a dama do pó.

Marra piscou para ela, surpresa. "Quem?"

"O cachorro, minha jovem! Cachorros têm nomes humanos. É o que os impede de serem lobos."

“Hã... Hã... Ossudo?”

“Você está me perguntando ou respondendo?”

“O nome dele é Ossudo”, afirmou Marra, com mais firmeza. No quintal, Ossudo rolou e remexeu a coluna no chão.

“A imaginação não é o seu forte, não é mesmo?”, perguntou a dama do pó. Um sorriso rachou seu rosto sério. “Não é um insulto, criança, não fique tão carrancuda. Para esse tipo de trabalho, é bom ter os pés no chão, não castelos no ar.”

A galinha marrom contornou a lateral da casa, viu Ossudo e avançou como um general liderando suas tropas. Ela bicou o rabo de Ossudo e foi recompensada com um ganido fantasmagórico. O cachorro rolou e se levantou, confuso, e a galinha fugiu cacarejando, triunfante.

A dama do pó pegou um manto feito de garrafas, bolsos e abas, parecia um armário ambulante, e o pôs sobre os ombros. Marra ficou surpresa por ela não chacoalhar a cada passo. Então a mulher tirou o manto e começou a encher os bolsos e as garrafas com os conteúdos dos frascos na parede, despejando gotas de líquidos e guardando pacotes estranhos. Marra ficou olhando enquanto ela guardava penas, crânios de ratos, fiapos... Por fim, perguntou: “Para que vai servir tudo isso?”.

As penas de um beija-flor brilharam quando a dama do pó enfiou a pele de um pequeno pássaro no bolso. “Não faço ideia”, respondeu. “Há grandes chances de a maioria não servir para nada. Mas concordei em ajudar, e isso significa que você terá o meu melhor.” Ela lambeu os dedos e colocou três pequenas contas pretas em um envelope de papel de cera, então parou. “Mostre as suas mãos.”

“Hã?”

"Suas mãos. Você está evitando usá-las."

Marra estendeu as mãos. As articulações estavam rígidas, e os cortes vermelhos e inchados causados pelos arames tinham piorado.

"Santos e demônios!", exclamou a dama do pó. "Feridas abertas na terra flagelada. Fique parada." Ela pegou um jarro na prateleira.

"É grave?", perguntou Marra.

"Iria lhe matar em uma semana, mais ou menos", respondeu a mulher, debruçando-se sobre as mãos de Marra. "Mas antes você iria adquirir um gosto por carne humana, o que seria bem empolgante... Ai, não fique tão chateada." Ela destampou o jarro. Marra sentiu cheiro de mel, mas o líquido que a dama do pó passou em suas feridas era vermelho como fogo.

"O que é isso?"

"Mel de ferrugem. Feito por abelhas mecânicas", explicou. Ela esfregou o mel nas juntas dos dedos feridos, murmurando palavras que Marra não conseguiu entender. Depois de um tempo, a mulher voltou a se sentar. "Isso deve resolver. Mas não se esqueça de me avisar se sentir uma vontade súbita de morder alguém."

"Há uma longa lista de pessoas que eu gostaria de morder", retrucou Marra, um tanto seca.

A dama do pó deu risada. "Faz sentido. Então me avise se sentir vontade de mastigar depois."

Marra uniu as mãos, flexionando os dedos. As juntas já pareciam menos rígidas. Ela se perguntou se aquelas palavras murmuradas eram mágicas, ou se aquilo tudo era graças ao mel.

Pegou no sono em um canto, ainda pensando nisso, embalada pelo som da dama do pó se movendo pelo cômodo, os frascos tilintando enquanto a velha guardava pedacinhos de magia nos bolsos do manto.

A galinha marrom viajava empoleirada no cajado da dama do pó, no osso horizontal preso ao topo. Seu corpo se movia com o balançar do cajado, mas a cabeça permanecia imóvel, daquele jeito peculiar das galinhas. A princípio, Marra ficou incrédula, depois achou graça.

"Você vai levar a galinha?"

"Tem um demônio dentro dela", explicou a velha. "Seria falta de educação com os vizinhos se eu os obrigasse a lidar com ela."

A galinha viajava no cajado até a metade da manhã, quando então se espreguiçava, andava pelo braço estendido da dama do pó e entrava em sua bolsa. Por isso, a aba superior ficava aberta o tempo todo. A galinha ficava lá dentro por cerca de quinze minutos, então dava um único cacarejo satisfeito e depois subia pelo braço de novo, de volta para o cajado. A dama do pó parava de andar, pegava um único ovo grande e marrom da bolsa e o guardava em um bolso seguro. De manhã, ela cozinhava o ovo, que repartia em metades exatas e dividia com Marra.

Meio ovo não dava um café da manhã muito satisfatório, mas era bem melhor do que nada. Às vezes Ossudo desentocava e matava um coelho, que as duas paravam para assar. Fazendeiro ocasionalmente lhes vendiam ovos ou pão, embora a dama do pó tivesse que negociar sozinha, porque, se o fazendeiro em questão visse o cachorro de ossos, haveria perguntas.

Também era por isso que não podiam pegar coches nem pedir carona nas carroças dos fazendeiros. Não podiam pedir para dormir em celeiros, onde talvez fosse mais quente. Não havia como disfarçar Ossudo. Seguiam a noroeste a passos de tartaruga.

"Assim não vai dar", declarou a dama do pó , no terceiro ou quarto dia. "Sua irmã já terá morrido de velhice antes de chegarmos lá, e dormir todo esse tempo no chão vai me deixar tão corcunda que eu só vou conseguir amaldiçoar os joelhos do seu príncipe."

"O que a gente faz?", perguntou Marra. Tinham amarrado uma coleira em Ossudo, o que na verdade era mais um nó com uma corda amarrada em volta dos ossos do pescoço. Marra deslizou a mão pela corda de forma protetora. Não podia deixá-lo. Trouxera-o de volta à vida e sentia que aquilo era um acordo ainda mais forte do que o tipo que os humanos tinham com os cachorros vivos que os amavam.

Mas também não posso falhar com Kania.

"Não precisa ficar tão borocoxô", disse a dama do pó. "A lua está cheia, e ainda estamos na estação do mercado dos goblins."

"Hã?"

"O mercado dos goblins", repetiu a dama do pó. "Senhores da Terra! O que é ensinado nesses conventos?"

"Não muito sobre goblins", retrucou Marra. "Mas eu sei bastante coisa sobre tricotar ataduras, secar ervas e os dias dos santos menores."

"Bem, então não é uma inútil completa", resmungou a dama do pó, no tom de uma pessoa determinada a ser justa. "Hoje é dia de quem, então?"

Marra teve que parar e calcular a data. "Santa Ebbe", disse, por fim. "Padroeira dos caçadores de javalis."

"Humm. Bem, os javalis são astutos, ferozes e difíceis de matar. Bem parecidos com esse seu príncipe, embora eu tenha mais respeito pelos javalis. Há opções piores que oferecer orações a essa tal santa."

Marra baixou a cabeça, obediente, e fez uma oração. Sabia-se tão pouco sobre a Santa Ebbe que não havia uma prece específica, então usou a invocação padrão que servia para qualquer santo: "Santa Ebbe, zele por nós. Santa Ebbe, proteja-nos e livre-nos do mal. Santa Ebbe, interceda por nós...".

Ficou surpresa quando a dama do pó a acompanhou no "Que assim seja" final. A velha não parecia religiosa.

Mas posso muito bem imaginá-la santificada, daqui a cem anos. Talvez algumas das santas fossem como ela: velhas ranzinzas com dons estranhos. Lembrou-se do único ícone que já vira da Santa Ebbe, uma mulher de cabelos grisalhos com o pé no focinho de um javali, prendendo-o ao chão. Ela e o javali estavam sorrindo. Na época, pensou que o pintor do ícone não devia ser muito bom. *Mas, se eu fosse pintar a dama do* pó *como uma santa, a imagem estaria acompanhada de uma galinha marrom. E essa galinha sorri, tenho quase certeza.*

Percebeu que tinha se distraído. "E esse mercado dos goblins?"

"É bem o que o nome diz", explicou a dama do pó. "Um mercado dos goblins e das fadas, além de qualquer humano que esteja zanzando por lá. Tem maldições e tesouros. E coisas comuns também, é claro."

"Fadas?", Marra lambeu os lábios. "É perigoso?"

"Muitíssimo", respondeu a dama do pó. "Mas tudo é perigoso para quem é tolo e imprudente. O mercado dos goblins tem regras. Se você obedecer às regras, não vai ser pior do que qualquer outro lugar." Ela pensou um pouco. "Pelo menos se você não estiver lá no escuro da lua nova. No escuro, as regras mudam, às vezes de uma hora para a outra. É melhor ir na lua cheia ou na lua crescente. Vamos hoje à noite."

"Onde fica?"

"Não importa." O canto da boca da dama do pó se torceu para cima. "Basta a gente encontrar um riacho, aí vai ser mais fácil chegar. Se não, iremos pelo fogo."

Marra teve que se contentar com a resposta, uma vez que nenhuma outra informação foi oferecida. Adicionou o mercado dos goblins à sua lista de preocupações e sentiu a ansiedade roendo as costelas por dentro.

No fim das contas, foi assustador, mas não foi difícil. Encontraram um riacho raso e largo correndo pelas pedras a alguns quilômetros de distância. Caminharam ao longo do curso da água no crepúsculo crescente e, depois de um tempo, chegaram a um vau cheio de seixos cinzentos e redondos que brilhavam, escuros, bem abaixo de onde a água corria.

"Hum", resmungou a dama do pó, parecendo distraída. "Hum..." Ela estendeu a mão, fazendo Marra parar. "Sim. Tem um bem aqui. Nos vaus é fácil de encontrar."

Ossudo, entediado, sentou e começou a tentar lamber as partes íntimas. Como não tinha língua e nem o que lamber, não teve nenhum resultado, mas parecia entretido com aquela atividade.

A dama do pó riscou uma linha nos seixos com a ponta do cajado enquanto a galinha, meio adormecida, cacarejava irritada. "Não puxe papo", advertiu.

"Puxar papo com o quê?", perguntou Marra. Então a dama do pó convocou os mortos.

COMO MATAR UM PRÍNCIPE

Capítulo 8

O primeiro indício foi que os grilos fizeram silêncio. Ao longe, um pássaro cantou *oh-morre-rá, oh-morre-rá*, e, quando os grilos pararam, o canto foi ficando mais alto. O chiado e correr do rio pareceram diminuir, então, muito ao longe, Marra ouviu respingos de algo que se aproximava.

"Tem alguma coisa vindo", falou. Ossudo estremeceu, alerta.

"Silêncio", mandou a dama do pó. "Os afogados são difíceis."

Marra fechou a boca, contendo fosse lá o que estava prestes a dizer, mas outra coisa respondeu à dama do pó: um som úmido e gorgolejante que poderia ter sido um riso ou um soluço.

Uma silhueta se aproximava pelo rio. A lua só estava alta o bastante para lançar uma luz fria e brilhante sobre aquela forma. A princípio, Marra pensou em castores, lontras e outras criaturas nadadoras... mas não havia lontras tão grandes, nem com um rosto daqueles.

O menino morto nadou rio acima, rápido como um peixe, e se levantou. Água escorria de sua boca e das órbitas vazias. Sua pele estava estufada a ponto de rasgar as costuras das roupas, ele era um troço pálido e inchado com carne distendida entre tiras de algas.

Não vou vomitar, pensou Marra. *Não vou. Não tem nem sangue. Não é tão ruim quanto aquela vez em que o camponês quebrou a perna de um jeito que os ossos ficaram à mostra. Não é.*

Seja lá o que a dama do pó tenha dito, Marra não ouviu. Tinha apenas a vaga noção de que a mulher falara alguma coisa. Então o menino morto respondeu, com um gorgolejo áspero como se tivesse fios perfurando a garganta afogada, e Marra parou de torcer para não vomitar e passou a torcer para não desmaiar.

"Bom", disse a dama do pó. "Para que lado?"

O menino afogado levantou o braço. Os dedos inchados estavam grudados, a mão parecia uma luva branca. Ele apontou rio acima e gorgolejou uma resposta.

A dama do pó assentiu. "Deseja um fim?", ela perguntou com a mesma brusquidão com que negociava pão com os fazendeiros.

Outro gorgolejo. O rosto dele se virou para Marra, e ela sabia que deveria sentir pena, não horror, mas havia algo estranho e zombeteiro na maneira como o menino se movia, como se soubesse que ela estava assustada e se deleitasse com isso. Ele fez um gesto convidativo com a mão inchada e deu uma risada quando Marra recuou.

"Chega disso", ralhou a dama do pó. "Ela não deve ser afogada."

Outra risada. Ele deu um passo à frente, fazendo a água se acumular feito areia ao redor das pernas, e depois outro.

A galinha marrom emitiu um ruído baixo e hostil. O menino congelou e ergueu os olhos. Por um longo momento, seu olhar sem olhos encontrou o da ave. Então ele baixou a cabeça.

"Canto de galo e coração de demônio", disse a dama do pó. "Não me teste, garoto."

Ele soltou uma gargalhada sombria, mas recuou.

A dama do pó tirou alguma coisa de um dos bolsos. Na penumbra, Marra não conseguiu distinguir o que era. Ela jogou o objeto para o riacho, e o menino afogado o pegou com as mãos inchadas e brancas.

"Agora vá embora", mandou a dama do pó, balançando os dedos em uma dispensa. "Volte para a água, e não vá puxar nenhum viajante, a menos que a pessoa quebre os pactos."

O menino afogado curvou os ombros e se virou. A lua pingou luz enquanto ele caminhava pelo leito do rio, afundando mais a cada passo, até mergulhar feito uma lontra e sumir de vista.

"Argh!", reclamou a dama do pó. "Os que morrem pela água quase sempre ficam maus. Algo nela os deixa sombrios. Prefiro os bons e velhos ossos no chão."

Marra cobriu a boca com a mão e se concentrou na respiração até o estômago parar de se revirar. "Por que você convocou aquilo?", perguntou, por fim. *Que tipo de monstro está andando ao meu lado? O que estou prestes a soltar por aí? Ela não é só uma velha com uma galinha...*

Você já sabia disso, respondeu para si mesma. *Você sabia, foi por isso que foi atrás dela. Você quer matar um príncipe. Já passou do tempo de ficar cheia de dedos.*

"Para pedir informação", explicou a dama do pó. "Algo que ele deu. Mas queria cobrar um preço muito mais alto do que eu estava disposta a pagar."

"Informação?"

"Isso mesmo. Agora venha, vamos ver se valeu de alguma coisa."

Parece ter valido: em vinte minutos, chegaram a uma árvore retorcida que se projetava sobre a margem do riacho.

"Ali", anunciou a dama do pó. Uma das raízes da árvore se estendia por cima da água. "Terra, madeira e água." Ela enfiou a mão em um dos bolsos e pegou um cordão com uma pedra amarrada na ponta, então o prendeu na raiz da árvore, de forma que caísse na água. "Prenda a respiração", avisou quase de última hora, então se abaixou sob o arco formado pelo cordão, a raiz e a margem inclinada.

A mulher deu dois passos, chapinhando, e passou por baixo do arco. Saiu do outro lado, parecendo a mesma de sempre. No entanto, o som de seus passos na água parecia vir de muito mais longe.

Ossudo ergueu a perna junto à raiz da árvore, de forma solene. Nada aconteceu, mas ele pareceu satisfeito com aquilo. Marra supôs que o cachorro de ossos já estivesse prendendo a respiração, visto que não respirava. Ela tomou fôlego, bem fundo, e atravessou o arco formado pela raiz.

Nada óbvio aconteceu. Não foi como a sensação grudenta de quando deixara a terra flagelada. Mas, alguns passos depois, seus ouvidos estalaram, e, quando virou a cabeça, tudo parecia se mover uma fração de segundo mais devagar do que deveria, como se seus olhos estivessem com dificuldade de acompanhar o que estava acontecendo.

Subiu a margem do rio às pressas. A dama do pó aguardava, impaciente, batendo o cajado no chão. A galinha marrom resmungou.

"A galinha prende a respiração?", perguntou Marra.

"Ela tem um demônio, então não precisa." A dama do pó se virou e saiu andando de volta por onde tinham vindo.

Espera... não era só uma figura de linguagem?

"Você quer dizer que *literalmente* tem um demônio dentro da sua galinha? Não só que ela é uma... uma galinha malcriada?"

As palavras soaram muito tolas enquanto saíam de sua boa, e o olhar da dama do pó indicava que não melhoraram quando ela as ouviu.

"Garota, nessa última semana, eu dei alguma indicação de que faço piada sobre *qualquer coisa*?"

"Como você colocou *um demônio* na galinha?"

"Do jeito de sempre. Não dá para colocar em um galo, senão você acaba com um basilisco."

Marra abriu a boca para perguntar qual era o jeito de sempre, então parou de repente. Havia uma escadaria enorme no chão, que, sem sombra de dúvidas, não estava lá quando passaram mais cedo.

Tinha amplos degraus de pedra, com largura de sobra para dois cavalos lado a lado. Não era possível não terem visto. Os degraus desciam direto para o chão, ignorando a existência do rio ali perto, que deveria tê-los transformado em uma cachoeira. A dama do pó começou a descer sem hesitar, sem nem mesmo abaixar a cabeça.

Estava escuro nos primeiros degraus, mas uma luz verde iluminava os mais abaixo. Marra procurou a fonte da luz, então se arrependeu de ter procurado. Em nichos que ladeavam a escada, brilhavam vaga-lumes do tamanho de um gato.

"Aonde isso leva?", sussurrou, avançando depressa para alcançar a dama do pó. Os vaga-lumes a ignoraram, mas suas antenas se moviam devagar no ar. "Quem fez isso?"

"Ao mercado dos goblins", respondeu a dama do pó. "Em resposta à sua segunda pergunta, não sei. Também não tenho certeza se isso foi mesmo feito. Algumas coisas apenas surgem quando é inevitável que existam."

Marra ainda estava tentando entender essa ideia quando os degraus terminaram em um patamar que dava vista para um ambiente ainda mais abaixo, e ela baixou os olhos para o mercado dos goblins.

Parecia um mercado, mas era um tipo de mercado que Marra nunca vira na vida. Havia pavilhões rebuscados quase colados em cabanas de barro e tendas de pele, além de coisas que pareciam ninhos de pássaros de cabeça para baixo. Os corredores que ficavam entre cada espaço estavam lotados, mas os transeuntes não se moviam como uma multidão:

eles se moviam como dançarinos, alguns leves, outros pesados, e alguns até em valsas solitárias e circulares. Marra os achou muito mais parecidos com os cortesãos no palácio do príncipe do que com a cidade em dia de mercado.

Sentira algum medo dos cortesãos, e agora sentia mais do que um pouco de medo daquela gente. Os cortesãos, apesar de toda a indumentária, pompa e política, eram humanos, e algumas das silhuetas que se destacavam naquela multidão claramente... não eram.

E eu aqui, com um cachorro de ossos nos calcanhares e uma mulher com uma galinha no cajado. O que devem pensar de mim?

"Não fique encarando", murmurou a dama do pó, "mas também não desvie os olhos se alguém olhar para você. Mostre o mínimo de fraqueza possível. Não concorde com nada nem aceite nada até saber o preço."

Com isso, ela avançou para a multidão, e Marra se apressou em segui-la.

No geral, a multidão parecia humana à distância, mas, agora que estava ali no meio, Marra tinha suas dúvidas. Alguns tinham formas humanas, mas pele verde ou azul. Muitos tinham chifres saindo da testa, chifres curtos e pontiagudos, como os de antílopes. Uma mulher passou com um uma galhada de dar orgulho a qualquer cervo, com pequenos pássaros pretos empoleirados nas pontas, todos usando coleiras de prata.

Outros, nem forma humana tinham. Um trio de javalis com colarinhos engomados passou grunhindo, caminhando nas pernas traseiras. Seis ratos brancos, cada um com quase um metro de altura, carregavam um palanquim nos ombros. E quem saberia o que havia por baixo das tranças pálidas que cobriam uma figura da cabeça aos pés?

De onde veio toda essa gente? São de outras partes do mundo ou são todos daqui? Mas como poderiam ser daqui?

Havia as histórias, claro. Histórias do Povo das Fadas, de pessoinhas que viviam por trás do mundo. Histórias de deuses antigos que não aprenderam a morrer. Mas Marra nunca imaginou que poderia haver tantos, ou que pudessem estar *bem ali*, do outro lado da raiz de uma árvore, não muito longe, sob as colinas.

Nem mesmo a terra flagelada a preparara para aquilo.

"Humm", murmurou a dama do pó. Tinha parado junto a uma mesa com uma pequena bandeja de madeira dividida em quadrados. Em cada quadrado jazia uma mariposa, que parecia morta. "Humm. Aquela ali." Ela apontou.

"Ela mostra o que você precisa", informou a mulher atrás da mesa, parecendo entediada. Era velha e enrugada, com tranças finas e grisalhas enroladas ao redor da cabeça. "Tem certeza de que não quer a que mostra o desejo do seu coração? É muito melhor."

"Também é muito mais cara, eu aposto."

A mulher sorriu. Não tinha dentes. Em vez disso, tinha uma língua com listras vermelhas e pretas, e os olhos dourados de cobra. "Cinco anos da sua vida. Mas você terá o resto para passar com o desejo do seu coração, então vale o preço."

"Vou ficar com a que mostra o que preciso, obrigada." A dama do pó tocou a mariposa, que mexeu as asas, dando um susto em Marra. Era branca, mas coberta por linhas pretas interrompidas, como escrita.

"Argh. Seis semanas da sua vida."

"Seis dias."

"Um mês."

"Uma semana."

"Uma quinzena, e é a minha oferta final. E não me culpe quando ela cair em um balde porque o que você precisa é beber mais água."

"Uma quinzena, é justo." A dama do pó chamou Marra. "Quinze dias da sua vida, jovem."

"Hã", fez Marra. "O quê?"

"É o preço neste lugar, a menos que você tenha algo para a troca."

"E se eu for morrer daqui a uma semana?"

"Não funciona assim. É subtraído do tempo que você *poderia* viver. Se for atropelada por uma carroça amanhã, todos ainda terão sido pagos."

Marra sentiu um arrepio descer pelas costas, mas resistiu. *Você não daria duas semanas da sua vida pela sua irmã? Para salvá-la de perder todas as semanas que tem?* "Tudo bem."

"Meio momento", disse a mulher de língua de cobra. Ela pegou um ábaco de prata e moveu as contas para a frente e para trás. "Pronto. Uma quinzena."

A dama do pó conferiu e assentiu em aprovação.

O ábaco tinha uma pequena tigela na parte inferior, cheia do que pareciam caules de plantas. A mulher pegou um, e Marra percebeu que era uma lagarta. "Estenda a mão."

Ela estendeu a mão, preocupada. Será que iria doer? Qual seria a sensação de perder duas semanas da vida?

A mulher de língua de cobra deixou a lagarta cair na palma da mão de Marra. O inseto se desenrolou e rastejou pela lateral da mão. Ela percebeu, sem surpresa, que a sua mão estava trêmula.

A lagarta prendeu um fio de seda na unha de seu polegar e se pendurou, então se enrolou e começou a se sacudir depressa, girando a seda sobre si mesma. Marra ficou paralisada, vendo-a construir um casulo muito mais rápido do que qualquer lagarta normal que já tinha visto.

Em menos de um minuto, estava toda envolvida e tinha mudado para um verde brilhante. "Ah... Eu... O que é para eu fazer?", sussurrou para a dama do pó.

"Não vai demorar", respondeu ela, observando a lagarta. Ossudo percebeu que Marra estava imóvel e sentou em seu pé, com a pélvis pontuda apertando seu tornozelo.

O casulo se abriu. Uma mariposa amassada emergiu, marrom-aveludada, estendendo as asas úmidas. "Muito bem", disse a mulher de língua de cobra. Ela agarrou o pulso de Marra e o puxou para perto, então arrancou da sua unha a mariposa e o casulo gasto. O inseto foi guardado em uma das caixinhas de madeira, então a mulher enfiou o casulo vazio na boca. Marra teve um vislumbre da língua de cobra se abrindo e se virou, um pouco enjoada.

"Pegue sua mariposa", disse a dama do pó, apontando para a mariposa branca ainda na bandeja. Marra estendeu a mão e, meio atrapalhada, soltou a criatura do quadrado. "Agora sopre em cima dela e diga para ela encontrar o que você precisa."

Marra sentia, cada vez mais, como se estivesse em um sonho, mais ainda do que na terra flagelada. Só o peso sólido e desconfortável de Ossudo a convencia de que tudo aquilo estava mesmo acontecendo.

Levantou a mariposa na altura do rosto. Era muito peluda e tinha olhos pretos e grandes. *Não pense nela como um inseto. Pense nela como um... um rato. Um rato com penas no lugar de orelhas.*

Soprou nas costas da mariposa. "Por favor", sussurrou para a mariposa, "encontre o que eu preciso para ajudar minha irmã."

As asas da mariposa tremeram. Por um momento, as linhas pretas pareceram se rearranjar, formando letras, palavras e frases. Então ela abriu as asas e voou.

A galinha marrom tentou abocanhar a mariposa que passou, mas errou, pois a dama do pó afastou o cajado. "Que vergonha!", ralhou com a galinha, que não pareceu nada arrependida.

"E agora?", perguntou Marra.

"Agora siga aquela mariposa!"

As duas foram abrindo caminho pelo mercado dos goblins, atravessando o mar de pessoas peculiares. A mariposa pairava um pouco acima, desviando-se para evitar chifres, bandeiras ou asas.

Tinham passado por dois corredores e virado no terceiro quando a multidão ao redor se moveu. Os transeuntes recuaram, abrindo uma longa avenida. O som das conversas ficou mais baixo, mas não em assombro, e sim em aborrecimento. Lembrava a Marra o jeito como as pessoas se moviam para evitar uma pessoa com lepra que passava soando seu sino.

A mulher que vinha pelo centro do corredor movia-se com majestade, como uma rainha. Marra teve a impressão de que ela era muito alta, e, no entanto, quando a mulher se aproximou, poderia tê-la olhado nos olhos sem erguer a cabeça. Talvez a aparência de grande altura fosse por causa da luz.

A mulher não brilhava, não era isso, mas avançava através de uma nuvem de luz que era como uma nuvem de poeira. Seus passos levantavam mais partículas brilhosas. A luz rodava ao redor de seus pés e seguia seus passos, recusando-se a se dissipar. Na mão direita, ela carregava uma mão decepada. Seu pulso esquerdo terminava em um coto, que não estava ensanguentado, era só um coto. As partículas de luz pareciam se aglomerar junto ao coto, formando dedos por alguns breves momentos, e depois caindo de volta no chão.

"Santa", murmurou alguém atrás de Marra, em tom de nojo.

Talvez Marra e a dama do pó não tivessem se misturado o suficiente à multidão. Talvez tenha sido só por causa da galinha marrom, que se recusava a ser intimidada por quem quer que fosse e que soltou um cacarejo mal-humorado e arrepiou as penas do pescoço. A santa virou a cabeça.

Seu rosto era tão sereno quanto as estátuas do convento. Não era a Nossa Senhora das Gralhas, Marra tinha quase certeza, mas ainda assim parecia que as duas poderiam se conhecer. Será que os santos se comunicam? Havia algum lugar para onde todos iam e conversavam, colocando os pés para cima e balançando a cabeça diante das fraquezas mortais?

Por um momento, os olhos da santa encararam os dela, tão profundos e sábios quanto os olhos de um bom cachorro.

As irmãs no convento nunca a ensinaram o que fazer caso encontrasse uma santa. Ninguém nem presumia que isso pudesse ocorrer. Marra baixou um joelho, quase uma genuflexão, enquanto olhava nos olhos da santa.

Os lábios serenos se curvaram de leve? Marra não tinha certeza. Precisou de empenho para forçar o olhar para longe. O mundo estava escuro e parecia pulsar nos cantos de sua visão, como se tivesse fitado fogo. Ela piscou para afastar as lágrimas.

A dama do pó disse algo que Marra não conseguiu entender e a puxou para cima conforme a multidão se fechava atrás da santa. A galinha marrom deu outro cacarejo irritado.

"Para onde foi a mariposa?", perguntou Marra. Esfregou os olhos, tentando limpar o ofuscamento.

"Não sei... Ali! Fim do corredor." Ela avançou. Marra correu atrás. A estranheza do mercado parecia menor depois da passagem da santa. Talvez aquela estranheza apenas não estivesse à altura da glória.

A mariposa circulou no alto, girou muito perto de uma luz (Marra prendeu a respiração), então desceu para uma barraca. Ela se aproximou devagar da barraca e viu um pano de veludo estendido, com dezenas de pequenos objetos brancos expostos. Joias? Marfim? Conchas?

Dentes.

Claro que seriam dentes, disse sua mente, enquanto sua pele tentava se soltar do corpo e sair correndo aos gritos. *Não era possível que não fosse algo horrível. Dentes. Sim.*

O sujeito que parecia ser dono da barraca tinha olhos amarelos brilhantes como um lagarto. Estava encostado em um dos postes que sustentavam o toldo, observando a multidão. Em seu peito, um colar de dentes emitia um som baixo de batidinhas de marfim.

Não é possível que eu precise de um dente. Cadê a mariposa?

A mariposa branca pousara no braço de um homem de ombros largos que vestia os restos de um casaco e um tabardo. No pescoço, tinha uma coleira de prata que mais parecia de renda do que de metal. Ele empilhava caixas nos fundos da barraca, com o rosto inexpressivo.

Marra não sabia o que fazer. Deveria apenas se aproximar do homem e dizer: "Oi, com licença, eu preciso de você"? Isso poderia ser mal interpretado de muitas maneiras. Tentou fazer contato visual, mas ele não olhou em sua direção, nem desviou a atenção para qualquer coisa além de seu trabalho.

A dama do pó se debruçou sobre os dentes, volta e meia emitindo ruídos apreciativos. Depois de um tempo, o sujeito de olhos amarelos se aproximou, olhando a galinha com atenção. "Está querendo comprar alguma coisa, senhora?"

"Talvez. Mas não estou encontrando o que preciso."

"Do que você precisa?"

"Não sei, mas vou saber quando vir. Humm." Ela cutucou um molar particularmente grande, do tamanho de um sapato. "Humm. Talvez."

"Ciclope. Você não vai encontrar igual."

"Vou sim, é só procurar dentro da boca de um elefante." Ela cerrou os olhos para o vendedor. "Eu não nasci ontem, meu rapaz."

O sujeito de olhos amarelos sorriu. "Ah, bem, não se pode culpar um homem por tentar."

A expressão da dama do pó indicava que, na verdade, podia sim culpá-lo. Ela jogou os ombros para trás e percorreu a barraca com os olhos.

"O grandão lá atrás", disse, meio entediada. "É são?"

"São o suficiente. E tolo o bastante para dormir em um forte de fadas. Eu o tirei de lá antes que algo pior o pegasse."

"Está disponível?"

"Talvez. Pode ser que você não o queira." Ele se inclinou e recostou de volta no poste. "Ele é um assassino. Tinha as mãos sujas de sangue quando o encontrei."

O homem tinha parado de trabalhar e olhava na direção deles. Com as sombras cobrindo seu rosto, não dava para distinguir a cor de seus olhos.

"O que você quer por ele?"

Essa conversa... estão falando em vender o sujeito? Não, claro que não. Mesmo ali, no mercado dos goblins, onde todas as regras eram diferentes, não deveria ser possível comprar alguém. Nem mesmo o terrível Reino do Norte, com seu terrível novo rei, permitia a compra de pessoas. Aquilo era bárbaro.

"Dez anos", disse o homem de olhos amarelos.

"Sem chance. Ele não vai durar dez anos."

Marra falou. "Ele é um mercenário?"

O vendedor revirou os olhos amarelos. "Qualquer um que durma em um forte de fadas está para jogo. O que fizer com ele depois de pegá-lo é problema seu. Pode comê-lo, casar com ele, libertá-lo... dá no mesmo. Ele carrega caixas para mim."

O homem que dormira em um forte de fadas tocou a coleira de prata com uma das mãos, como se estivesse cutucando uma casca de ferida.

A dama do pó olhou o colar no pescoço do vendedor de homens e disse: "Esqueça os anos. Ofereço um dente de freira".

Os olhos amarelos se estreitaram, ficando afiados como agulhas. "Um dente de freira?"

"Arrancado, não caído", disse a dama do pó. "Que tal?"

"É meeeesmo...?" Ele olhou para Marra.

Marra teve um mau pressentimento. "Hã..."

"Sinta só o cheiro de convento nela", sugeriu a dama do pó.

"Mas..."

"Quieta", disse ela. E, para o vendedor: "Sinta, vamos".

O vendedor se aproximou, farejando. A pele de Marra se arrepiou. *Meu dente? O quê? Ele vai arrancar um dente da minha boca?*

"Siiiiim...", disse o vendedor, suas narinas se alargaram tanto que Marra podia ver um pouquinho de rosa dentro delas, como o rosa das conchas. "Sim, sim! Estou sentindo. Fé e palha. Um toque de hinos. Sim! Eu aceito. Um dente por ele."

“Espere aí”, interveio Marra, começando a perceber que aquilo estava de fato acontecendo, que estavam mesmo discutindo seus dentes. “Espere. Você não pode...”

O vendedor virou a cabeça e gritou: “Ei! Dançadente! Venha aqui!”.

“A mariposa diz que precisamos dele”, falou a dama do pó. “E você não está com um dente incomodando?”

“Bem, sim, mas...”

“Eu sabia. Você faz careta quando mastiga.”

“Ei! Dançadente! Mexa logo essas patas!”

“Mas você vai botar alguém para arrancar meu dente? Agora? Só porque um inseto pousou naquele sujeito?” Ela gesticulou para o homem que carregava caixas. Ele a olhava, impassível. Marra se perguntou se o sujeito estava sob algum feitiço ou se apenas não se importava mais. Então viu o Dançadente sair detrás de uma cortina nos fundos da barraca e se esqueceu do homem.

O Dançadente parecia uma cegonha ou uma garça, com um bico longo e rígido e um pescoço curvo e comprido. Usava um terno preto puído, com penas saindo dos buracos, e as mãos eram muito humanas. Quando ele virou a cabeça, Marra viu metade do rosto de um homem abaixo do bico, como se fosse uma máscara, mas os olhos eram de garça, da cor de moedas recém-cunhadas e bem afastados do bico, como os de um pássaro.

Ela engoliu em seco.

“Esta aqui”, disse o vendedor. A dama do pó segurou o cotovelo de Marra.

“Vai doer?”, sussurrou Marra, de repente com 6 anos de novo, com um dente de leite dolorido.

"Não", respondeu o Dançadente, com uma voz bondosa. Soava como um amigo, não como um monstro com uma máscara viva. "Eu sou bom no meu trabalho." Ele tocou o queixo dela com um dos dedos. "Abra, por favor."

Marra abriu a boca e fechou os olhos. Era uma situação ridícula, e ela não queria fazer aquilo, da mesma forma que não quisera aos 6 anos. No entanto, era necessário: era assim quando se tinha um dente ruim. Era só abrir a boca...

Sentiu algo contra os lábios. Abriu os olhos, percebeu que estava com o bico do Dançadente dentro da boca, então os fechou depressa.

Tec... Tec... Tec... O bico dava batidinhas em seus dentes com uma delicadeza surpreendente, a ponta muito menor do que parecia. *Ai, deuses queridos. Senhora das Gralhas, que isto não esteja acontecendo!*

Tec... Tec...

A dama do pó segurava seu cotovelo com firmeza. Ela não disse a Marra para relaxar, o que foi bom, porque Marra estava tão longe de relaxar que achou que poderia gritar.

Tec-te-tec-tec. O Dançadente havia encontrado o dente ruim. O molar inferior do lado direito. Às vezes latejava quando Marra comia, e ela passara a mastigar do outro lado para evitar a pontada de dor na mandíbula.

O bico se afastou. Marra fechou a boca com força, respirando forte pelo nariz. Desesperada, buscou o dente problemático com a língua, e percebeu que ainda estava lá.

Talvez seja como mágica, talvez ele esteja tirando um dente fantasma, talvez fique tudo bem...

O Dançadente tirou uma flauta irlandesa de metal do bolso do casaco e começou a tocar uma melodia animada, usando os lábios humanos que Marra vira antes. Ela se perguntou se o bico dele sequer se abria, então parou de se perguntar, porque seus dentes começaram a dançar.

Os dentes se contorciam em sua mandíbula, como se estivessem vivos. Ela gritou, não de dor, mas de horror. Sua boca de repente estava cheia de ossos ondulantes, como se estivesse em um daqueles pesadelos em que todos os dentes caem de uma vez. Era como mastigar e torcer e mexer um dente mole, tudo ao mesmo tempo, ao ritmo da melodia da flauta.

Ela tentou fechar a boca com força, na esperança de impedir aquela dança terrível, mas foi pior, muito pior: todos os dentes se bateram uns nos outros, e seu crânio se encheu com aquele chacoalhar. *Ai, deus, ai deus, não, não, não, não, NÃO!*

Se os dentes estavam quase todos dançando, o molar ruim esperneava. Era como se estivesse batendo contra a sua bochecha e os outros dentes, como um pássaro em uma janela, batendo, batendo, batendo.

O Dançadente se inclinou mais para perto e tocou mais rápido. Marra queria gritar uma negativa, mas, se abrisse a boca, todos os dentes dançariam para fora. *Ai, deus, era pior do que tudo, pior do que a terra flagelada, que pelo menos tinha sido do lado de fora de seu corpo, aquilo estava dentro, dentro de seu* rosto...

Com um estalo, o dente ruim se soltou da mandíbula. Então caiu na língua, sacudindo-se como um inseto, e começou a bater contra a parte de dentro dos lábios. Marra deu um grito agudo quando sentiu aquela coisa dura, rastejante e viva solta dentro da boca. Desesperada, tentou cuspir.

O Dançadente largou a flauta, inclinou-se para a frente e, com o bico, pegou o dente da superfície da língua de Marra. Então ele se virou e deixou o dente úmido e brilhoso cair na palma da mão do vendedor de dentes.

Depois ele se curvou para Marra, com toda a educação, deu um tapinha em seu braço e se retirou.

Marra envolveu os braços ao redor das costelas e caiu de joelhos, ofegante. Não tinha doído. Mas teria preferido a dor. Preferiria nunca ter tido aquela sensação de todos os dentes pulando e saltando nas cavidades. Tocou o buraco com a língua, hesitante, e sentiu gosto de sangue.

"Ai, deus", murmurou, rouca.

Achava que estava prestes a cair no choro, mas isso seria mostrar fraqueza no mercado dos goblins. Pelo que sabia, poderia haver alguma criatura que arrancaria as lágrimas de seu crânio como se fossem dentes e as venderia. Apertou bem os olhos e pensou no poço de ossos, no arame em suas mãos, na prata entrelaçada com prata, no processo de construção de Ossudo, na calma da construção.

Um braço a envolveu, quente e sólido. A dama do pó? Não, com certeza não. Quem seria?

Por um louco instante, achou que fosse o Dançadente, que tinha uma voz bondosa, e o horror repentino desse pensamento a fez abrir os olhos.

Dava para vislumbrar a mariposa branca no outro ombro dele, que estava ajoelhado ao seu lado, passando o braço em seus ombros, os músculos da mandíbula tensos sob a barba grisalha por fazer. "Chega", disse ao vendedor de dentes, ou à dama do pó, ou a ambos. "Pare. Eu não valho isso."

"Já está feito", disse o dono da barraca, lambendo o dente de Marra. "Não tem mais como desfazer."

Ossudo percebera que havia algo errado e tentava se aproximar. O homem por quem ela vendera um dente se virou um pouco, colocando o corpo entre os dois. *Não, não, está tudo bem. Ele não sabe...* Ossudo devia parecer um monstro para ele, naquele lugar cheio de monstros. "Está tudo bem", falou contra o ombro do sujeito. "O cachorro é meu. É meu amigo."

Não sabia se falara alto o bastante, mas ele deve ter ouvido. O homem se moveu, ainda com um braço ao redor dela, e Ossudo pulou para lamber seu rosto com a língua inexistente. Garras de osso e arame espetaram seu joelho através das roupas, e ela respirou fundo e disse: "Está tudo bem, garoto. Estou bem".

"Aqui", disse a dama do pó, oferecendo um pequeno quadrado de tecido. "Feltro de tabaco de teia de aranha. Coloque no buraco. Vai evitar que fique ruim."

Ela alojou o tecido no espaço entre os dentes e assentiu.

"Melhor?", perguntou o grandalhão que a abraçava. Ele falava baixo, quase sussurrando. Talvez também tivesse aprendido a não demonstrar fraqueza.

"Melhor", respondeu ela.

O sujeito ficou de pé e a ajudou a se levantar. Em outras circunstâncias, a força de seu braço musculoso poderia ter sido alarmante, mas, no mercado dos goblins, Marra ficou grata por aquilo.

"Você quer a coleira?", perguntou o homem de olhos amarelos.

A dama do pó fungou com desdém. "Tire essa coisa."

"Como desejar." Ele estendeu a mão para o pescoço do homem. Marra notou que ele não se encolheu, e ficou se perguntando o quanto não se encolher lhe custou. O homem de olhos amarelos deu três batidinhas com a unha do polegar na coleira, que se desfez em teias de aranha e pó.

O homem inspirou fundo. O vendedor de olhos amarelos disse: "Agora ele é problema seu". Depois voltou para as suas mercadorias, acariciando o dente de Marra.

A dama do pó se afastou e dobrou uma esquina. O homem esperou Marra se mexer antes de ir atrás. Seus olhos eram marrons na luz tremeluzente do mercado, mas ainda estavam cheios de sombras.

"Pronto", disse a dama do pó. "Vamos conversar mais tarde, meu jovem. Fique perto, sairemos daqui em breve."

"Vocês são humanas?", perguntou ele, olhando da dama do pó para Marra.

Marra assentiu. A dama do pó deu de ombros. "Meus pais eram. Você consegue caminhar sozinho para fora daqui?"

Ele engoliu em seco. "Consigo."

"Só precisamos de mais uma coisa", disse a dama do pó, dando um tapinha no crânio de Ossudo. "Então estaremos prontos."

"Não outro dente", pediu Marra, rouca. A dama do pó deu de ombros mais uma vez.

Ela se afastou pela multidão, com uma das mãos segurando a coleira de Ossudo. Marra fez menção de ir atrás.

"Posso segurar seu braço?", perguntou o homem.

Marra piscou para ele, confusa. A formalidade do gesto parecia vir de um mundo distante, um mundo onde ela era uma princesa, e não uma freira. Será que o sujeito achava que ela precisava de apoio?

Você acabou de desmontar na frente dele...

Então lhe ocorreu que o sujeito tinha sido um prisioneiro no mercado enquanto ela caminhava livre por ali. Talvez ele quisesse ter certeza de que ninguém tentaria prendê-lo de novo. "Sim, claro", disse, aceitando o braço dele. Então o puxou para a frente, seguindo a dama do pó.

A velha voltou por um dos corredores por onde já tinham passado e parou diante de uma barraca que parecia dividida ao meio. Um lado mal suportava o peso do ouro e das pedras preciosas empilhadas e despejadas sem muito cuidado sobre uma passadeira de seda. Um pássaro com penas de fogo os observava de uma gaiola com barras que brilhavam como o luar.

O outro lado da mesa poderia passar despercebido. Pedras de rio e folhas secas estavam dispostas sobre um velho saco de ração. Também havia uma gaiola de pássaro daquele lado, onde um pequeno tentilhão cinza estava empoleirado. Sob o olhar de Marra, o tentilhão abriu o bico e cantou duas notas curtas e melodiosas, depois bicou um punhado de sementes no chão da gaiola.

Ela olhou para a fênix engaiolada na pilha de tesouros, depois para o tentilhão e a as pedras, então compreendeu que tipo de barraca devia ser aquela.

"Eu preciso de uma ilusão", disse a dama do pó. Ela pegou uma pedra de rio e a colocou na pilha de tesouros. A pedra ganhou facetas e começou a brilhar como um rubi. Ela pegou uma moeda com o rosto de um rei antigo e a moveu para o outro lado da mesa, onde a moeda se tornou uma folha seca com os cantos se desfazendo.

A pessoa atrás da barraca assentiu. Sua aparência mudava a cada poucos segundos: velha e jovem, baixa e alta, homem, mulher, nenhum, ambos. "O que você deseja disfarçar?"

A dama do pó estalou a língua para Ossudo, puxando-o para a frente.

"Bom trabalho", disse a pessoa que vendia ilusões, saindo de trás da mesa. Sua aparência se estabilizou um pouco: neutra, com enormes orelhas de burro. "É seu?"

"Meu", disse Marra.

Virando as orelhas de burro na direção dela, a comerciante assentiu.

"O que desejam?"

"Visão e toque", disse a dama do pó, "para que as pessoas ao redor não percebam que o cachorro tem uma carência de carne." Então pensou um pouco e acrescentou: "Imagino que som seja caro?".

"Som é caro", concordou a figura que vendia ilusões. "As pessoas esperam ver ou sentir certas coisas, e a mente já faz metade do trabalho. Para brincar com o som, é preciso convencer o mundo também, ou os ecos saem estranhos. E não venha me pedir algo que também engane outros cachorros. Meu trabalho é bom, mas não tanto."

"Se enganar os passantes humanos, já está ótimo", disse a dama do pó. "Quanto vai me custar?"

As orelhas cinzas se mexeram. "Seu demônio está à venda?"

Todos olharam para a galinha marrom, que carcarejou de um jeito que soou muito com o tom que a Irmã Boticária adotava para declarar uma morte.

"Não", disse a dama do pó. "É minha melhor poedeira. Mas posso lhe dar um ovo de demônio."

"Feito", retrucou a pessoa que vendia ilusões. A dama do pó tirou o ovo do dia de um dos bolsos, e, voltando para trás da mesa, a ilusionista começou a vasculhar uma cesta. Para Marra, o conteúdo da cesta parecia ser só um monte de tralha, mas, até aí, o que havia nos bolsos da dama do pó também parecera. Enfiando a língua no buraco da boca, ela descobriu que o sangramento cessara e o pequeno quadrado de tecido se acomodara na cavidade vazia.

O homem ao seu lado ficou parado feito um guarda do palácio. Tinha a mesma postura ereta, a mesma expressão vigilante. Marra queria perguntar como ele tinha virado prisioneiro no mercado dos goblins e o que era um forte de fadas, mas aquele, com certeza, não era o momento, não quando estavam cercados por criaturas atentas a fraquezas... Ela passou a língua no buraco da boca outra vez.

A figura que vendia ilusões pegou um novelo de barbante e um punhado de conchas de caracol e começou a medir Ossudo, murmurando.

"Tudo bem com você?", sussurrou Marra, quando não pôde mais se conter.

O homem baixou os olhos para ela. "Não sei. Você planeja me matar?", perguntou ele, como se falasse sobre o clima.

"Não! Eu preciso da sua ajuda, mas não..." De repente ela percebeu que matar um príncipe era muito perigoso, e a mariposa talvez tivesse pousado nele porque alguém teria que morrer, e era por isso que precisava dele, afinal. *Ai, deuses! Não pode ser isso, pode?* "Quer dizer, eu não sei se... eu..." Ela o encarou, sem palavras, desejando não ter dito nada.

Um canto da boca do sujeito se curvou de leve. Marra o encarou, maravilhada por alguém conseguir manter o senso de humor naquele lugar terrível. Ele inclinou a cabeça para mais perto. "Agora não é a hora nem o lugar", murmurou. "Podemos resolver tudo mais tarde."

"Certo", murmurou Marra. "Certo. Sim."

"Fio e conchas de caracol, arame e ossos", cantarolava a ilusionista, enquanto suas orelhas se remexiam. "Prontinho!" O fio virou uma grade, então uma rede, que foi lançada sobre Ossudo. O cachorro deu pulinhos, como se estivesse recebendo um petisco.

A ilusão se assentou em volta do cão e deixou um cheiro de terra queimada. Marra viu contornos de carne, uma sombra de pelo, então Ossudo se sacudiu e passou a ser um enorme cachorro cinza com uma cabeçorra de aríete e uma mancha branca no peito. O rabo ainda era um chicote estreito e ossudo, mas coberto de pelos. Os lábios eram enormes, caídos, e, quando o cachorro olhou para Marra, eles deram um sorriso imenso.

"Ah, Ossudo!", disse ela. O cachorro lambeu sua mão, e Marra pôde sentir a língua. Não era completamente sólida, mas bem mais sólida do que antes.

"Já chega deste lugar", disse a dama do pó. "Todos ainda têm suas almas? As sombras continuam presas? Então vamos antes que isso mude."

Subiram as escadas bem devagar. A escadaria parecia muito mais longa na subida do que na descida. Talvez fosse sempre assim no mundo das fadas. O homem por quem pagara um resgate, o homem do qual precisava, mantinha o braço firme no dela. Os dois se apoiaram um no outro, ombro contra ombro, dois humanos em um lugar onde nenhum humano deveria estar. Quando Marra o olhou sob a luz esverdeada dos vaga-lumes, notou um terror prateado em seus olhos; era um terror controlado, mas muito vivo. Ossudo caminhava ao lado deles, enquanto Marra segurava a coleira de corda. Dava para sentir a ilusão de pelos contra os seus dedos, a não ser nos poucos instantes em que a sensação sumia, e ele parecia feito de ossos.

O quadrado no topo da escada ficou azul-escuro, em vez de preto. Foi crescendo, um passo agonizante por vez, dividido pela silhueta escura da dama do pó. Estrelas começavam a aparecer, mas o contorno parecia inquieto, como se pairasse uma sombra que não deveria estar lá.

Tem algo esperando lá em cima, pensou Marra. *Quantos dentes precisaremos para passar? Quantos anos da minha vida comprarão nossa liberdade?* Soltou uma respiração longa e trêmula, e o homem ao seu lado quase a carregou até o degrau seguinte, até que recuperou as forças.

Serão quantos precisarem ser.

Havia algo no topo. Marra nem chegou a ver o quê. A dama do pó alcançou a passagem primeiro, e uma sombra se ergueu, mas a galinha jogou a cabeça para trás e cantou como um galo ao amanhecer.

A sombra fugiu. A galinha se acomodou, soltando um *có* indignado. "Eu sei", disse a dama do pó, como se a consolasse. "Eu sei. Cocoricar é sempre muito constrangedor para uma dama."

Có có, resmungou a galinha, sacudindo as penas do pescoço.

Então saíram aos tropeços, sob a luz das estrelas. O homem ao lado de Marra respirou fundo, como se nunca tivesse respirado. "Livre", falou. "Estou livre daquele lugar?"

"Quase", respondeu a dama do pó. "Ainda não. Ainda estamos com um pé no outro mundo, e não é seguro demorar muito." Ela os conduziu de volta ao longo do rio, em direção à raiz da árvore. O homem ainda segurava o cotovelo de Marra, que não sabia se deveria se sentir presa ou ficar feliz com o toque.

O menino afogado aguardava do outro lado das raízes, com água até o queixo. Ele gorgolejou, e a dama do pó soltou um muxoxo irritado, gesticulando, rápida e rude, respaldada por magia. O menino afogado afundou na água e nadou para longe na velocidade de uma lontra. "Agora", disse a dama do pó, apoiando-se no cajado. "Agora estamos de volta. Agora você está livre."

Capítulo 9

"Eu sou o Fenris", disse o homem. Ele ia dizer mais alguma coisa, talvez outro nome ou um título, mas se interrompeu. "Fenris", repetiu, em vez disso.

"Marra."

"Fenris", disse a dama do pó. Então soltou uma risadinha, olhando para Marra. "Então você construiu seu cachorro e encontrou um lobo. Se aparecer uma raposa atrás de você, teremos um verdadeiro conto de fadas. Aí eu vou começar a me preocupar."

"Por quê?", perguntou Marra. "Se eu estiver em um conto de fadas, talvez tenha alguma chance."

"Contos de fadas não acabam bem para as pessoas ao redor", explicou a dama do pó, sombria. "Ainda mais mulheres idosas. Eu prefiro não ser obrigada a dançar até a morte em sapatos de ferro, se você não se incomodar."

"Talvez você seja a raposa", disse Marra.

"Ha!" A risada da dama do pó tinha mesmo um quê do barulho que uma raposa faz. "Eu mereci essa."

"A Senhora Raposa tem um nome?", perguntou Fenris. Marra não sabia dizer se ele estava entretido ou irritado com a conversa.

"Tenho", respondeu a dama do pó.

O silêncio se estendeu. Marra mexeu em um fio da capa de urtigas, esperando.

Se aquilo tinha sido um duelo de vontades, a dama do pó venceu. A risada de Fenris não foi muito diferente da risada da dama do pó, um som curto e autodepreciativo de um homem que ainda era capaz de reconhecer o absurdo da situação. "Então como deseja que eu a chame, minha senhora?"

"*Senhora* está bom. Sou uma dama do pó."

"Ah. Uma daquelas que vivem entre os mortos? Não há damas do pó em meu país, mas ouvimos falar delas por lá."

O silêncio se estendeu de novo. Marra imaginou o que Fenris estava pensando e o que achava delas duas. *Uma freira tímida e uma velha que comunga com os mortos. Nem eu sei o que acho de nós... Ele é um assassino*, dissera o homem de olhos amarelos. O pensamento era alarmante. Fenris era grande o suficiente para parti-la ao meio só com as mãos, e, por mais imperiosa que fosse, a dama do pó ainda era uma velha com uma galinha. Será que ele achava que ainda era prisioneiro? Tinham pagado o preço dele para o vendedor de dentes, mas não tinham libertado mesmo o sujeito, certo? Marra gaguejara alguma coisa sobre precisar dele no mercado. Se Fenris decidisse escapar daquela suposta prisão, a única defesa das duas seria o cachorro que, no momento, pulava na água, brincando com os respingos.

"Você não precisa nos acompanhar", falou.

Fenris a encarou com olhos insondáveis. "Perdão?"

"Quer dizer..." *Não, não explique a mariposa. É complicado demais e vai soar ridículo falar isso tudo em voz alta.* "Hã... tinha essa magia que nos levaria a algo que precisávamos. E ela escolheu você. Mas você não é mais um prisioneiro."

"A magia disse que vocês precisavam de mim?" Ele estava sorrindo, mas o sorriso lembrava muito a risada que dera mais cedo: não por achar graça, mais de incredulidade pelas coisas do mundo.

"Não fique se achando", ralhou a dama do pó. "Pode ser que nosso destino esteja dentro de um pote e a gente só precise de alguém para abrir a tampa."

Dessa vez, a risada dele foi genuína, o que pareceu surpreendê-lo tanto quanto surpreendeu Marra.

"Temos tempo para eu me lavar?", perguntou Fenris, enquanto saíam do rio. "Faz muito tempo..."

A dama do pó balançou a cabeça. "Aqui não. Os mortos estão inquietos e não vão descansar por um ou dois dias. Vamos encontrar um lago onde ninguém tenha se afogado."

"Bem, eu gosto da ideia de não me afogar."

Levou cerca de meia hora. Embora a sensação de Marra fosse a de que tinham passado uma era inteira no mercado dos goblins, a lua mal se movera no céu, e agora lançava um reflexo branco sobre um pequeno açude. Várias vacas dormiam do outro lado de uma cerca, formando silhuetas pretas na grama iluminada pela lua.

"Como você foi parar no mercado dos goblins?", perguntou Marra, enquanto Fenris se sentava à beira do açude, desamarrando as botas.

"Foi pura tolice minha", respondeu Fenris. "Dormi em um forte de fadas. Sabia que não devia, mas...", ele desviou o olhar.

"O que é um forte de fadas?", perguntou Marra.

"Um círculo de terra. As árvores crescem no entorno, mas o centro costuma estar vazio. Há quem diga que são ruínas de um povo antigo. Moradas dos ocultos. Lugares sobrenaturais. Eu não deveria ter ficado lá."

"Você estava fugindo de alguma coisa", disse a dama do pó, incisiva, "ou estava tentando se matar, mas não teve coragem de segurar a faca. Pelo sotaque, você é de Hardack. E nenhum hardishano dormiria em um forte de fadas, nem mesmo se estivesse caindo de bêbado e com as duas pernas quebradas."

Os lábios de Fenris tremeram. Ele inclinou a cabeça para a dama do pó.

"Tem razão."

"E então?", a dama do pó desabou o corpo no chão, acomodando-se. A galinha marrom encarava Fenris com um olho maligno. "Foi qual das duas?"

"Ambas", respondeu Fenris. Ele esfregou a testa. "Eu sou... era... um cavaleiro. Em Hardack, como você disse. Servia aos Pais, não a um clã específico. Os Pais governam os clãs, mas não têm domínio absoluto. Trabalhando a serviço deles, a pessoa é tanto diplomata quanto guerreiro."

"E?", insistiu a dama do pó, sem piedade.

"E eu fui um tolo", ele falou aquilo quase sem entonação, menos se autoflagelando e mais constatando um fato. "Não vi o que estava bem diante de meus olhos, e chegou o dia em que tive que matar um homem por causa disso. Um chefe de clã."

Marra apurou os ouvidos, com uma atenção repentina. Um chefe de clã seria tão protegido quanto um príncipe?

"Não havia nada que eu pudesse fazer, não dentro da lei", continuou Fenris. "No feudo do clã, a palavra de um chefe é lei. Os Pais poderiam censurá-lo, mas só. Eu podia deixar o homem impune, mesmo com as mãos sujas de sangue, ou podia fazer justiça com minhas próprias mãos, sujando-as de sangue também." Ele deu de ombros. "Assassinei três homens que não cometeram crime algum além de defender seu soberano, matei o chefe e deixei minha espada em cima dele, para que soubessem quem fez aquilo. Então fui embora e passei a noite em um forte de fadas."

"De forma deliberada", comentou a dama do pó, pensativa. "Você queria morrer, mas não por mãos humanas."

Fenris lançou um olhar irônico e breve para a velha. "Apesar de dizermos que somos servos dos Pais, todos sabem de qual clã viemos. Sou um criminoso, mas quem me matasse se tornaria inimigo do meu clã. Só que, se eu não fosse morto, o clã do chefe que matei perderia prestígio enquanto eu estivesse impune." Ele jogou uma pedra na água. "Não era culpa deles seu chefe ser um monstro. Aquela gente sofreu mais do que qualquer outra pessoa nas mãos do chefe."

"E os hardishanos consideram o suicídio uma vergonha", disse a dama do pó.

Fenris deu de ombros. "Não ligo muito para a minha honra, mas cair para a minha própria espada seria um testamento de que eu achava que tinha errado", ele suspirou, e um pouco de emoção enfim tomou sua voz. Parecia cansaço. "Então aqui estou. Passei um bom tempo no mercado dos goblins e estou muito cansado."

Marra olhou na direção do açude. Fenris pedira um pouco de privacidade para se banhar, mas ela ponderava se o homem estava mesmo se lavando ou se estaria fugindo para a floresta, aproveitando para colocar o máximo de distância possível entre eles.

Eu não prendi o cachorro de ossos, e ele voltou. Esfregou o crânio de Ossudo, sentindo os pelos fantasmas sob os dedos antes de atravessarem a ilusão.

"Que história triste", comentou, em voz alta. "Pobre homem."

"Se for verdade, é mesmo", retrucou a dama do pó.

"Você não acredita nele?"

"Hum", a dama do pó deu de ombros. "Ele não parecia estar mentindo, mas isso só significa que acredita no que diz. Imagino que quase tudo seja mais ou menos verdade. Mas há homens capazes de matar um rival e se convencerem de que agiram por motivos nobres." Ela entrelaçou os dedos atrás da cabeça, deitando-se no cobertor. "Todo mundo inventa uma história sobre os próprios pecados.

Às vezes para diminuí-los, às vezes para torná-los a pior coisa que um mortal já fez. Depende muito da pessoa. Aposto que esse aí é mais mártir do que minimizador, mas nunca dá para saber."

"Você acha que ele vai tentar ir embora?"

A dama do pó deu de ombros de novo. "Se ele voltar hoje à noite, duvido. Mas, se tiver algum juízo, vai aproveitar essa liberdade para partir, e nunca mais o veremos."

Marra mordeu o lábio. "A mariposa disse que precisávamos dele."

"Nós precisávamos dele *naquele momento*, sim." A dama do pó inclinou a cabeça. "É possível que ele já tenha feito o que precisava fazer."

"O quê?", Marra franziu a testa. "Mas isso faz só uma hora!"

"É. E talvez tivéssemos sido atacadas no mercado dos goblins se não tivéssemos um grande guarda-costas, fazendo com que o propósito dele já tenha sido cumprido."

Marra piscou. "Você... acha provável que seja isso?"

A dama do pó deu de ombros mais uma vez.

"Mas, se não for, ainda precisamos dele!"

"De fato. Mas não é porque você precisa de uma pessoa que ela é obrigada a ajudar. Ele pode ir embora e tentar a sorte em outro lugar."

"Eu não fui embora", anunciou Fenris, das sombras. Marra pulou de susto. Como um homem podia andar de forma tão silenciosa? E quanto ele teria ouvido?

Ergueu os olhos e viu Fenris sair das sombras, com passos lentos e pesados como os de um cavalo de arado. "Eu tenho pouco juízo, Senhora Raposa", falou. De novo, mostrou aquele sorriso divertido. Então voltou o olhar para Marra. "Na minha terra, é comum pagarmos o resgate de prisioneiros só com ouro. Mas você comprou minha liberdade com seu próprio sangue e osso. O pouco de honra que me resta é sua, e, se eu puder ser útil, serei."

O café da manhã no dia seguinte foi pão seco com menos de um terço de um ovo por pessoa. Fenris devorou a comida em três mordidas, mas não reclamou da porção pequena. Marra ficou pensando em como iriam se alimentar no caminho até o Reino do Norte.

No início, Fenris andava muito mais rápido do que ambas, a passos que engoliam o terreno e provavelmente o fariam chegar ao Reino do Norte antes que Marra e a dama do pó tivessem saído do Reino do Sul. Ele teve que parar e diminuir o ritmo várias vezes, quase pedindo desculpas.

Marra também enfrentava dificuldades. Já se acostumara a se esquivar dos viajantes para manter Ossudo fora de vista. Na primeira vez em que uma carroça agrícola passou pelo grupo, ela agarrou a coleira e quase pulou em uma moita, antes de se lembrar da ilusão.

O carroceiro os encarou, mas não estava olhando para Ossudo. Olhando a galinha empoleirada no topo do cajado da dama do pó, ele abriu um largo sorriso. "Como você a ensinou a fazer isso?!", gritou.

"Que ensinei, que nada", respondeu a dama do pó. "Só não consegui impedir."

O carroceiro deu uma gargalhada, bateu no chapéu e seguiu caminho, enquanto Marra tentava acalmar o coração acelerado.

"Calma", murmurou Fenris.

A irritação estava na ponta da sua língua, mas, olhando para o lado, Marra percebeu que ele falava tanto consigo mesmo quanto com ela.

Quanto tempo ele passou no mercado dos goblins? Será que também estranhou isso?

Pensou um pouco no assunto, então decidiu perguntar.

"Tempo demais." Fenris olhou para o céu, que perdera o tom cinza-ouro pálido da aurora e já estava ficando azul. "Era difícil saber os dias. Dizem que algumas pessoas entram em um forte de fadas e passam uma noite dançando, mas, quando voltam, descobrem que se passaram anos. Não sei se é verdade. Não sei se o mercado dos goblins funciona o tempo todo. Parecia que eu estava sempre lá, na barraca, mas às vezes eu dormia, e parecia que muito, muito tempo se passara. E às vezes era... diferente."

"Diferente como?", perguntou a dama do pó, de repente.

"Mais frio. Mais escuro. As... coisas eram diferentes."

"Coisas? Está falando das pessoas?", perguntou a dama do pó.

"O que estou tentando dizer é que quando meu captor vendeu um dente, a *coisa* para quem vendia parecia uma mulher, até que ela mordeu o dente como se fosse uma maçã." Sua voz era muito calma, e ele não olhava para nenhuma das duas enquanto falava. "Então pulou na primeira pessoa que passou e, quando se afastou, a largou morta, no chão do mercado. E aquele desgraçado de olhos amarelos só reclamou da sujeira e chamou alguém para levar o corpo."

Pela primeira vez desde que Marra se lembrava, a dama do pó pareceu um pouco constrangida. "Ah. O escuro da lua nova. É quando surge o pior do mercado dos goblins."

"Sinto muito", disse Marra.

Fenris enfim olhou para ela. Seus olhos pareciam desolados, mas ele forçou um meio sorriso. "Eu também. Por todos nós. Havia mais alguns humanos, eu acho, trabalhando em outras barracas. É difícil saber. Nós até acenávamos uns para os outros, mas não tínhamos a chance de conversar." Ele respirou fundo e endireitou as costas. "Bem. Se foi a lua nova, imagino que passei três meses lá. Eu achei que fossem algumas semanas. Os dias pareciam longos, mas não tanto assim."

"O que você fazia?", perguntou Marra.

Ele deu de ombros. "Pensava, na maior parte do tempo. Ruminava todas as vezes que havia fracassado e todos os caminhos que poderia ter tomado em vez do que de fato tomei. Pensava em escapar." Ele balançou a cabeça. "Não conseguia falar com mais ninguém além do Dançadente. Ele não era tão mau, apesar da aparência. Mas aquele era um lugar cruel." Ele exalou devagar pelo nariz. "E eu, sendo um desgraçado egoísta, só pensava na minha liberdade. Talvez deveria ter dito para você levar outra pessoa. Eu merecia ficar preso."

"Mas precisávamos de você. Pelo menos, foi você que a mariposa mostrou quando disse do que precisávamos."

Ele deu de ombros de novo.

“Talvez, quando tudo isto acabar”, disse Marra, inconsequente, “a gente possa voltar lá. Encontrar os outros.”

Dessa vez, o olhar dele foi de surpresa. “Você sacrificaria seus dentes para salvar cada um deles, é?”

A pele dela se arrepiou só de pensar, mas o que era um dente diante da vida de alguém? “Se for preciso.”

O silêncio se estendeu por tempo demais, então Fenris ofereceu a mão. Mas não para Marra segurar, e sim para apertar. E ela apertou. Os dedos dele eram ásperos contra a sua pele.

“Então”, disse Fenris “agora que nós dois nos comprometemos em nossas missões fúteis, posso perguntar para onde nos leva a sua?”

“Para o Reino do Norte”, respondeu Marra.

“Nunca estive lá”, comentou Fenris. “Você precisa me avisar se houver algum costume que eu não conheça que nos causará problemas.”

“Não acho que tenha nenhum”, respondeu Marra. Vasculhou o cérebro, tentando pensar em algo útil. “Mas não sei se eu saberia dizer. Cresci muito perto, então imagino que meu povo tenha um comportamento bem parecido. Hum. Não bata no rosto de ninguém com uma luva?”

A expressão de Fenris era indescritível. “Isso é algo que seu povo faz com frequência?”

“Não, a menos que a pessoa queira duelar. O que não queremos. Quero dizer, eu não quero.”

“Isso talvez nos poupe algum tempo”, comentou a dama do pó. “Podemos mandá-lo duelar com o príncipe e acabar logo com isso.”

Marra considerou a ideia. Fenris era um pouco mais velho que o príncipe, mas muito maior. Isso importava? "Hum..."

"Um príncipe, hein?", Fenris olhou para ela em busca de confirmação. "E você o quer morto?"

"Isso é um problema?" *E se ele for embora e contar ao príncipe? Não dissemos um nome, e ele nunca esteve no Reino do Norte. Não tem como saber que é Vorling. De qualquer forma, Vorling agora é rei...*

"Ele merece morrer?", perguntou Fenris, como se estivessem falando sobre o tempo.

"Muito."

"Então não é um problema. Mas seus governantes aceitam desafios de estranhos?"

"Não...", respondeu Marra. Claro que não seria tão fácil. "Não, tenho quase certeza de que não."

"Que bom. É uma maneira tola de escolher governantes, mesmo que isso faça com que as coisas sejam menos convenientes para nós."

"É permitido em Hardack, pelo que me lembro", comentou a dama do pó.

"É", concordou Fenris. "Também é uma tolice. Quando se consegue um homem competente, que respeita as leis e conhece os nomes de cada um de seus vassalos, que é capaz de equilibrar as necessidades do clã e as necessidades dos indivíduos... aí aparece um bruto cuja única habilidade é brandir um machado. E é mais provável que o homem do machado vença, o que bota uma corda no pescoço do clã, até que alguém consiga pedir aos Pais para resolver a situação... o que não conseguimos fazer metade das vezes."

"Estou começando a suspeitar de que você já lidou com isso", comentou Marra.

"Como você adivinhou?", ele lhe lançou um olhar irônico. "Sim. Vi quatro clãs arruinados por isso. Também vi um clã salvo, mas poderíamos ter resolvido a situação de outras maneiras. O que esse príncipe fez?"

A pergunta foi feita no mesmo tom das anteriores e a pegou de surpresa, como um golpe. Marra pisou em falso, e Fenris se moveu para segurá-la, depois recuou quando ela se equilibrou.

"Ele matou minha irmã", respondeu Marra. "E a minha outra irmã... que agora é esposa dele... ele...", sua garganta pareceu se fechar de novo, e Marra forçou as palavras a saírem. "Ele a machuca. Deixa marcas, e ela... ela está sempre engravidando para não apanhar dele, mas vai acabar morrendo. Então ele vai arranjar outra esposa para fazer o mesmo."

Fenris assentiu, como se o que ela tivesse dito fosse perfeitamente compreensível, embora Marra mal conseguisse compreender a si mesma. Se ficou surpreso por ver uma freira parente da esposa de um príncipe, ele não demonstrou. "Entendo. Homens assim nunca param. Se puderem ser isolados ou lançados contra o inimigo, é melhor. Assim, o clã encontra alguma serventia neles, no fim das contas. Mas muitas vezes não é possível, então precisamos encontrar outras soluções."

"É o que estamos tentando fazer", disse Marra. "Outras soluções. Sejam quais forem."

"É uma missão tola, provavelmente todos vamos morrer", disse a dama do pó.

"Ah, bem", retrucou Fenris. "Eu sempre gosto dessas."

"E agora?", perguntou Marra à dama do pó. "Foi você quem teve as ideias até o momento. Ou vamos só andar para o norte até chegar lá?"

A dama do pó coçou o osso do poleiro da galinha, pensativa. A ave parecia irritada, mas, na verdade, ela sempre parecia irritada. "Quase posso ver o caminho à frente", disse a velha. "Se estivéssemos enfrentando apenas mortais, você e eu e seu amigo grandão talvez fôssemos suficientes. Mas é na fada madrinha que tudo desmorona."

"A fada madrinha do príncipe?"

A dama do pó assentiu. "É a mesma há muito tempo. Ligada à família real, mantida viva muito mais tempo além do que uma pessoa sensata teria antes de morrer. A proteção dela estará sobre o príncipe." A velha mordiscou o lábio inferior. "Eu posso comandar os mortos, mas esse poder é diferente."

"Mais forte?", perguntou Marra.

"Diferente." A dama do pó hesitou um pouco, então deu um sorriso pesaroso. "É possível que seja mais forte. Eu falo com os mortos e pelos mortos. Nossos poderes não têm nada em comum. Podemos nos cruzar na rua sem trocar nem uma palavra, ou ela pode me explodir em um milhão de pedacinhos."

"Imagino que você não consiga explodi-la em um milhão de pedacinhos primeiro?", perguntou Fenris.

"Nunca tentei", admitiu a dama do pó, "mas parece improvável."

Marra suspirou. "E do que precisamos para lutar contra um poder desses? Minha fada madrinha foi quase inútil."

A dama do pó ergueu uma sobrancelha. "Você teve uma fada madrinha?"

"Sim, claro. Sabe como é com as princesas..."

"Nem todas", retrucou a dama do pó. "Na verdade, a maioria não tem. E as que têm, em geral, são de reinos muito maiores, não de nações pequenas presas entre vizinhos perigosos. Poder chama poder."

Marra bufou. "Bem, ela não serviu de nada, então você não está errada."

"Ah, é?", retrucou a dama do pó.

"Ela nos abençoou com boa saúde", explicou Marra, em tom sombrio. "E disse que Damia se casaria com um príncipe. O que não foi uma bênção, visto que ele a matou."

"Saúde não é pouca coisa", disse a dama do pó. "Pelo menos, se comparada à alternativa."

Os lábios de Marra se franziram. "Ela poderia ter desejado nossa *segurança*", resmungou. "Ou pelo menos que não nos casássemos com alguém que fosse nos matar."

"Ela poderia", retrucou a dama do pó. "Mas, mesmo parecendo estranho, os pais costumam se opor a pronunciamentos como esse em batismos."

"Seria de se esperar que ficassem gratos."

"A natureza humana é misteriosa."

Marra não conhecia Fenris o suficiente para interpretar suas expressões, mas poderia jurar que ele queria dizer alguma coisa. O homem não parava de olhar de soslaio para a dama do pó. A cada olhada, uma linha se formava entre suas sobrancelhas, cada vez mais profunda, até que ele desistiu e a chamou: "Senhora Raposa?".

A dama do pó deu uma bufada bem-humorada. "Pois não?"

"Você afirma falar com os mortos?"

"Não afirmo", retrucou a dama do pó, com toda a calma do mundo. "Eu falo. Embora, na maioria das vezes, eu mais ouça do que fale. Quem não cala a boca em vida não costuma se calar na morte."

Fenris balançou a cabeça. Depois de um momento, falou, escolhendo bem as palavras: "Não sei se acredito em fantasmas".

"Mas você acredita em fadas", disse a dama do pó, em um tom mais divertido do que ofendido. "O suficiente para ir se entregar em um forte de fadas."

"Imagino que eu deveria dizer que é diferente", falou Fenris. "Mas a verdade é que eu também não acreditava em fadas. Ninguém que eu conheço acredita." Ele passou a mão no cabelo, e Marra viu fios brancos salpicados entre as mechas escuras.

"Você não acreditava em fadas, mas tinha medo de um forte de fadas?", perguntou, intrigada.

"Bem, sim", Fenris abriu outro de seus sorrisos confusos de como-é-que-eu-vim-parar-aqui. "Não acreditamos nas fadas, mas ninguém cortaria as árvores em um forte de fadas e nem passaria a noite lá. Só para o caso de ter algo, acreditando ou não."

"Então pronto", disse a dama do pó. "Os mortos estão lá, você acreditando ou não."

"Hum."

Marra sentiu uma vontade de intervir e tentar apaziguar a conversa, mas não sabia como. Nunca gostara de desentendimentos, mas ambos pareciam mais entretidos do que exaltados. Avaliou Fenris por baixo dos cílios, tentando não ser muito escancarada.

À luz do dia, ele era ainda maior do que pensara ao vê-lo no mercado dos goblins. Ombros largos, peito robusto. Embora fosse mais velho do que o príncipe e a cintura tivesse engrossado com a idade, ninguém pensaria que era outra coisa senão um guerreiro. Suas mãos estavam cobertas por dezenas de pequenas cicatrizes antigas, e seus antebraços eram musculosos. Ninguém conseguia músculos assim apenas carregando caixas. *Se quisesse, ele poderia me estrangular com uma única mão.* Marra lambeu os lábios, que de repente ficaram secos. *O feitiço disse que precisávamos dele. Sem dúvida não precisaríamos de alguém que fosse tentar nos matar. A menos que o mundo seja de fato muito estranho, e talvez eu precise estar morta para a dama do pó me reanimar e me mandar atrás de Vorling como um espectro vingativo.*

Parecia demais.

Era claro que a dama do pó não tinha medo de Fenris, embora ele tivesse o dobro do seu tamanho. "Você não acredita em fantasmas, hardishano, mas profanaria um túmulo?"

Os olhos de Fenris se arregalaram, em choque evidente. "Não! Claro que não."

"Pois então."

Caminharam em silêncio por quase meia hora. Ossudo fuçou algo em uma sebe e abocanhou a criatura. Fosse o que fosse, caiu pela parte de baixo da mandíbula e disparou pela grama. Ele voltou com um sorriso largo, muito orgulhoso de si.

Depois de um tempo, Fenris quebrou o silêncio: "Talvez esteja certa, Senhora Raposa. Mas acredito que meus sentimentos em relação aos fortes de fadas e aos túmulos sejam diferentes. Mesmo quando não acreditava, os fortes pareciam... sobrenaturais. Sempre houve um pouco de temor, por baixo da superfície. Um medo do desconhecido. Mas quando penso em profanar um túmulo, não sinto medo, e sim repulsa. Não tenho medo do que está no túmulo, mas seria desonroso. Detestável, até. Meu medo não é a retaliação, meu medo é o tipo de pessoa que eu me tornaria ao fazer algo assim".

A dama do pó diminuiu o passo e lançou um olhar penetrante e perspicaz para Fenris. A galinha marrom soltou um cacarejo indignado e se balançou no topo do cajado.

Um raro sorriso curvou os lábios da velha. "Você continua errado, hardishano", afirmou ela. "Mas é um erro interessante."

Fenris inclinou a cabeça como um cavaleiro aceitando o elogio de uma rainha, e Ossudo balançou o rabo e latiu, sem ruído, para ambos.

COMO MATAR UM PRÍNCIPE

Capítulo 10

Viajar com Fenris era diferente de viajar apenas com a dama do pó. Diferente e, Marra precisava admitir, mais fácil.

Ele parecia estar acostumado a acampamentos parcos. Acendia a fogueira no tempo em que Marra ainda se atrapalhava com a pederneira e conseguia manter o fogo aceso por mais tempo. Ele não tinha utensílios próprios, depois de tanto tempo no mercado dos goblins, então a dama do pó abriu mão de uma xícara medidora de metal, e Marra cedeu a menor de suas duas facas para que ele pudesse comer e beber.

Depois de dois dias, Marra não acreditava mais que Fenris se voltaria contra elas. Era calmo e ponderado, e a dama do pó o provocava quase o tempo todo, o que ele levava na esportiva. Às vezes Marra trocava um olhar com ele, um olhar de surpresa que dizia: *dá para acreditar que duas pessoas sensatas como nós estão nesta situação?*

Aquele olhar a aquecia. Não trocava um olhar de compreensão mútua desde que deixara a Irmã Boticária no mosteiro.

Ainda assim, havia momentos em que Fenris se levantava rápido demais ou se assomava, grande demais, e alguma sombra em sua mente sussurrava que ninguém nunca nem suspeitara que Vorling se voltaria contra as esposas. *Isso é cautela demais? Ou não é, nem de longe, cautela o bastante?* E ela se lembrava do fazendeiro que tentara matá-la, aquele que devia se considerar um bom homem, mas que vira apenas um monstro da terra flagelada. Então Marra colocava alguns passos de distância entre ela e Fenris, tentando não ser muito óbvia.

Se ele percebia, não dava indícios.

Fenris comia mais do que a dama do pó e Marra juntas. Dava para perceber que ele se esforçava muito para evitar isso, mas também dava para ouvir o ronco de seu estômago. Paravam em fazendas sempre que podiam. Teve uma noite em que só tinham chá, mas, na tarde seguinte, Ossudo desentocou um coelho, que Fenris limpou e assou no espeto, e comeram melhor do que nos últimos dias.

Conforme avançavam para o norte, a viagem foi ficando mais fácil. Todos precisavam de lenha para a fogueira, e Fenris brandia o machado com a facilidade advinda da prática. Batiam nas portas e perguntavam se ele poderia cortar lenha em troca de um pouco de comida para a estrada, e as pessoas costumavam ficar felizes em vê-los. Às vezes até indicavam alguém mais adiante na estrada que também precisaria do trabalho. O estômago de Fenris parou de roncar, e não havia mais noites regadas apenas a chá.

No entanto, com o norte veio o frio. Assim como não tinha utensílios, Fenris também não tinha cobertores. Dormiam em celeiros quando conseguiam, mas nem sempre isso era possível. Certa manhã, Marra acordou, encontrando o chão coberto de geada e Fenris encolhido tão perto da fogueira que sua barba corria o risco de pegar fogo.

"Hã... está frio", disse, naquela noite. "Se quiser dividir meu cobertor..."

A dama do pó soltou um risadinha pelo nariz. As sobrancelhas de Fenris se ergueram. Marra se perguntou se aquilo também era um eufemismo em Hardack. "Não nesse sentido", acrescentou, às pressas. "Quer dizer, se você estiver com frio. Está frio. Quer dizer, você pode ficar com parte do meu. Não estou sugerindo nada além disso."

A dama do pó teve um ataque de tosse. Fenris, no entanto, inclinou a cabeça, muito sério, e disse: "Acredito que não seja muito honroso privar uma jovem de metade do cobertor, mas meus ossos são velhos o suficiente para eu aceitar com gratidão".

"Eu não sou tão jovem assim", retrucou Marra.

"E nem venha me falar de ossos velhos até passar dos 70 anos, meu jovem", acrescentou a dama do pó.

Fenris lançou a ela um olhar bem-humorado. "Isso vai ser daqui a uns trinta anos, então você, sem dúvida, vai me dizer que não posso reclamar até passar dos 100 anos."

A galinha marrom cacarejou, e a dama do pó bateu com o cajado no chão até a ave bater as asas. "Não fique de gracinha", murmurou ela, mas não ficou claro se estava falando com a galinha ou com Fenris, e ninguém tentou descobrir.

Marra desenrolou sua cama improvisada. A dama do pó lhe dera um cobertor comprido o suficiente para envolver de forma confortável até uma pessoa que, como Marra, se espalhava bastante durante o sono.

Era pequeno para dois. Ela e Fenris se acomodaram debaixo do cobertor, um de costas para o outro, e Marra teve quase certeza de que ele estava lhe deixando a maior parte do tecido. Sentia as costas dele como uma parede contra as suas, embora ambos estivessem usando camadas demais para sentir a respiração dele.

Ossudo costumava dormir encolhido sobre seus pés, com os ossos das costas enfiados em seu tornozelo. Quando encontrou quatro pés, o cão pareceu não saber o que fazer. Circulou, ganiu um pouquinho, depois deitou-se nas canelas de Marra. A ilusão tentou amaciar a pélvis pontuda, mas falhou.

Marra também não conseguia ficar confortável. Já era bem difícil dormir no chão, mas o chão estava assim tão duro na noite anterior? Será que estava deitada em cima de uma pedra? Sempre enfiava os braços dentro das vestes para se manterem quentes, mas as mangas sempre tinham sido tão apertadas?

Mudou de posição, tentando ficar confortável, então se perguntou se teria acordado Fenris, ou se ele ainda estava acordado e o movimento o estava incomodando. Não se revirava tanto quando não havia outra pessoa ao seu lado, certo? Ou será que sim, mas não se preocupava com isso, de modo que nem percebia que estava se revirando?

Há quantos anos não dormia ao lado de outro ser humano? Tentou lembrar. Em casas menores, com menos camas, duas ou três pessoas se apertavam em uma cama, mas princesas dormiam sozinhas.

Quando era muito nova, às vezes se esgueirava até a cama de Damia. *Tive um pesadelo*, dizia. A irmã mais velha era muito paciente, apenas puxava os cobertores para o lado e a ajudava a subir na cama alta. Marra lembrou-se da cena com uma nitidez repentina, o cheiro de lavanda seca sob o travesseiro e os lençóis frescos. Não pensava naquela memória havia anos.

Não consigo me lembrar do rosto de Damia, pensou, olhando para o escuro com os olhos secos, *mas eu me lembro da lavanda.*

Suas costas estavam começando a se aquecer. Infelizmente, um lado dos seios nasais começou a entupir. Em geral, teria se virado para o outro lado, mas, se fizesse isso, ficaria com o rosto espremido contra as costas de Fenris. Gostaria de conseguir dormir de costas, mas isso sempre a deixava sem ar. (As mulheres em sua família não dormiam de bruços depois da puberdade, por isso, ela nem tentava desde os 14 anos.)

Marra se mexeu de novo, encontrou uma pedra embaixo do quadril e tentou tirá-la dali sem se contorcer demais. Ossudo se levantou, deu três voltas e se deixou cair na mesma posição.

Fenris deve estar arrependido de ter concordado com isso. Deve estar pensando que dormiria melhor com o rosto quase colado nas brasas.

Foi uma tolice tentar isso... pensou. Então era manhã, o calor contra as suas costas tinha desaparecido, e a galinha marrom cacarejava irritada, exigindo o café da manhã.

O dia em que cruzaram as fronteiras do reino de Marra foi estranho, porque não provocou sensação alguma.

As fronteiras eram fluidas e ninguém se importava muito, então seguiam por uma estrada menor que sequer tinha posto de guarda. Havia um marcador de madeira desbotado onde fora queimado algo parecido com o brasão real, que ainda era reconhecível, mesmo que o dragão mais parecesse uma cobra, e a lebre, um cachorro disforme. Marra parou na fronteira, então deu um passo à frente, como se estivesse entrando na água fria.

Eu deveria sentir alguma coisa, pensou. *Esta é a minha terra. Sou filha da casa real.*

Não sentiu.

Estava dormindo no coche quando cruzara no sentido oposto, e ficara tão ansiosa para encontrar a dama do pó que não prestou muita atenção. Mas, dessa vez, sabia onde estava, sabia que adentrava seu próprio reino, e lhe parecia que deveria sentir... alguma coisa.

"Algum problema?", perguntou Fenris.

"Eu moro aqui", respondeu Marra. Ela cutucou a terra com a bota. "Estou em casa, eu acho. Só que não sinto nada."

"Ah."

"O poeta Tarus disse que, quando voltou para casa, a terra cantou sob seus pés, e seu coração cantou junto."

“Isso pode ser coisa de poeta”, Fenris fez menção de descansar a mão em uma espada inexistente, então corrigiu seu gesto e enfiou as mãos nos bolsos. “No retorno da minha primeira campanha, já estava nas terras do meu clã havia meia hora quando me dei conta.”

Marra ergueu os olhos para o rosto dele, surpresa.

“Eu estava com frio, molhado e muito cansado”, explicou Fenris. “Quando senti alguma coisa, foi porque percebi que estávamos a apenas uns vinte minutos do forte, e eu talvez pudesse me aquecer de novo.” Ele deu de ombros. “Em outras ocasiões, a volta para casa fez eu sentir como se tivesse enfim acordado após uma longa doença. Suspeito que essas coisas dizem mais sobre nós do que sobre a terra em si.”

Marra observava o rosto dele, então viu um lampejo repentino de dor, logo abafado, e o aprofundamento das linhas entre as sobrancelhas.

“Algum dia você poderá voltar para as terras do seu clã?”, perguntou.

“Não”, ele levantou a cabeça, olhando em volta. Aquela parte do campo não ficava vermelha e laranja no outono, só marrom e amarela. O vento sussurrava pelos caules secos de sorgo-vassoura na beira da estrada. “Não. Posso ir aonde quiser neste vasto mundo, mas as fronteiras de Hardack estão fechadas para mim.”

“Não há nenhum recurso?”, perguntou Marra. “Você não pode... esperar alguém morrer? Ou esquecer?”

O sorriso que ele deu foi um reconhecimento de que Marra estava se esforçando, não de felicidade. Foi apenas um lampejo rápido, então sumiu. "Não. Meu retorno desencadearia uma guerra de vingança sem sentido. Não condenarei tanta gente à morte só porque estou com saudades de casa."

"Sinto muito."

"Eu também." Dessa vez, o lampejo de sorriso durou mais. "Mas fiquei sabendo que estamos em uma missão tola, provavelmente vamos todos morrer, então não vou deixar isso me incomodar muito."

Avançaram a duras penas, adentrando o reino de Marra, com Ossudo indo e voltando entre eles. A princesa pensou em todas as histórias de exilados que voltavam para casa e se perguntou quantos, como Fenris, apenas não voltavam porque o preço seria alto demais.

E o que farei, se formos bem-sucedidos? Voltarei para o meu quartinho no convento e torcerei para ser deixada em paz?

Ela nunca se casara por causa do príncipe Vorling. Ele não queria concorrência ao trono do pequeno reino. Se ele morresse, isso mudaria?

Senhora das Gralhas, por favor, não. Permita que eu continue insignificante. Permita que eu seja tecelã e parteira, não princesa.

Ela respirou fundo e afastou o pensamento. *Ainda é uma missão tola, e provavelmente vamos todos morrer.* Um pensamento familiar. Era estranho encontrar tanto conforto nisso.

"Marra?", a dama do pó olhou para ela. "Onde mora sua madrinha?"

"Minha madrinha?", Marra franziu a testa. "Não sei. Não, espere..."

Ela esfregou a testa, tentando desencavar lembranças antigas. Por acaso a mãe já dissera algo a respeito? Nada importante. A madrinha não era importante, era só mais alguém atuando no drama do parto. Mas, viajando de carruagem anos antes, passando pelo campo a caminho de outro lugar, a rainha comentara algo sobre a madrinha morar ali perto...

"Acho que perto de Trexel", disse, por fim. "Saímos para caçar com falcões, e em Trexel criam milhafres."

"Você é falcoeira?", perguntou Fenris.

"Nem de longe", respondeu Marra. "Mas existe essa tradição absurda de que apenas a família real pode caçar com milhafres, então nós precisamos ir até lá, onde há toda uma cerimônia ridícula em que os falcoeiros entregam os pássaros de presente, e a gente pede para cuidarem do pássaro, para que possam caçar com os bichos. Ainda deve haver um ou dois que são, em teoria, minha propriedade, mas o que eu faria com um falcão?" As memórias da cerimônia começaram a vir com mais clareza, o pássaro pálido de olhos vermelhos selvagens, a luva pesada em seu braço. "Então os falcoeiros podem usar os milhafres, que colocam comida na mesa da casa responsável por seu treinamento... esqueci o nome, é uma das ramificações femininas. Mas, se alguém perguntar, os pássaros pertencem à casa real."

A dama do pó parara de andar enquanto a galinha descia por seu braço e se dirigia à bolsa para pôr o ovo diário, mas, ao ouvir isso, bufou uma leve risada. "Não é o pior sistema de que já ouvi falar. A madrinha morava por perto?"

"Acho que sim." Marra tinha a vaga lembrança da mãe tentando entreter a ela e à irmã apontando pela janela e dizendo: "Sua fada madrinha mora naquela direção. Não é interessante?".

"Então vamos para Trexel", anunciou a dama do pó.

Marra fez uma careta. Não queria ver a mulher que lançara suas irmãs tão mal preparadas para o mundo. *Mas, se tenho mesmo que ir, posso ao menos questionar por que ela desperdiçou a chance. Poderia ter impedido tudo isso muito antes que acontecesse. Por que não o fez?*

"Sim", disse Marra, sentindo a raiva se revirar no fundo do estômago, uma raiva que, para variar, tinha pouco a ver com Vorling. "Sim, vamos."

Era uma das ironias da vida, Marra pensou, que não tivessem sido incomodados em todo o Reino do Sul apenas para serem atacados assim que voltaram para a sua própria terra.

Marra e a dama do pó estavam sentadas em um poço, em uma pequena cidade cinzenta junto a uma estrada cinzenta, cercada por pequenos campos cinzentos. Não havia nada ali que as fizessem desconfiar de que o local fosse perigoso. Fenris negociara uma refeição com o estalajadeiro em troca de mais lenha para a lareira do homem. Marra estava sentada na beira do poço, sem pensar em nada específico, quando uma sombra caiu sobre seus pés.

"E quem você pensa que é?", inquiriu uma voz grossa e úmida.

Marra se sobressaltou, com o pânico disparando os nervos. Precisou se agarrar à pedra para não cair para trás, dentro do poço.

O dono da voz não olhava para ela. Era um homem grande, alto e magricela, e cambaleava um pouco. *Bêbado ainda de dia*, pensou Marra. *Ai, Senhora das Gralhas.*

O sujeito se assomava sobre a dama do pó.

A velha estava indiferente. Em circunstâncias normais, Marra teria aplaudido aquela calma, mas encontrara alguns bêbados em seu tempo com a Irmã Boticária, e pouquíssimos gostavam de ser ignorados. Isso só os deixava mais irritados. A Irmã Boticária era boa em apaziguá-los, em geral dizendo que estava acontecendo um parto e sugerindo que fossem brindar para comemorar. Infelizmente, não seria possível dizer o mesmo ali.

"Você é bruxa?", perguntou o bêbado, apontando o dedo para a dama do pó. "Isso aí é seu *familiar*?", ele riu com desdém.

Marra olhou em volta, desesperada. Onde estaria Fenris? Atrás da estalagem, acreditava, cortando lenha. *Droga*. Dois ou três passantes tinham parado e observavam a cena, mas ninguém intervia.

"Volte para a garrafa, homem", mandou a dama do pó. "Deixe esta velha em paz."

Ele tentou agarrar a galinha marrom. Não chegou nem perto de conseguir, mas, ainda assim, a dama do pó deu um passo para trás. Marra tinha certeza de que ela era mais do que capaz de se proteger, mas também que, se o fizesse, precisariam deixar a vila às pressas.

Faça alguma coisa! Acabe logo com isso! Pense! Como vai encarar um príncipe se não consegue nem dar conta de um bêbado?

"Muitos homens não hesitam em maltratar mulheres, mas morrem de medo de um hábito e de um símbolo sagrado." Com a lembrança dessas palavras, Marra se pôs na frente da dama do pó, deslizando os dedos pela corrente com a pena de gralha esculpida. "Não desejamos o mal de ninguém, meu filho", falou, tentando soar como a abadessa.

O bêbado piscou para ela, surpreso. "E que diabo é você?"

"Eu sirvo à Nossa Senhora das Gralhas." Marra mentalizou uma prece à Senhora, acrescentando aquela transgressão à lista de seus disfarces frequentes de freira.

Pela glória da Senhora, o homem deu um passo para trás. Por um momento, Marra achou que conseguira, que tudo daria certo, então Ossudo começou a latir para o homem.

Se o latido soasse como o de um cachorro normal, talvez não tivesse importado. Mas a garganta se mexia e as mandíbulas se abriam e fechavam em um latido mudo, o que chamou a atenção do bêbado, que chutou Ossudo, provocando um desfecho previsível.

"Ai! Essa fera maldita me mordeu!"

Ai, inferno. Marra agarrou a coleira de Ossudo e deu um passo para trás.

"Ele me mordeu!", gritou o bêbado, para a multidão crescente. "Vocês todos viram!"

Pelo que Marra podia ver, Ossudo mal arranhara o couro da bota do homem. Ela deu mais um passo para trás, puxando o cachorro. A dama do pó murmurou algo entre dentes e enfiou a mão no bolso. Marra torcia para que ela estivesse pegando algo que fosse acalmar o homem, não algo que o matasse e deixasse um cadáver carecendo de explicação.

Uma sombra caiu entre eles.

"Com licença", interrompeu Fenris.

Marra foi inundada pelo alívio. Pelo menos, se precisassem escapar, não teriam que se separar. E talvez o bêbado ouvisse a outro homem, se não respeitava nem uma freira.

O bêbado se virou. Teve que olhar para cima para encontrar os olhos de Fenris. "Isso não é da sua conta, seu velho!"

"Amigo", disse Fenris, em um tom confidencial, "você está assustando as freiras. Deixe que vão em paz. Os deuses cuidam delas, e nós também deveríamos cuidar, não acha?"

"O cachorro delas me mordeu", murmurou o bêbado.

"Bem, até as freiras têm protetores, não é? Vamos lá. Sou novo na cidade, você parece o tipo de homem capaz de me dizer onde posso encontrar alguma coisa..."

Fenris tinha uma naturalidade que fazia com que concordar com ele parecesse a coisa mais natural do mundo. O bêbado se permitiu ser escoltado até a porta da estalagem, entretido em uma conversa muito séria sobre ferreiros e arreios de cavalo. Teria funcionado, só que um espectador riu, com desdém, e provocou: "Vai fugir de uma freira, é?".

"Ai, inferno", reclamou a dama do pó.

O bêbado se virou. Tudo aconteceu muito rápido e de uma só vez. Marra teve que agarrar a coleira de Ossudo, então o bêbado estava *bem ali*, com algo brilhando em suas mãos, alguém berrou, e ela gritou: "Fenris, o homem tem uma faca!". Então, quase que pedindo desculpas, Fenris se aproximou e deu dois socos na cabeça do bêbado.

O sujeito balançou a cabeça como se tentasse clarear as ideias, então Fenris o socou de novo. Dessa vez, ele caiu.

"Agora acredito que é melhor irmos", comentou Fenris. "E rápido."

Os três não chegaram a correr para fora da cidade, mas também não foram devagar. Ossudo queria voltar e morder o bêbado, e os ombros de Marra doíam de tanto segurá-lo.

Cerca de vinte minutos depois, quando viram que ninguém parecia estar atrás deles, Marra relaxou o suficiente para sentir outra emoção. Parecida demais com raiva para o seu gosto. "Fenris!"

"Pois não?"

"Você poderia ter morrido!", ralhou Marra, entre dentes. "O homem tinha uma faca!"

"Mas vocês teriam escapado", argumentou Fenris.

"Mas...", Marra o encarou, boquiaberta, sem saber se queria se jogar em seus braços ou sacudi-lo até ver seus dentes baterem. "Mas você teria morrido!"

Ele deu de ombros.

Marra respirou fundo. Por que estava irritada? Não fazia sentido aquela raiva. Só que ela tivera medo, e o medo nunca sabia o que fazer. *Era só um bêbado. Você está enfrentando um príncipe. Vai ter que encarar perigos piores.*

"Chega", disse a dama do pó. "Ninguém morreu. Vamos sair daqui enquanto isso ainda é verdade."

COMO MATAR UM PRÍNCIPE

Capítulo 11

Depois que chegaram a Trexel, foi fácil encontrar a fada madrinha. Marra imaginara a dama do pó usando magia ou consultando os mortos, mas o que ela fez foi se debruçar sobre uma cerca e perguntar a uma mulher com três filhos e expressão cansada: "Tem alguma fada madrinha que abençoe crianças por aqui?".

O rosto da mulher se iluminou por um instante. "Ah, sim... Não coloque isso na boca! A fada madrinha. Ela é muito bondosa... Eu juro pelos santos, Owen, vou trocar você no mercado por uma cabra de três pernas! Fica uns oito quilômetros seguindo essa estrada, vire onde cruza o riacho e siga pela margem até... Owen, já chega! Até encontrar uma casinha com um jardim e uma placa na frente. A placa caiu, mas o poste continua de pé. Costuma estar cheio de flores de trombeta subindo pelo poste, e acho que ainda não tivemos uma geada forte o suficiente para... *Owen! Deixe o gato em paz!*"

A informação se provou muito adequada, ao contrário de Owen. Encontraram o jardim, a casa e um poste com uma tábua de madeira e duas correntes de ferro enferrujadas que um dia tinham segurado uma placa. A trombeta subia pelo poste, florescendo em um escarlate extravagante.

"Olá?", cumprimentou a fada madrinha de Marra, erguendo os olhos de seu jardim. Marra a reconheceu na hora, embora não a visse desde o berço. Algo dentro dela se voltava para a mulher, como uma limadura de ferro atraída por um ímã. *Ela. Ali. É ela.*

O jardim estava um pouco fora de controle. Nada que uma ou duas semanas de trabalho não pudessem resolver, mas as ervas daninhas vicejavam em volta da base das plantas, e dava para ver os talos secos dos feijões da última estação ainda enrolados, cobertos pelas mudas novas. Nenhum dos preparativos para o inverno fora feito, embora a primeira geada pudesse ocorrer a qualquer dia. *É um pouco demais para uma pessoa só.*

Sua fada madrinha tinha uma expressão bondosa, mas um pouco ansiosa, como a de uma mulher que sempre está meio sobrecarregada. Ela sorriu para Marra, um sorriso com um quê de preocupação, e começou a perguntar, "Como posso ajudar..." Então uma linha surgiu entre suas sobrancelhas e, no meio da frase, ela mudou para: "Ah! Você é uma das minhas, não é?".

A mulher deixou cair a estaca que tentava, sem sucesso, enfiar nos tomateiros já descontrolados. Era roliça e corada, e gotas de suor pontilhavam sua testa. Ao ver a mulher se levantar, secando o rosto e deixando uma mancha de terra na bochecha, foi difícil não a comparar à majestade aquilina e antiga da fada madrinha do príncipe Vorling. Não era uma comparação gentil. Marra sentiu uma pontada de algo próximo ao desespero.

"Eu sempre sei", revelou a fada madrinha, alegre. "Eu sou Agnes!" Ela estendeu a mão para apertar a de Marra. Os dedos estavam sujos de terra, e uma folha seca de tomate se prendera ao cabelo dela. "É tão bom ver uma das minhas já crescida!"

Essa mulher não faz ideia de quem eu sou, faz?

"Eu sou Marra." A dama do pó passou pelo portão do jardim, com Ossudo e Fenris logo atrás. "*Princesa* Marra."

A dama do pó foi entrando. No canto do jardim, havia um cercado com cinco ou seis galinhas. A galinha marrom as avaliou, imperiosa, então desviou o olhar, demonstrando um grande desinteresse pelas companheiras.

Agnes ficou boquiaberta. "Ah", falou com uma voz muito diferente. "Ah. Você é... Ah." Ela olhou para Ossudo, e seus olhos se arregalaram. "Ah." Ela limpou as mãos na saia, deixando manchas de terra. "Entendi. Você... Ah. Vocês deviam entrar. Querem chá?"

"Um chá seria muito gentil", disse a dama do pó, inclinando a cabeça.

Todos seguiram a fada madrinha para dentro da casa. Estava bagunçada, mas não suja, e as janelas grandes deixavam entrar bastante luz. Agnes foi correndo colocar a chaleira no fogo.

A inutilidade de tudo aquilo atingiu Marra como um golpe. Aquela era a mulher que lhes abençoara com saúde e dissera que Damia se casaria com um príncipe. Enquanto isso, a fada madrinha de Vorling mantinha todo o reino sob sua magia imortal, protegendo-o contra maldições inimigas e usurpadores do trono. "Melhor irmos embora", sussurrou Marra. "Ela não vai poder ajudar."

A dama do pó respondeu com um olhar de repreensão. Agnes, que devia ter ouvido, continuou fazendo chá. "É um bom chá", falou. "O negociante de cavalos traz, sabe, quando vai vender um grupo de potros. Abençoei a filha mais nova dele, e agora o homem me traz chá toda vez. Eu digo que não precisa, mas é um chá tão bom, e é tanta gentileza dele se dar ao trabalho."

"Com o que você a abençoou?", perguntou a dama do pó.

"Saúde, é claro. Eu sempre dou..."

"*Saúde*!", explodiu Marra. Não imaginara que sentiria raiva daquela mulher pequena e tola, mas lá estava o sentimento, enroscado em volta de seu coração, e de repente havia encontrado uma saída. "Você deu saúde a Damia, e um casamento com um príncipe, e ela era saudável, sim, até que o príncipe a matou! E Kania também é saudável, e com isso sobrevive às surras que recebe dele e às gravidezes que é forçada a suportar, uma após outra. Saúde! *Que ideia foi essa?*"

A fada madrinha parou de se mexer. Ela agarrou a borda da pequena bacia, e suas costas se curvaram.

Depois de um momento, ela estendeu a mão em direção à chaleira, bem devagar.

A casa ficou em um silêncio absoluto enquanto a mulher preparava o chá e trazia o bule para a mesa, bem devagar. Ela pegou canecas descombinadas. Seus olhos estavam cheios de lágrimas, e Marra começou a se sentir envergonhada, por mais irritada que ainda estivesse. As mãos de Agnes estavam trêmulas. A dama do pó pegou a chaleira de suas mãos e serviu o chá.

"Eu sempre dou saúde aos bebês", contou Agnes, envolvendo a caneca com os dedos. "É uma boa bênção. Todo ano, tantas crianças são perdidas para febres. Nenhuma das minhas morreu de febre."

Uma suspeita começou a se formar na mente de Marra, mas a dama do pó chegou primeiro. "Saúde é a única bênção que você sabe dar, não é?"

Agnes assentiu. "A única que alguém iria querer."

"Mas você disse que Damia se casaria com um príncipe...", Marra deixou a voz morrer.

"Parecia uma aposta segura", explicou Agnes, olhando para a sua caneca. "Ela era a filha mais velha do rei e da rainha. Achei que fosse provável que se casasse com um." Ela enxugou os olhos com as costas da mão. Sua voz estava trêmula. "Saúde é uma boa bênção."

"É uma bênçao muito boa", concordou a dama do pó, em uma voz que não deixava margem para dúvidas. "Você salvou muitas vidas."

A fada madrinha abriu um pequeno sorriso, e outra lágrima escorreu e caiu na mesa, ignorada.

Marra começou a se sentir um monstro.

Não há nenhum grande poder que poderia salvar você. Ela fez o melhor que pôde. E você nunca ficou muito doente, não foi? Você se recuperou daquela febre. E, se não fosse por ela, Kania talvez não estivesse mais viva para ser salva.

"Desculpe", falou. Ainda estava com raiva, só que do universo, não de Agnes, e o pedido soou um pouco cortante. Tentou de novo. "Eu não deveria ter culpado você. Eu não sabia...", ela fez um gesto sem sentido.

"Está tudo bem", respondeu Agnes. Ela estendeu a mão e deu tapinhas no ar em volta de Marra. "Eu não sabia que suas irmãs...", outra lágrima escorreu pelo seu rosto. "Sinto muito, minha querida. Gostaria de ter dado algo melhor a elas. Eu teria, se pudesse", a fada madrinha sorriu, ainda com os lábios trêmulos.

"Não é minha intenção ofender", interveio Fenris, falando pela primeira vez. Sua voz soava como um trovão no pequeno espaço, depois das vozes das mulheres. "Mas por que uma fada madrinha com um talento tão específico, por mais útil que seja, seria escolhida para a família real?"

Marra admirou a diplomacia. Quando Fenris disse que era guerreiro e diplomata, ela dera mais peso ao aspecto do embate do que ao do debate.

"Ah!", exclamou Agnes. Ela enxugou as lágrimas de novo. "Ninguém lhe contou, Marra?"

"Contou o quê?"

"O motivo de eu ser a fada madrinha real", seu sorriso desta vez foi maior, ainda que autodepreciativo. "Eu sou Agnes, sua tia-avó."

É claro que somos parentes, pensou Marra, cansada. *Claro que a fada madrinha que está contra um poder muito superior seria da minha família. Todos nós somos pequenos e sempre damos passos maiores que a perna. Talvez esteja no sangue.* Contudo, fazia certo sentido. Por que o Reino do Porto teria uma fada madrinha, afinal? *Poder chama poder*, dissera a dama do pó. *E temos tão pouco poder que tudo que pudemos chamar foi uma parente, que nem mesmo é poderosa.*

"Eu não sabia que havia magia na família real", comentou Marra.

"Ah, não há. E meu pai, seu bisavô, que era o rei, era muito fiel", explicou Agnes. "Por isso foi tão estranho, entende. Um dia, quando ele estava caçando, encontrou uma mulher que o encantou. Os dois já tinham feito amor duas vezes quando ele percebeu que a mulher tinha cascos de vaca e conseguiu se desvencilhar. Onze meses depois, ela foi até o palácio. Não foi... Ah, não foi bem um escândalo. Ela foi muito discreta."

Sem que fosse pedido, a dama do pó serviu mais chá na caneca de Agnes, que tomou outro gole e ficou com a voz mais firme. "Sua avó sabia, é claro. Mas a mulher foi com os cascos de vaca à mostra, então a rainha não culpou o rei, sabendo que ele só podia ter sido enfeitiçado. Acho que ele teria me matado, para tentar se redimir com a esposa, mas a rainha disse que eu era parte da família, mesmo sendo bastarda, e que ninguém ia matar ninguém", Agnes tomou outro gole de chá. "Não no palácio, é claro. A antiga ama do rei se aposentara com todo o conforto, e eu fui mandada para ela. E não tenho cascos de vaca." Agnes sorriu, e um breve lampejo brilhou em seu rosto redondo. "Vocês com certeza estão se perguntando o que tem dentro dos meus sapatos! Nada de cascos. Mas ainda tenho sangue de fada o bastante para ser uma fada madrinha." Ela suspirou, com o sorriso sumindo. "Sempre me perguntei se minha mãe teria ficado comigo se eu fosse mais poderosa. Suspeito que ela tivesse algum plano, e, no fim das contas, eu não servi. Mas não quero que fiquem pensando que me trataram com qualquer indelicadeza! De jeito nenhum. E, claro, quando pude ser fada madrinha, a rainha insistiu para que eu fosse dar as bênçãos. Acho que era a maneira dela de tentar me incluir na família, sabem. Ela sempre foi muito amável. Não precisava, mas foi."

Marra olhou para o rosto sincero e esperançoso da fada madrinha e sentiu como se tivesse sido indescritivelmente cruel.

Por que achei que ela tivesse me feito alguma desfeita? Por que não me ocorreu que estava só fazendo o melhor que podia?

Respondeu à própria pergunta quase de imediato. Por causa do príncipe Vorling. Porque a única fada madrinha que vira depois de adulta tinha um poder assustador, então partira do pressuposto de que todas as fadas madrinhas vinham do mesmo molde. *Vorling e seu reino recebem proteção contra magias malignas, e nós temos uma bruxa grata por não ter sido assassinada pelo próprio pai e por ter recebido migalhas de reconhecimento da família. Ai, dentes santos!*

A raiva que fervia dentro dela mudou, encontrou um alvo diferente. Como a família se atrevera a abandonar Agnes no meio do nada? Se não tivesse tantos outros problemas para resolver, teria levado ela mesma a tia-avó até o palácio e exigido que fosse tratada como parte da família.

O que significa... O quê? Que a mulher seria arrastada para viver em um palácio que não conhece? Que seria observada por cortesãos a cada momento? Que não teria privacidade?

Que seria obrigada a se casar com um monstro para forjar uma aliança?

Marra colocou a cabeça entre as mãos e se ouviu soltar uma risada breve e estrangulada. Por cima da cabeça, ouvia a dama do pó explicar em voz baixa o que planejavam fazer com Vorling, e a resposta da fada madrinha: "Ah! Ah, que coisa!".

Alguém apertou seu ombro. Fenris. Sua mão estava quente, e ela se inclinou um pouco na direção dele, tirando forças do aperto. Talvez pudesse perguntar a ele como ajudar Agnes. Fenris tinha experiência com diplomacia, algo que ela não possuía. Marra era quase freira, mal era princesa, e nunca sentira tanto essa falha quanto nas últimas semanas.

Ossudo rolou de costas e se remexeu. Agnes o observou, pensativa. "Ele é mágico, não é?", perguntou. "Não digo como um familiar. Não sei bem o que quero dizer. Mas tem algo nele."

"Tem uma ilusão nele", explicou a dama do pó. "Olhe meio que de esguelha."

Agnes franziu a testa. "Eu não... espere...", ela virou a cabeça, entreabrindo os olhos, então exclamou: "Ah! Coitadinho, ele é puro osso!".

"Acho que ele não se incomoda muito", comentou Marra.

"Bem, ele é um cachorro. Os bichos não têm uma ideia fixa de como o mundo deveria ser, então não se incomodam quando não é", Agnes franziu o cenho. "Exceto os cães pastores, acho. Eles têm uma ideia bem clara na cabeça, então estão sempre mordendo, ficando preocupados e tentando fazer as coisas se encaixarem. Bem, também existem pessoas que são assim."

"Várias pessoas", trovejou Fenris. "São excelentes organizadoras ou fanáticas terríveis. Não parece haver muito meio-termo."

"É." Agnes assentiu. "Certo. Bem, vejo que não há esperanças. Vou com vocês, então, não é?"

Marra a encarou.

"Kania é minha sobrinha-neta", explicou Agnes. "E seu bebê é meu sobrinho-bisneto. Ou sobrinha-bisneta." Ela esfregou o rosto. "Ou talvez sobrinho-trineto e sobrinha-trineta. Vivo me perdendo. Enfim, eles estão em perigo, então eu vou."

Não, pensou Marra. *Não, que absurdo. Ela vai morrer.*

... Você não vive dizendo que esta é uma missão tola e que todos vão morrer?

Sim, mas não... assim...

"Bom", disse a dama do pó. "Fico feliz de ter a companhia de uma fada madrinha. Há magias e magias, e há mortos e vivos, e eu só sou habilidosa com um desses grupos."

"Eu não sei se sou lá muito habilidosa", comentou Agnes. "Mas farei o meu melhor para ajudar."

"Mas...", Marra sentiu que devia pôr um fim naquilo, mas não sabia como dizer: *Agnes é inútil, não estão vendo?*

Tão inútil quanto uma princesa que só sabe bordar?

Ela encarou o seu chá.

Sabia bem o quão inútil se sentia, e, ainda assim, reunira a dama do pó, Ossudo e Fenris. Talvez... Talvez aquilo fosse mais do mesmo. Sua mão foi se movendo para a pena de gralha entalhada. Talvez a santa a estivesse guiando.

"Está bem", falou, sem olhar para Agnes. "Está bem. Obrigada."

"Somos cinco", comentou Fenris, olhando para os outros com aprovação. Marra se inclinou e coçou as costas de Ossudo até que ele bateu as mandíbulas de prazer. "Cinco é um punho. Cinco é uma mão na garganta do inimigo."

"Então cada um de nós é um dedo", disse Marra. Ela enrolou o próprio dedo ao redor da espinha de Ossudo, encontrando conforto nas saliências duras. "Você é o polegar", afirmou ao cachorro. Ossudo abanou o rabo.

Naquela noite, dormiram no chão da fada madrinha, perto da lareira. Agnes tinha cobertores guardados, e Fenris ganhou um para si, de forma que ele e Marra não precisariam mais dormir com as costas coladas.

Deveria ter sido um alívio. Marra tinha seu próprio cobertor de volta e não precisava mais se preocupar se o acordaria de tanto se revirar.

Claro, sou sempre do contra e nada nunca é fácil.

Suas costas pareciam frias e desprotegidas. Sentia como se algo estivesse prestes a agarrá-la. A mente invocava todo tipo de demônios no escuro: o menino afogado, o Dançadente, todos estendendo as mãos para agarrá-la.

Você está sendo ridícula. Está muito mais segura aqui do que em qualquer ponto da estrada. E você dividiu o cobertor por menos de quinze dias. Não teve tempo de se acostumar a dormir ao lado de alguém. Isso é absurdo.

De qualquer forma, ele...

Ele o quê?

Ossudo rolou de costas, com as patas envoltas em arame erguidas no ar. Dava para ouvir a respiração regular de Fenris.

Vê se cresce, Marra. Você está tentando salvar sua irmã e matar um monstro. Não é hora de sentir mais nada. Você está ocupada demais.

Havia um grande cesto ao lado da lareira, cheio de lã. Marra se moveu, arrastando os cobertores até encostar as costas no cesto. Na mesma hora, sentiu-se melhor.

Viu só? Não era por causa dele, afinal. É só nervosismo. Não significa nada. Ele é só um companheiro de viagem. Só isso...

O alívio que sentiu foi grande demais para ser qualquer coisa além de uma mentira, mas mesmo assim Marra se reconfortou, e se deixou adormecer ouvindo a respiração de Fenris.

Capítulo 12

A nível intelectual, Marra sabia que nunca houvera a menor chance de saírem cedo. *E eu nem deveria me preocupar com isso. Um dia a mais, um dia a menos, não vai mudar nada. Se eu quisesse terminar isso mais cedo, deveria ter começado mais cedo.*

No entanto, sentiu um aperto no peito quando o sol subiu no céu e o meio-dia passou sem sinal de seguirem viagem. Agnes preparara um café da manhã colossal para usar toda a comida da despensa, depois fizera, desfizera e refizera a mala, e estava prestes a começar a terceira rodada quando Fenris interveio, com muito tato, e se ofereceu para carregar o excesso.

"Tem certeza?", perguntou Agnes, piscando enquanto erguia o rosto para encará-lo.

"Sim, claro. Mas em troca vou lhe pedir um ou dois cobertores, para a estrada."

Agnes saiu correndo para pegar os cobertores e deixou suas coisas espalhadas pela mesa da cozinha.

"Ela parece... se distrair fácil", comentou Marra, determinada a não dizer nada mais duro depois de ter sido uma babaca no dia anterior.

A dama do pó também parecia distraída, olhando para o rastro de Agnes. Uma linha surgira entre as suas sobrancelhas.

"Algo errado?", perguntou Marra.

"Humm." A dama do pó balançou a cabeça. "Errado, não. Interessante. Vou desvendar, acredito."

Marra franziu o nariz. "Interessante *interessante*, ou interessante *perigoso*?"

A dama do pó olhou para o corredor. Ouviram a voz da fada madrinha: "Ah, não, este aqui está furado...".

"Interessante", disse a dama do pó, por fim. "Por enquanto, não posso dizer mais do que isso."

Enfim seguiram viagem. Marra pensou, um tanto desesperada, que teriam sorte se cobrissem oito quilômetros antes de precisarem parar, mas ficou de boca fechada. Pelo menos estavam andando. *E, de qualquer forma, você acabou de arrancar a mulher de seu lar depois de gritar com ela dizendo que era uma péssima madrinha. Metade de um dia não é nada.* Marra corou e olhou para a estrada à frente, envergonhada pela própria frustração.

É porque vocês são parecidas demais. O que a abadessa dizia? Que nossos próprios defeitos, nos outros, nos enfurecem? Quanto tempo você levou para sair do convento?

Alheia aos pensamentos de Marra, Agnes caminhava ao lado da dama do pó. Às vezes a madrinha se esticava para afagar a papada da galinha marrom. A galinha parecia muito chocada e surpresa demais para resistir.

"Como alguém se torna madrinha?", perguntou a dama do pó. "Tem algum treinamento?"

"Minha nossa. Quem me dera! Talvez tenha, para quem conhece as pessoas certas. Mas eu não conhecia. Não...", Agnes balançou as mãos. "Eu sabia que pessoas como eu poderiam ser madrinhas, entende. Então pratiquei."

"Como se pratica algo assim?", perguntou a dama do pó.

"Na maior parte das vezes, em gatinhos", revelou Agnes. "Acho que com 9 ou 10 anos abençoei todos os gatos do celeiro. Patos também. E, quando não havia filhotes novos, pratiquei com camundongos", disse ela, mordendo o lábio inferior. "Tentei tudo que conseguia pensar. Que vivessem muitos anos, que encontrassem o amor, que nunca sentissem fome. Nada pegava. Você sente quando pega, entende... é como bater o pé no chão e conseguir ver vê a pegada. Eu vejo a marca que a benção deixa. Marra ainda a tem. E Fenris...", ela franziu o cenho, pensativa. "Seu batismo teve madrinha, não teve?"

"Não são chamadas assim em Hardack", respondeu Fenris, "mas acredito que nossas damas de erl desempenham a mesma função. Consegue ver?"

"Ah, sim. Você viverá com honra e jamais irá vacilar. Seu escudo jamais se partirá."

Algo naquelas palavras solenes, pronunciadas pela voz aguda e alegre de Agnes, deixou Marra com vontade de rir. Fenris sorriu. "Isso mesmo", respondeu. "E meus escudos nunca se quebraram nas batalhas. Claro que deixei vários caírem ao longo dos anos..."

"E maldições?", perguntou a dama do pó. "Há muitas histórias sobre fadas malvadas no batismo."

Agnes balançou a cabeça. "Não sei bem", admitiu. "Sempre me perguntei se na verdade essas fadas madrinhas só conseguiam dar bênçãos ruins. É de se pensar que talvez existam muitas fadas madrinhas por aí que não fazem nada porque as únicas bênçãos que podem dar são maldições."

"Você já tentou amaldiçoar alguém?", perguntou a dama do pó.

Agnes abaixou a cabeça, sem conseguir esconder a expressão culpada. A dama do pó deu o bote, como uma galinha caçando um verme. "Você tentou. E descobriu que conseguia, não foi?"

"Eu não deveria ter feito uma coisa dessas", sussurrou Agnes. "Foi com um rato. Eu... eu disse que ele morreria antes do décimo sétimo aniversário. Li uma história com uma princesa amaldiçoada e... Eu não deveria, mas amaldiçoei. E pegou. Eu senti. Era como uma mancha escura no futuro daquele pobre animal", ela enxugou lágrimas. "Tentei me tranquilizar pensando que os ratos quase nunca vivem além dos 2 anos, de qualquer maneira. A maioria não chega nem perto disso. Mas *e se* aquele fosse um rato especialmente longevo, e eu o tivesse amaldiçoado?"

Ah, Querida Senhora das Gralhas, pensou Marra. *Ela está mesmo chateada por pensar que pode ter impedido um rato de virar ancião. É claro que está.*

"Você disse antes que saúde era a única bênção que conseguia dar e que alguém iria querer", comentou a dama do pó. "Você tem outras bênçãos? Algumas que ache que ninguém iria querer?"

Agnes encolheu com aquela inquisição e baixou a cabeça. "Sim. Bigodes aguçados. Sou boa com bigodes aguçados. Mas isso não serve para ninguém além de gatos e ratos. Não há como dar bigodes aguçados a um bebê humano. Não funcionaria... e *se funcionasse*?"

Marra imaginou uma criança no berço de repente ganhando bigodes de gato e cobriu a boca com a mão.

"Ah, seria um experimento interessante", comentou a dama do pó.

"Não", retrucou Agnes, com uma firmeza surpreendente. "Não, eu não faria isso. Não é justo com a criança. Não é *decente*."

"É..." A dama do pó não parecia muito convencida. "Há mais alguma que você tenha conseguido?"

"Bem, abençoei uma ninhada inteira de ratos para que não fossem comidos por gatos. Mas acho que isso não seria muito útil para uma criança. E uma vez disse que uma gatinha teria muitos filhos bonitos."

Os três a olharam com atenção. Ossudo, sentindo algo, ganiu.

"Eu estava lendo um livro, veja bem, e nele havia um rei e uma rainha, e ela gerou... eu tinha *12 anos*! Não pensei direito!"

"O que aconteceu?", perguntou Marra. Em sua cabeça, as palavras de sua mãe ecoavam, como uma moeda em uma tigela de esmolas. *Vamos torcer para que o próximo bebê seja menino. Kania está montada em um dragão, e todos nós no reino estamos juntos na montaria... torcer para que o próximo bebê seja menino... torcer para que o próximo bebê seja menino.*

"Foi terrível", revelou Agnes. "Ela teve seis ninhadas, e todos os gatinhos eram machos. O celeiro ficou infestado. Briga e mijo para todo lado, e uma miação incessante quando não estavam mijando."

"Igualzinho aos alojamentos", comentou Fenris, nostálgico.

"Interessante!", exclamou a dama do pó, devagar. "Então você é mais versátil do que alega, mas a saúde é a única bênção que está disposta a conceder."

"Não tem como a saúde dar errado", disse Agnes. "Quase todo o resto, sim. Se você abençoar um rato para que seja sempre feliz, o bichinho sai correndo na frente de um gato e, mesmo feliz, acaba devorado. Mas a saúde sempre funciona. Ninguém se arrepende de ser saudável."

"O que a madrinha do príncipe disse?", perguntou a dama do pó, virando-se para Marra. "Suas palavras exatas?"

Marra revirou o cérebro, trazendo a imagem da madrinha anciã, a pele de vitral esticada sobre os ossos. "Eu a servirei como servi a toda a sua linhagem, minha vida está ligada à dela. Nenhuma magia estrangeira fará mal a ela. Nenhum inimigo derrubará seu trono. Como foi para todos os filhos da casa real, assim será para ela, enquanto eu respirar."

Agnes suspirou. "Essa é boa. E longa. Eu não conseguiria fazer igual."

“É contra isso que estamos lutando”, disse Marra. “Vorling não pode ser prejudicado por magia estrangeira. Parece que os inimigos do Reino do Norte sempre lançam feitiços contra eles, mas nada funciona.” Ela se lembrou do rei, envelhecido e enfermo antes de completar 50 anos. “Mas isso os consome. Quem dera consumisse Vorling mais rápido.”

“Os guardas dele podem ser prejudicados pela magia?”, perguntou Fenris.

“Hein?”

“Bem, se a Senhora Raposa aqui puder arranjar um jeito de fazer os guardas dormirem, eu posso ir lá e enfiar uma lâmina nele.”

A dama do pó bufou uma risada. Os olhos de Agnes ficaram bem redondos.

“O que foi?”, indagou Fenris. “Planos simples são os melhores.”

“Você não está errado, mas duvido que eu consiga fazer um palácio inteiro cair no sono”, disse a dama do pó. “Até porque eu nunca fiz uma só pessoa dormir. Tenho muitos talentos, inclusive levantar os mortos, mas, se está querendo canções de ninar, procure outra pessoa.”

“Você consegue criar uma distração? Pelo menos por tempo suficiente para eu chegar com a lâmina?”

“Provavelmente não por tempo suficiente para você escapar com vida.”

Fenris ergueu as sobrancelhas. “Isso não é um requisito, é?”

“É”, respondeu Marra, irritada. “É, sim.”

"Tudo bem, tudo bem", ele levantou as mãos. "Nada de fins heroicos, a não ser que não tenha outra opção. Hum. Você consegue levantar um exército de mortos para lutar contra os guardas?"

A dama do pó revirou os olhos. "Exércitos de mortos *parecem* uma boa ideia, mas só até você se ver diante de mil cadáveres cegos e ressequidos que só sabem matar, matar e continuar matando. Poderíamos apenas jogar cadáveres de peste no poço da cidade, se for o caso."

"Eu precisaria me opor a isso", admitiu Fenris. "Certo. Nada de exércitos de mortos, então."

"Você *conseguiria* fazer uma coisa dessas?", perguntou Marra, tímida.

A dama do pó deu de ombros. "Não sei. Nunca tive a oportunidade."

"Sim, mas se tivesse, você saberia como fazer?"

Penas e uma movimentação anunciaram a saída da galinha marrom da bolsa. Ela subiu pelo braço da dama do pó e se acomodou de volta no cajado, com a crista em um ângulo animado.

"Eu sei por onde começar", respondeu a dama do pó, por fim. "Algumas coisas, só sabemos na hora de fazer. Mas isso já foi feito", ela lançou um olhar severo para Marra. "Mas não vá tendo ideias. Estamos aqui para um regicídio direto, não para destruir a cidade."

"Sim, senhora", respondeu Marra, mansa, baixando a cabeça.

• • •

Passaram a noite em um celeiro, graças às habilidades de Fenris de cortar lenha. O fazendeiro até providenciou uma refeição de batatas salgadas e lhes deu maçãs para a estrada.

"Juro que não trouxe você para ficar cortando lenha", comentou Marra.

Fenris riu. As duas mulheres mais velhas haviam se recolhido para dormir, e estavam apenas os dois e uma fogueira muito pequena, bem longe do celeiro.

"Tudo bem", respondeu ele. "Já fiz muitas coisas importantíssimas, com vidas na balança e tudo o mais. Há algo agradável em cortar lenha. Se eu errar a machadada, nada terrível acontece. Se um pedaço de madeira não estiver perfeito, vai queimar mesmo assim. Se a pilha não ficar perfeita, nenhum clã irá cair."

"Parece muito difícil."

"Hum. Às vezes", ele a encarou, pensativo. Ocorreu a Marra que seus olhos tinham a cor da terra aquecida pelo sol, e ela não sabia direito o que fazer com a informação. "Mas você entende, não? Você é filha e irmã de rainhas, deve ter vivido muitas ocasiões em que as coisas dependiam das suas ações."

Marra inspirou fundo. Fenris cutucou a fogueira com um graveto. "Desculpe", disse ele. "Não quis incomodar."

"Não. Não, não é culpa sua. Eu... sim. Tenho poder demais para quem sou. Minha mãe acabou me mandando embora, e sei que, em parte, foi porque eu não era... não era boa nessas coisas. Mas nada disso é um poder que vem *de mim*. São sempre outras pessoas me movendo em um tabuleiro. Foi um alívio ir para o convento. Quando preciso sair para os batizados ou funerais...", ela apertou a capa de urtigas junto ao corpo. "É por isso que gosto de bordar", acrescentou.

Fenris ergueu uma sobrancelha.

"Assim como cortar lenha. Como você disse. O bordado não *faz* nada. Não é nada além do que é, e não preciso me preocupar com a possibilidade de eu fazer algo terrivelmente errado e meus tutores serem afastados, ou de ofender alguém importante e a pessoa querer parar o comércio com meu reino. Eu posso apenas fazer figuras e formas, e, se cometer um erro, posso desfazer, pois ninguém vai morrer", ela respirou fundo. "Não importa que eu seja uma princesa. O fio não se importa."

Estava olhando para o fogo e não esperava a mão que saiu do escuro, segurou e apertou a sua.

"E ainda assim, aqui estamos nós", completou Fenris, repousando o polegar sobre a palma dela como uma barra quente. As mãos dele eram muito grandes em comparação às de Marra, e os calos da espada e do machado eram muito mais grossos do que os que ela ganhara limpando estábulos. "Livres de todos os nossos deveres, nós nos lançamos em outra responsabilidade."

"Eu preciso salvar minha irmã", disse Marra. "Já perdi uma." Soltou uma risada, e deu para ouvir a amargura no riso. "Kania nem gosta muito de mim, eu acho. Mas preciso fazer isso mesmo assim."

"E muito provavelmente não sobreviveremos", Fenris esfregou a palma dela, distraído. Marra não poderia jurar que ele não estava ciente do que fazia.

“Nós vamos”, retrucou. Segurou a mão dele com suas duas mãos, apertando com força suficiente para doer. “Fenris, *nós vamos* sobreviver.”

Ele deu um meio sorriso e assentiu de leve. Dava para ver que estava concordando por cortesia, e Marra se lembrou do olhar dele quando gritara que ele poderia ter morrido com aquele bêbado que puxou uma faca. *Ele não quer morrer, não acho que queira, mas... é como se esperasse por isso. Como se fosse inevitável.*

Como se não se importasse.

“Imagine que a gente sobreviva. E o que acontece depois?”

“Não sei”, Marra olhou para o fogo. “Imagino que eu vá voltar para o convento e continuar meu bordado.”

“Hum”, ele apertou a mão dela de novo, então soltou e começou a apagar o fogo. “Bem, se seu convento precisar de um cortador de lenha, conheço um sujeito...”

Dois dias depois, chegaram à capital do Reino do Norte.

Marra vinha andando de cabeça baixa, torcendo para não ser reconhecida e tentando manter o olhar nos pés da dama do pó. Quando chegaram ao topo de uma pequena elevação e a dama do pó parou, Marra olhou para cima pela primeira vez em horas.

A cidade do príncipe fulgia com ferocidade diante dela, muralhas altas em uma espiral interminável até o palácio do Norte. Um fluxo de gente passava pelos portões, desaparecendo na boca escancarada da cidade, e tudo que ela pensava era que havia tantas pessoas, centenas, milhares, todas vivendo na cidade do príncipe, leais a ele, e quem era ela? O que eram cinco contra tantos? O que poderiam fazer?

É demais, pensou, desolada. *Temos planos grandiosos, mas e a realidade? Provavelmente vamos entrar na cidade, olhar o palácio, conversar e planejar e falar mais um pouco, até que, depois de um tempo, vamos perceber que não podemos fazer nada, então vamos embora. É assim que acontece fora das histórias.*

O peso daquele pensamento de repente se tornou muito real, mais do que um sentimento, um fardo físico pesando em seu estômago, apertando seu peito. E, antes que percebesse, Marra cambaleou para o lado da estrada, instável, e desabou de joelhos, fora do caminho da multidão de comerciantes e peregrinos. Ninguém nem olhou para ela. Uma mulher empoeirada e chorosa não significava nada, não diante daquela cidade tão brilhante, fria e dura.

Foi Ossudo quem reparou primeiro. O cão colocou as patas em seus ombros e lambeu seu rosto, desesperado. A ilusão era suficiente para que a língua parecesse molhada, mas não tocava suas lágrimas.

"Bom garoto", sussurrou Marra. "Bom cachorro." Ossudo era de fato um bom cachorro. Mesmo que não conseguisse salvar a própria irmã, o próprio reino, Marra fizera uma coisa boa: dera uma segunda chance àquele cachorro.

Então Fenris estava ao seu lado, passando o braço ao redor dela, como fizera no mercado dos goblins. Ele a levantou um pouco, com sua grande força não mais chocante, e a moveu mais para fora do caminho da multidão.

Fenris. Sim. Há bons homens no mundo, e eu conheci um. E ele é meu amigo, aconteça o que acontecer.

"Calma", pediu Fenris. "Calma. Você está machucada?"

Foi uma pergunta tão decente, óbvia e ridícula, que Marra acabou rindo, uma risada quieta e soluçante que acompanha as lágrimas. "Não", respondeu. "Não, eu só...", ela balançou a mão em direção à cidade. "Nunca vamos conseguir, não é? Isso é absurdo. Não vamos conseguir. É impossível."

"Você teceu um manto de fio de urtiga", argumentou a dama do pó, de pé perto dela, "e construiu seu próprio cachorro de ossos, e *agora* está preocupada com o que é impossível?" A velha se sacudiu, e todos os frascos e garrafas em seus bolsos tilintaram como os espinhos de um porco-espinho.

Marra começou a se sentir envergonhada, não apenas por ter arrastado os outros naquela missão absurda, mas também por ter tido o mau gosto de ter um colapso no meio da estrada. "Desculpa", pediu. Fenris a ajudou a se levantar. A mão dele em suas costas era quente e forte. Ossudo chicoteou suas canelas com o rabo.

"Ah, minha querida...", disse Agnes, entrelaçando o braço ao de Marra. "Está tudo bem. Tudo isso é um pouco demais, não é?" Ela encontrou um lenço amassado, que entregou para Marra. "Você já fez tanto, e aqui estamos, mas agora parece que ainda há tanto a fazer, não é?"

Marra aceitou o lenço. Se tivesse mais energia, teria ficado alarmada com o quanto a mulher a compreendera. Sim. Era dessa forma que se sentia. Fizera tanto e estava tão cansada, como poderia ser apenas o começo?

Enxugou as lágrimas e, de braços dados com sua madrinha, passou pelos portões que guardavam a cidade do príncipe que tinham ido matar.

Capítulo 13

"Bem", disse a dama do pó. "E agora?"

Os três olharam para Marra, que desviou o olhar para a rua estreita, para os prédios acima, muito próximos. Tinham passado despercebidos pelo portão. Ninguém se importara. Ninguém apontara para ela gritando "Princesa!" ou "Fugitiva!". Agora estavam do lado de dentro, parados em um beco pequeno que saía da rua principal, e havia a próxima coisa a ser feita.

Ossudo se sentou em seu pé. Marra fechou os dedos ao redor da coleira e pensou: *Meu cachorro confia em mim*. E depois: *Meu cachorro é tolo e também está morto*, mesmo assim, as coisas relaxaram um pouco em seu peito.

"Precisamos encontrar um lugar para ficar", falou. "Não me resta muito dinheiro. Mas não posso... não acho que deveria..." Ela gesticulou em direção ao topo da colina e ao palácio branco brilhante. *Sim, aquilo daria muito certo.*

Chegar sem qualquer aviso, daí o príncipe aparece morto. Não teria como isso acabar com o Reino do Norte declarando guerra à minha terra natal e nos triturando até virarmos pó.

"Imagino que precisamos descobrir como chegar ao palácio sem sermos notados", falou, olhando para Ossudo, que estava com a língua ilusória de fora. "Então... éééé... Acho que não vamos hoje à noite, não é?"

Ela olhou para o seu trio de... seguidores? Armas? Amigos? Estivera tão concentrada por tanto tempo em seu único objetivo que não pensara muito sobre o que fazer depois de chegar à cidade, exceto que deveria ficar fora das vistas do príncipe Vorling.

"Com certeza não", disse a dama do pó.

"Onde é melhor ficarmos?", perguntou Fenris.

"Hã...", Marra balançou a cabeça. "Eu nunca estive aqui. Digo, na parte baixa. Eu sempre ficava lá em cima."

Por sorte, ele encarou tudo com tranquilidade. "Então precisamos descobrir se a cidade tem um toque de recolher e que partes devemos evitar. Sei que qualquer estalagem perto do portão da frente será bem predatória para viajantes, então o mais sensato seria procurar acomodações em outro lugar."

"Ééé...", Agnes pigarreou. Foi um ruído muito baixo, que quase se perdeu no barulho do movimento além do beco, mas todos se viraram para olhá-la mesmo assim. Tinha sido um som esperançoso.

"Minha nossa!", exclamou ela, entrelaçando os dedos. "Tive uma ideia. Não é grande coisa, mas lembra do que me contou sobre a mariposa? A mariposa que encontra o que a pessoa precisa? Eu estava pensando... É improvável. Mas pode ser que eu consiga fazer algo parecido."

A dama do pó se inclinou para a frente, atenta. "Do que você precisa?"

"Um bebê", respondeu Agnes.

"Não vou sequestrar nenhuma criança", avisou Fenris. "Entendo que estamos trabalhando em prol de uma causa maior, mas tenho que colocar um limite."

"Ah, minha nossa, não!", Agnes balançou as mãos, agitada, como um pássaro preso contra uma parede. "Não, não! Não uma criança humana! Não, claro que não! Só precisa ser um bebê. De qualquer espécie. E depois podemos devolvê-lo à mãe."

A dama do pó esfregou a testa. Empoleirada no cajado, a galinha cacarejou.

"E um pintinho?", perguntou Marra, erguendo os olhos para a galinha. "Funcionaria?"

"Ah, sim", disse Agnes. "Seria perfeito!"

Comprar um pintinho vivo em uma cidade estranha foi de uma facilidade surpreende, mas Marra imaginava que teria sido muito difícil se fosse sozinha. *Eu teria que reunir coragem para falar com um estranho, para perguntar se alguém vendia galinhas e onde, e, se a pessoa não soubesse, teria que perguntar para mais alguém...*

Fenris, que não parecia se incomodar com essas questões complicadas, saiu do beco e abordou o primeiro morador local que viu, um homem vendendo pepinos de um grande barril em um carrinho. "Senhor! Sabe onde posso encontrar um lugar que vende aves vivas?"

"Tem certeza de que não prefere uns picles? Dá muito muito menos trabalho do que aves."

"Infelizmente, não. Nem mesmo esses belos picles", Fenris levou a mão ao coração, conseguindo exprimir um profundo senso de perda por sua incapacidade de comer os picles em questão. "Mas preciso de uma ave viva para já."

Marra não sabia como, mas dois minutos depois, Fenris tinha orientações para o mercado e a localização do vendedor de aves menos desonesto por lá. Mais cinco minutos, estavam parados na frente de uma barraca cheia de galinhas variadas. Além das galinhas adultas em gaiolas, cacarejando umas para as outras, havia uma caixa cheia de pintinhos pequenos e fofos.

A galinha da dama do pó se empertigou e encarou as irmãs aprisionadas com algo muito parecido com desdém.

"Precisamos comprar um pintinho", anunciou a dama do pó.

O vendedor de galinhas era grandalhão e tinha sobrancelhas ainda maiores. Ele ergueu os olhos para a galinha no poleiro e levantou uma sobrancelha bem devagar. "A caixa", falou.

Agnes se debruçou sobre a caixa e fez carinho nos pintinhos. "Ah, são sempre umas gracinhas nessa idade..."

"Tenha foco", lembrou a dama do pó.

"Ah, sim, claro. Imagino que teremos que ficar com ele, não é? O vendedor não vai emprestar uma galinha assim tão fácil..."

O vendedor de galinhas não parecia ser um homem com o hábito de emprestar galinhas aos clientes.

Marra enfiou as mãos nos bolsos, tentando parecer alguém que poderia ser uma freira, e não a irmã fugida da rainha. Depois de um ou dois minutos, porém, ficou óbvio que nem precisava se dar ao trabalho. O vendedor de galinhas olhou para Agnes, que pegava cada pintinho e sussurrava alguma coisa, e se virou devagar para Fenris. O homem não disse nada, mas suas sobrancelhas eram eloquentes.

"Ela é muito exigente com as galinhas", comentou Fenris. "Muito exigente."

"Não está pegando", sussurrou Agnes, para a dama do pó, alto o suficiente para que Marra pudesse ouvir. "Não pega. Ai, foi uma ideia boba. Não sei por que pensei que funcionaria..."

"Continue tentando", ordenou a dama do pó.

O vendedor de galinhas olhou para Agnes, depois de volta para Fenris. Suas sobrancelhas subiram ainda mais no crânio.

Fenris permaneceu estoico, como se fosse a coisa mais normal do mundo mulheres sussurrarem para pintinhos antes de comprá-los. Marra não ousou olhar para Agnes; se olhasse, cairia em uma gargalhada histérica.

"*Tá bom*", disse Agnes, no tom de alguém que estava chegando ao limite. Os ouvidos de Marra estalaram. "Ahá!"

"*Essa* pegou", observou a dama do pó, impassível.

"Não muito bem, e preciso ficar... Tenho que ficar pressionando... Não quer pegar. Parece gelatina escorregando da tigela!"

"Não pare de pressionar", orientou a dama do pó. "Abençoe de novo e de novo, se for preciso."

"Minha nossa..."

Marra olhou de soslaio para o pintinho em questão. Era uma bolinha pequena, escura e fofa, com um bico bem amarelo e, para um pintinho, tinha uma expressão bastante fleumática.

As sobrancelhas do vendedor de galinhas executaram uma dança complexa na testa. Ele deu um preço ridículo para um pintinho recém-nascido.

"Não seja ridículo", protestou Marra, tirada de seu silêncio. "É um pintinho, não uma fênix."

Os olhos do vendedor de galinhas se desviaram de novo para Agnes, seguidos de suas sobrancelhas.

"Quanto mais rápido pagarmos", retumbou Fenris, "mais rápido vamos embora."

O preço despencou de forma misteriosa.

Agnes remexeu na bolsinha da cintura e entregou uma moeda, segurando o pintinho contra o peito com uma das mãos. "Quem é um bom pintinho?", perguntou, olhando para baixo.

Deixaram o vendedor de galinhas e suas sobrancelhas dançantes para trás e entraram em um pátio próximo antes que Marra pudesse perder a compostura.

"O que você fez?", perguntou a dama do pó. "Há magia nele, mas não consigo ler."

"Eu disse que ele encontraria um lugar seguro para nós", explicou Agnes. "Assim como a mariposa que encontrou o que você precisava. Não sei se vai funcionar. Talvez só sirva para nos levar a algum lugar onde ele se sinta seguro ou que seja seguro para galinhas. Mas pegou, só preciso ficar pressionando..."

"É uma maldição", disse a dama do pó. "É por isso que pegou."

"Não!", Agnes pareceu chateada, embalando o pintinho. "Não é! Bem, não é exatamente uma bênção, mas também não é uma maldição de verdade. Nada de ruim vai acontecer."

"Bem, vamos ver se vai funcionar", disse a dama do pó. "Continue."

"Certo", respondeu Agnes. "Continue, pintinho! Encontre um lugar seguro para nós!" Ela o colocou no chão e fez movimentos para enxotá-lo.

O pintinho olhou em volta, então piou e saiu correndo pelo beco, com Agnes e a dama do pó logo atrás.

"É, isso demoraria muito mais se fosse um bebê", comentou Fenris.

Marra meteu o cotovelo nas costelas dele, o que foi mais ou menos como acotovelar uma parede de pedra. Ele grunhiu, talvez apenas por educação.

Seguiram o pintinho até uma escadaria, que ele não conseguia subir sozinho. Agnes o pegou nas mãos. O pintinho piou.

"A magia está sumindo de novo", comentou a dama do pó.

"Ah..." Agnes olhou em volta como se estivesse cometendo um ato ilícito, então algo aconteceu. Ela ficou pelo menos trinta centímetros mais alta, o beco se encheu de sombras e seus olhos faiscaram. Agnes disse em uma voz que soava como o badalar de um grande sino de bronze: "Você vai encontrar um lugar seguro para nós ficarmos, senão...".

Có, disse a galinha. As sombras fugiram. Os ouvidos de Marra estalaram de novo. Ossudo soltou um ganido agudo e enfiou o focinho atrás do joelho de Marra.

Agnes foi subindo os degraus, segurando o pintinho. Ele parecia satisfeito em ser carregado até o segundo patamar, então começou a se debater. Agnes o colocou no chão e saiu correndo atrás dele de novo, seguida pela dama do pó, Marra e Fenris. Ossudo, que em geral gostava de correr atrás de animais pequenos, não parecia inclinado a sair do lado de Marra.

Após alguns alarmes falsos, o pintinho os conduziu até um beco estreito que se abria para uma rua sem saída. Chegou aos degraus da casa no canto mais distante e começou a pular contra eles, determinado.

"Bem", disse Agnes, pegando o pintinho nas mãos. "Será que é uma pensão? O que vocês acham?"

Os quatro olharam para cima, em direção à casa. Era pequena e precária, mas muito limpa, o tipo de limpeza que era sinal de pobreza. Marra já ajudara em partos em casas assim, e quase conseguia ouvir uma voz dizendo: "Podemos até ser pobres, mas *não* somos sujos!".

Uma garota estava sentada nos degraus de uma das casas próximas. Também era limpa e arrumada, embora as roupas fossem muito finas, assim como ela. A jovem os olhou com uma expressão solene. "Vocês vão para a srta. Margaret?"

"Talvez", respondeu Agnes. "Ela é a dona daquela última casa?"

A garota assentiu.

"Ela aceita pensionistas?"

Outro aceno de cabeça, mais lento. A garota pensou um pouco, então falou: "Mas a maioria não fica. Só os locais. Ela não faz mal nenhum, meu pai disse, mas as pessoas não gostam".

"Não gostam do quê?", perguntou Marra.

A garota franziu a testa. A galinha marrom mudou de posição e emitiu um som baixo e preocupado.

"*Dele*", explicou a garota, olhando a galinha com uma expressão de dúvida. "Vocês vão ver. Não é segredo. Ele pode ser terrível. Mas ela é gentil, a srta. Margaret. Eu faço algumas tarefas para ela às vezes."

Fenris e Marra trocaram um olhar breve. "Um marido, será?", sussurrou Marra.

"Ou um irmão, ou um pai. Difícil dizer."

"Perigoso?"

Fenris deu de ombros. Marra se lembrou de como ele lidara com o bêbado no poço e sentiu uma pontada de inveja ao pensar que alguém pudesse levar uma vida tão despreocupada com a possibilidade da violência física.

"Obrigada", agradeceu Agnes, então meteu o pintinho debaixo do braço e foi até a porta da pensão.

Marra estava perto o suficiente para ouvi-la sussurrar para o pintinho: "É aqui mesmo? Tem certeza?". O pintinho piou. "Isso foi um sim?"

"Isso significa que seu pintinho está com fome", disse a dama do pó, seca.

"Minha nossa..."

Fenris passou por Agnes, que tentava acalmar o pintinho, e bateu à porta.

Esperaram por tanto tempo que Marra começou a duvidar que alguém viria, então a porta rangeu e se abriu para a escuridão.

A srta. Margaret era uma mulher alta, de ombros curvados, com mãos e rosto ossudos. Estava nas sombras, paralela à porta, de modo que Marra só tinha um vislumbre de sua silhueta.

"Posso... posso ajudar?", perguntou ela. A voz soava como se estivesse forçando as palavras, como se tivesse um nó na garganta.

"Precisamos de um lugar para ficar", disse Agnes, alegre, segurando o pintinho. "E aqui é seguro. Bem, em teoria. O pintinho disse..."

"Você tem quartos para alugar?", perguntou Marra, apressando-se em interromper o fluxo de palavras.

A srta. Margaret deu uma olhada de lado para ela, como um pássaro. "Sim", respondeu, rouca. "Dois."

"Quanto?"

A mulher disse um preço tão baixo que Marra pensou que ela estivesse falando do preço por quarto, e teve que se conter para não demonstrar surpresa, dizendo em vez disso: "Podemos ver os quartos?".

A mulher assentiu de novo, recuando corredor adentro para que pudessem entrar pela porta. Então estremeceu e se virou para encará-los de frente.

Marra primeiro pensou que havia algum animal sobre o ombro dela, talvez uma doninha, ou um gato muito comprido. Então olhou melhor e teve que levar a mão à boca. Até Fenris deu um passo para trás.

Ele. Claro.

Ele era um boneco de madeira. Uma marionete, diria Marra, do tipo que artistas itinerantes usam para entreter crianças muito pequenas. Tinha mãos entalhadas e aquele queixo que abria e fechava, além de braços e pernas articulados. Mas a única corda era um cordão preto enrolado ao redor da garganta da srta. Margaret, e o boneco o segurava em uma das mãos.

Ele se moveu enquanto o grupo observava. Era um movimento lento e deliberado, como uma tartaruga virando a cabeça para o sol, e fez Marra se arrepiar.

"Ah, *interessante*", disse Agnes, em um tom de curiosidade profissional. "É uma criança-amaldiçoada, não é?"

O boneco fez cara feia. Pedaços de madeira se arrastavam em seu rosto. Ele puxou a corda com firmeza. A mulher assentiu, com os olhos arregalados e alarmados, suplicando para que os visitantes não dissessem mais nada.

"Minha nossa! Desculpe", exclamou Agnes. "Não tive a intenção de ofender. Foi insensível da minha parte, não foi?", ela deu um sorriso gentil para a mulher, como se ter um pedaço horrível de madeira viva no ombro fosse algo corriqueiro.

O boneco afrouxou a corda, relutante. A garganta da srta. Margaret se moveu enquanto ela engolia.

"Não se preocupe", insistiu Agnes. "Acontece. Eu não v-v-vou..."

Marra estava perto o suficiente para ver o rosto dela empalidecer de repente, como se fosse uma garrafa virada de cabeça para baixo. Agnes piscou várias vezes, parecendo muito surpresa. Então disse com os olhos fixos à frente: "Por favor, Marra, pegue o pintinho. Se eu cair em cima dele, posso machucar o coitadinho".

Marra tirou a bolinha de penugem das mãos de Agnes, alarmada pela calma mortal na voz da madrinha.

"Ótimo", disse Agnes, e desmaiou.

Ela desabou contra a parede, fazendo as tábuas rangerem, então escorregou quase como um montinho. Fenris praguejou e tentou pegá-la, mas, com Marra e a srta. Margaret lá dentro, não havia espaço no corredor para outra pessoa, muito menos alguém do tamanho dele. O pintinho piou. Os olhos da srta. Margaret estavam enormes.

"O que você fez?!", gritou Marra. "O que essa coisa fez com ela?"

"Nada... nada... eu não posso... ele não pode...", disse a dona da pensão, então a corda em sua garganta foi puxada com força, e ela engasgou.

"Não é a criança-amaldiçoada", anunciou a dama do pó. "Todos vocês, saiam do caminho! É a magia. Ela se entregou inteira para manter a benção funcionando, e exagerou a ponto de desmaiar, essa tola."

Ela olhou para a srta. Margaret, ignorando por completo o boneco. "Mostre nossos quartos. Ela precisa de descanso, chá e silêncio."

A srta. Margaret assentiu. Os olhos do boneco estavam fixos na galinha marrom, cuja crista vermelha tocava o teto acima do cajado. A galinha encarou o boneco e estalou o bico.

A dona da pensão se virou devagar. O boneco se endireitou, mantendo o equilíbrio. Ela os conduziu escada acima, a dama do pó a seguindo, Fenris atrás dela com Agnes nos braços e Ossudo nos calcanhares, enquanto Marra carregava o pintinho, esperando o boneco pular no rosto de alguém.

Ele não pulou. Subiram as escadas até um corredor de paredes brancas caiadas com portas dos dois lados. A srta. Margaret parou em frente a uma das portas e gesticulou para que entrassem, mantendo os olhos baixos. Eles se apertaram lá dentro.

"A outra também", disse a dona da pensão, rouca, abrindo mais uma porta. "Uma refeição... uma refeição...", o boneco puxou a corda. Ela parou, levando a mão à garganta, e deu a Marra um olhar suplicante.

"Uma refeição incluída?", perguntou Marra. *Veja só como pereço normal. Estou tendo uma conversa normal com uma mulher sendo estrangulada por um boneco de madeira, e todos estamos agindo como se a coisa mais importante fossem as refeições inclusas na estadia.*

A dona da pensão assentiu e fugiu dali. Marra avançou mais alguns centímetros para dentro do quarto e fechou a porta. Fenris havia deixado Agnes em uma das camas e saído do caminho. A dama do pó se sentou na outra, parecendo, ao mesmo tempo, aborrecida e aflita.

"Não podemos ficar aqui!", sussurrou Marra. "Aquele boneco... você não vai me dizer que aquilo não vai fazer alguma coisa horrível!"

"Com certeza ele fez algo horrível com a dona da pensão", disse a dama do pó. "Mas não fará nada contra nós. Não pode. É só uma criança-amaldiçoada."

"Só?", Marra achava difícil imaginar aquele boneco articulado como *só* o que quer que fosse.

"Deve ser uma história triste", continuou a dama do pó. "Costuma ser. Alguém dá um brinquedo a uma criança solitária, que despeja todas as suas esperanças, medos e problemas nele. Se fizer isso por tempo o bastante e com intensidade suficiente, basta a criança ter um pouco de azar e o brinquedo acorda. Claro que ele sabe que a única razão para estar vivo é a criança. Um minúsculo deus pessoal com um único adorador. Com a pessoas em suas garras...", ela estalou a língua. "Eles costumam ser arrancados e queimados muito antes da adolescência. É impressionante que esse tenha durado tanto tempo."

"Podemos queimá-lo", ofereceu Marra. "Queimar parece ótimo. Eu busco os gravetos."

"Não sem a permissão dela. Não se pode arrancar o deus de uma mulher adulta e tocar fogo nele." A dama do pó lhe lançou um olhar penetrante, como se Marra estivesse sugerindo algo rude.

"O boneco estava sufocando ela!"

"O pescoço é dela, não seu. Podemos oferecer antes de irmos embora, se você quiser."

"Mas e se ele vagar pelos corredores à noite?"

"Ele não vai, está preso a ela. Não tem poder sobre mais ninguém. Imagino que poderia mandá-la nos matar durante o sono, mas qualquer estalajadeiro também poderia fazer isso, então eu não me preocuparia. Ele não vai correr o risco de perder a adoradora se nós reagirmos."

Marra abriu e fechou a boca várias vezes, incapaz de formar palavras. Como a dama do pó podia estar tão calma?

"Isso é bom para nós", argumentou a dama do pó. "Ela não pode contar a ninguém quem ou o que somos. Ninguém confia em crianças-amaldiçoadas, e a mulher será estrangulada se o boneco achar que ela está prestando atenção demais em outra coisa." A velha meneou a cabeça, indicando Agnes. "A magia dela deu certo. Nada convencional e um tanto ineficiente, mas deu certo."

"O pintinho está bem?", perguntou Agnes, da cama. Sua voz estava muito fraca.

Marra olhou para as mãos. A penugem do pintinho estava um pouco úmida do suor de suas palmas, mas ele parecia bem. "Sim...?"

"Ah, que bom. Fiquei com medo de ter...", Agnes fechou os olhos. Ainda estava muito pálida, e a pele assumia um tom de branco quase assustador contra o travesseiro. "Desculpe por todo esse trabalho."

"Você se esgotou por completo com esse pintinho", ralhou a dama do pó.

"É?", Agnes parecia intrigada. "Nunca aconteceu... Em geral, a magia funciona ou não. Mas eu precisava ficar refazendo na cabeça para essa pegar..."

"Sim, e por isso desmaiou", a voz da dama do pó ficou um pouco menos fria, e ela deu um tapinha no travesseiro de Agnes. "Está tudo bem. Funcionou. Estamos aqui. Descanse um pouco."

"Espere!", disse Marra quando a dama do pó começou a enxotá-la porta afora. "E quanto a..."

"Vamos ficar", disse a dama do pó. "Este lugar é seguro. E barato."

"Não, eu estava falando do pintinho."

"O que tem?"

"Eu não sei cuidar de galinhas."

O rosto pontudo da dama do pó se contraiu em triângulos tensos. "É uma *galinha*. Não ensinaram isso no convento?"

"Não! Era outra pessoa que cuidava das galinhas. Eu fazia ataduras e ajudava nos partos." Ela enfiou o pé entre a porta e o batente para não ser deixada no corredor com o pintinho sob seus cuidados.

"Bebês acontecem de vez em quando. Galinhas acontecem o tempo todo", a dama do pó tirou o pintinho dos dedos de Marra, balançando a cabeça. Enquanto a porta se fechava na sua cara, Marra ouviu: "Sei que você não é uma chocadeira, demônio, mas vai abrir uma exceção, senão...".

A porta se fechou com um clique.

COMO MATAR UM PRÍNCIPE

Capítulo 14

O outro quarto tinha uma janela com venezianas e duas camas estreitas, separadas por uma mesinha com uma bacia. Marra desabou em uma das camas com um gemido e apoiou a cabeça nas mãos.

"Você está bem?", perguntou Fenris.

"Marionete horrível", respondeu ela, "galinha demoníaca, fada madrinha."

"E uma missão tola, em que provavelmente vamos todos morrer", completou Fenris, dando um tapinha no ombro dela. "Ainda assim, preciso admitir que não esperava a galinha nem a marionete."

"Nada é fácil", reclamou Marra, cansada demais para gritar com ele por levar seu fatalismo a sério. De repente lembrou que chorara na frente de todos mais cedo e sentiu suas bochechas corarem de vergonha. Virou-se para esconder o rosto, puxando um canto do cobertor e investigando o colchão.

Tinha enchimento de crina de cavalo e os cobertores eram ásperos, mas limpos. O quarto em si era precário, mas arrumado de forma meticulosa, assim como o resto da casa. Não viu pulgas pulando em lugar algum. "Bem, o quarto não é ruim." Lembrava seu quarto no convento.

"Já dormi em lugares muito piores", concordou Fenris. A cama, que já era pequena, pareceu ainda menor quando ele se sentou. Marra tinha quase certeza de que Fenris ficaria com os pés pendurados para fora. Ele a encarou com um olhar contrito. "Eu... entendo que é desconfortável ter que dividir um quarto comigo. Se a pensão tivesse estábulo, eu me ofereceria para ficar lá, mas não tem. E, para ser sincero, prefiro estar por perto, caso..."

Ele não terminou, mas Marra sabia que estava pensando na criança-amaldiçoada.

"Eu também prefiro ter você por perto", falou. "Está tudo bem. Não é pior do que a estrada."

Fenris soltou um grunhido que não significava nada. Marra sabia muito bem o que ele queria dizer. Assim que tinha paredes e uma porta, as coisas ficavam... complicadas.

Não é complicado. Não precisa ser. Ele é seu amigo e você está aqui para matar um príncipe, e é só nisso que precisa pensar. Forçou um sorriso. "Imagino que não esteja acostumado a camas assim."

Fenris deu de ombros: "Eu não estou acostumado a nada, para dizer a verdade. Dormi em barracas por muito tempo. Quando estava viajando, dormia no chão. Tinha dias que precisava dormir na terra e, no dia seguinte, dormia no melhor quarto de hóspedes do castelo".

“E às vezes em fortes de fadas”, acrescentou Marra.

O rosto dele mudou. Marra sentiu como se uma persiana tivesse se fechado em seus olhos. *Sua tola, por que disse isso?* “Eu... desculpe”, falou, gaguejando um pouco. “Sinto muito, eu não deveria ter feito piada com isso...”

“Tudo bem”, ele estendeu a mão e segurou as dela. O quarto era tão pequeno que Fenris não teve dificuldade. “Marra... *Princesa* Marra...”

Ela fez careta. “Não. Eu não sou uma princesa. Quer dizer, sou, mas estou mais para uma freira, só que nem isso eu sou.”

“Você é a princesa do Reino do Porto”, disse ele. “Eu descobri isso na primeira estalagem em que paramos na sua terra natal. Sua irmã Kania é casada com Vorling, do Reino do Norte.”

Claro que ele descobriu. Você já devia ter imaginado. Não é como se fosse um segredo. Disse isso a si mesma com firmeza, tentando ignorar o aperto repentino no peito que gritava que ele contaria para Vorling, que as trairia, que sabia demais, que tudo seria usado contra elas...

Não. É o Fenris. Ele é meu amigo e sempre foi decente. Marra olhou para as mãos unidas, tentando não se sentir encurralada, imaginando qual seria o preço do silêncio dele.

“As pessoas adoram fofocar sobre a família real”, explicou ele. Sua voz era muito gentil. “Disseram por que você foi mandada para o convento. Algumas pessoas achavam que foi por algum escândalo, mas a maioria dizia que você seria a terceira esposa de Vorling, caso sua irmã morresse. Diziam que estava sendo mantida na reserva.”

não não minha mãe disse que eu estava fora do jogo que eu estava livre fui mandada embora porque não precisava ficar na corte porque eu odiava e eu estava livre

Examinou os próprios pensamentos, que pareciam pertencer a uma Marra muito mais jovem, que nunca fora ao mercado dos goblins, que nunca construíra um cachorro de ossos. Uma Marra que podia se dar ao luxo de ser inocente e ignorante. *Não posso mais me dar ao luxo de ser essa pessoa.*

"Deve ser verdade", afirmou Marra, maravilhada com a firmeza na própria voz. "Minha mãe nunca disse nada disso de forma explícita, mas Vorling está obcecado em colocar o próprio sangue no trono do meu pai. E, claro, vale a pena controlar o nosso porto. Um bom porto profundo é a riqueza de um reino. Eu nunca teria permissão de me casar com alguém e gerar um filho que pudesse contestar esse controle. E sempre havia a chance de minha irmã morrer, como aconteceu com nossa irmã mais velha, então eu precisaria ser retirada do convento e enviada ao altar."

Fenris assentiu. Suas mãos eram quentes. Ele as virou com delicadeza e segurou as mãos de Marra entre as palmas. "Eu suspeitava. Assim como grande parte do seu povo. Todos sabem que Vorling é ambicioso." Ele fez uma pausa, como se pesasse as palavras, então disse, quase hesitante: "Ainda se lembram com carinho de sua irmã, Damia".

"Ela era tão bonita...", falou Marra. "E tão bondosa."

Fenris apertou suas mãos com força. Ela respirou fundo, ponderando se iria chorar de novo. Não, parecia que não. A dor esmaecera ao longo dos anos, desgastada pelo tempo.

Fitou com os olhos secos as mãos dos dois, entrelaçadas. Sua mão esquerda nunca se recuperara de ter fiado o fio de urtiga. Uma das articulações era mais inchada do que as outras, e havia uma parte dormente na lateral do mindinho.

"Depois da segunda ou da terceira estalagem, senti que sabia demais", explicou Fenris. "Você não sabe quase nada sobre mim, e eu ouvi tanto sobre você e sua família", ele respirou fundo. "Então. Sim. Eu dormi em um forte de fadas. Houve uma batalha, entende? Um clã derrubou o outro. Acontece, embora os Pais tentem evitar que chegue a esse ponto. O clã destruído mantinha um jovem escudeiro sob a sua guarda, e a chefe do clã vencedor disse que seu povo não guerreava contra crianças, então deu a ordem para que poupassem o rapaz. Ele foi entregue a nós, que servíamos aos Pais. Não devia ter mais de 13 anos recém completos. Tinha a voz aguda como a de uma noviça."

"Fenris", interveio Marra, erguendo os olhos para ele, "você não precisa me contar."

"Eu sei. Eu quero. Então ficaremos quites, e...", Fenris sorriu para ela com um quê de dor que partiu seu coração. "E descobri que estarmos quites é importante para mim." Marra baixou a cabeça. O canto de uma das unhas dele perdera uma lasca. Sentia o calor da pele dele na dela, cruzando a faixa de pele dormente: calor, então uma leve pressão, e depois calor de novo.

"Então. Esse escudeiro estava com medo de voltar para casa. Medo de que o pai achasse que ele era um fracasso por ter sido capturado vivo. Não ter morrido como herói." O lábio de Fenris se curvou. "Passei uma semana convencendo o rapaz de que o pai dele ficaria tão feliz em ver o filho vivo que nem falaria em fracasso. Eu podia me ver nele. Já tive essa idade e também morria de medo de fracassar, de não estar à altura do exemplo de meu pai. E eu me via tanto nele que não o enxerguei."

Marra pressentiu a história que estava por vir e não queria ouvi-la, como se não ouvir as palavras pudesse apagá-las. "Fenris..."

"Você me tirou do mercado dos goblins, e infelizmente essa história faz parte de mim. Ela me segue aonde quer que eu vá." Marra não tinha certeza se era a amargura ou o dever falando, talvez ambos. *Dever, amor e ódio são complicados...*

"Achei que havia algo estranho quando o entregamos ao pai. 'Se escondendo atrás das saias de uma mulher?', perguntou o chefe. Foi estranho, e o jeito que ele falou também foi estranho. Eu fui cuidar dos deveres que tinha a cumprir e deixei o filho com o pai. Mas aquilo ficou me incomodando."

"E?", perguntou Marra, cumprindo seu dever como ouvinte.

"Voltei uma semana depois. Não conseguia tirar da cabeça o jeito como o pai falara aquilo ou o olhar dele. Não era certo para um pai. Eu não tenho filhos, pelo que sei, mas aquele olhar...", ele balançou a cabeça. "Voltei. Mas esperei demais, tolo que sou."

"Ele estava morto", concluiu Marra. Ponderou se a Irmã Boticária se sentia assim quando alguém lhe contava sobre uma doença que tinha diagnosticado desde a primeira palavra.

"Foi açoitado até a morte. O pai o marcara como traidor e covarde. Ele estava pendurado pelos pulsos em um poste no pátio. Eu mesmo o tirei de lá", sua voz era estável e sem um pingo de emoção. Lembrava Kania enquanto ela se preparava para se casar com seu príncipe, era a mesma impassibilidade. *Isso vai acontecer, e eu vou participar, mas é só.* "Ele demorou pelo menos um dia para morrer."

"Sinto muito", disse Marra, sentindo a inadequação das palavras. Virou as mãos para apertar as dele, que as olhou, parecendo quase confuso.

"E é por isso que não consegui me matar, após matar o pai dele e seus guardas. Eu não envergonharia ainda mais a memória daquele jovem."

"Você fez bem em matar o pai dele", afirmou Marra, com firmeza. "Isso não foi errado."

"Tudo que fiz até ali foi errado", argumentou Fenris, "do início ao fim." Ele suspirou. "Falhei em ouvir e falhei em entender, e uma criança morreu torturada por causa do meu fracasso. Porque meu pai era um bom homem, porque eu estava tão ocupado com minha própria tolice que não pude ver por que o garoto estava assustado."

"Meu pai também é um homem bom", falou Marra. "Deve ser por isso que demorei tanto para perceber o que estava acontecendo com Kania. Sabia que havia algo errado, mas minhas suspeitas estavam todas equivocadas." Ela puxou as mãos, e Fenris soltou na hora. "E minha mãe era minha mãe, e eu sabia que ela me amava, então demorei muito para perceber que ela também me usava como uma peça no jogo para salvar o reino."

Fenris assentiu. "Às vezes esse era meu trabalho como servo dos Pais. Usar pessoas e alianças como peças em um tabuleiro. Teria sido muito mais difícil se eu as amasse."

Marra soltou o ar. Teria sido difícil para a sua mãe? Queria acreditar que sim. A vida seria mais fácil. Mas aquele pesar era seu, e Fenris tinha o dele próprio. "Você é mais forte do que eu", falou. "Você fez tudo sozinho. Eu não conseguia deter Vorling. Tive que ir procurar alguém poderoso e capaz. Fico o tempo todo com medo, e não me diga que coragem é seguir em frente mesmo com medo, porque não é assim. Eu tinha medo das carruagens e das pessoas nas estalagens. A única coisa certa que fiz foi encontrar a dama do pó."

"Ah, a Senhora Raposa", ele balançou a cabeça. "Acho que encontrá-la compensa qualquer outra coisa que você tenha feito de errado."

"Talvez, mas você... você fez o que pôde para corrigir as coisas."

Não sabia como expressar o que estava pensando, que Fenris era um homem bom e que talvez a fraqueza de ser uma boa pessoa fosse que o mal não lhe ocorria. Nunca, nem em mil anos, teria sonhado que Vorling estava machucando sua irmã de propósito. Nem mesmo lhe passara pela cabeça. "Então você fez o possível para garantir que mais ninguém sofresse."

Fenris resmungou. "Eu me joguei em um forte de fadas. Não foi minha melhor ideia."

Marra uniu as mãos. Pareciam muito mais frias agora que Fenris as soltara. "Bem, se você não tivesse feito isso, nunca teríamos nos conhecido."

"Não, não teríamos." Seus olhos fitaram os dela por um instante um pouco longo demais, e, no fim, os de Marra se desviaram primeiro.

"Então você amaldiçoa coisas *sim*", disse a dama do pó.

Marra acordou, sobressaltada. Parecia que a dama do pó estava falando diretamente com ela. *Amaldiçoar? O que tinha sido uma maldição?*

"Eu não amaldiçoo", argumentou Agnes. "Não sou assim."

"Você não conseguiu abençoar nenhum daqueles pintinhos, não foi? Aí desistiu e amaldiçoou o último."

Marra se apoiou nos cotovelos e percebeu que as paredes eram tão finas que dava para ouvir a conversa.

"Está bem", Agnes parecia derrotada. "Foi só uma maldiçãozinha. Bem pequenininha."

"Pequenininha nada. A magia só funcionou porque você amaldiçoou o pintinho, não foi?"

"Está bem, foi. Na verdade, nunca fui muito boa em abençoar. Mas não machuquei o pintinho. Ele ficou bem."

"Qual foi a maldição? Deve ter havido alguma."

Agnes murmurou alguma coisa.

"O quê?"

"Eu *disse* que se o pintinho não encontrasse um lugar seguro para nós, ele morreria."

Os olhos de Marra se arregalaram na escuridão.

"Mas ele encontrou", continuou Agnes, "então ficou tudo bem." Ela soava preocupada, mesmo através do gesso que abafava sua voz, e Marra conseguia imaginar sua expressão inquieta.

"Você é boa com maldições. Tem habilidade, mesmo. Mais do que isso, tem talento. Vi como o mundo escorregou, lá na ruela. Não foi só um rato, não é? Você já fez isso."

Outro murmúrio.

"Quem era a sua mãe, de verdade? Ou o quê? Não era só uma donzela qualquer com pés de cascos, não é?"

Marra olhou para o outro lado do quarto. Fenris estava ouvindo? Não, estava dormindo, com as mãos dobradas ao lado da cabeça e a respiração lenta e uniforme.

"Você é uma péssima mentirosa, Agnes. Diga a verdade."

Marra estava sentindo uma leve pontada de culpa por ouvir atrás da parede, mas o sentimento desapareceu na hora. Colou a orelha à parede, bem a tempo de ouvir a madrinha dizer: "De que adianta? Não vou sair por aí punindo crianças por terem nascido. É uma coisa horrível de fazer. As pessoas não gostam".

"Então vai abrir mão do seu poder só para que gostem de você", disse a dama do pó, em um tom pesado.

"*Não.*" Saiu alto o suficiente para fazer Marra franzir a testa. "Estou abrindo mão do meu poder para ser uma pessoa *decente*. Se os guerreiros podem parar de matar e transformar as espadas em arados, eu deveria poder criar galinhas e dar saúde às crianças, em vez de amaldiçoá-las."

A dama do pó falou mais alguma coisa, baixo demais para que pudesse ouvir.

"O mundo que se exploda!", exclamou Agnes, soando como se fosse chorar a qualquer momento, e, embora tenha tentado, Marra não ouviu mais nada do quarto ao lado.

COMO MATAR UM PRÍNCIPE

Capítulo 15

"Andei pensando", comunicou Agnes, na manhã seguinte. "Talvez eu devesse ir falar com essa fada madrinha."

"Hã?", indagou Marra.

"Hã?", indagou a dama do pó.

"Isso é sensato?", indagou Fenris.

Piu, disse o pintinho.

Todos se encontravam sentados à mesa em uma sala pequena de paredes caiadas. O tampo ficou marcado por anos de uso, mas tudo estava muito limpo. O café da manhã da srta. Margaret era bem simples: pão grosso, ovos cozidos e peixinhos secos inteiros. Apesar disso, não havia mesquinharia nas porções, o que era bom, porque Fenris comia tanto quanto as outras três humanas juntas.

"Bem, não sabemos direito qual é a bênção, não é?", explicou Agnes. "Sabemos quais são as palavras. Mas talvez haja uma brecha. Não é sempre uma questão de palavras.

É de se imaginar que ela precise fazer um discurso bonito para a corte, mas talvez tenha dito algo mais simples ao bebê."

"E você acha que ela vai contar?", perguntou Marra.

"Talvez. Cortesia profissional, sabe?"

Marra assentiu, ainda que tivesse dificuldade de imaginar aquela figura sombria com o crânio de vitral estendendo qualquer cortesia profissional a alguém.

Para a sua surpresa, Fenris concordou. "Pode ser. Pessoas muito improváveis às vezes fazem confidências, quando acham que quem ouve vai entender. Um prisioneiro que não diria nada a um guarda pode se abrir na mesma hora se for colocado em uma cela com outro homem condenado pelo mesmo crime. E médicos que arrancariam a própria língua antes de demonstrarem indecisão diante de um paciente falarão com outro médico sobre o quanto sabem pouco e como estão assustados. Já vi acontecer muitas vezes. É assim que os espiões trabalham."

"Há alguma verdade no que você diz", argumentou a dama do pó. "Mas se o príncipe aparecer morto, imagino que a fada madrinha acharia suspeito."

"Por quê?", perguntou Agnes. "Eu sou uma fada madrinha. Não posso fazer nada contra um adulto. E tenho uma razão muito válida para estar aqui: a rainha está prestes a dar à luz outro filho. Como fada madrinha da família real, é do meu interesse."

"Eu vou junto", falou Marra. Podia imaginar a doce e alegre Agnes correndo para a fada madrinha do príncipe da mesma forma que Ossudo correria até uma parede e daria de cabeça. *Eu também não iria vê-la sozinha. Talvez a dama do pó esteja à altura, mas nós, meros mortais...*

"Ela já viu você", argumentou a dama do pó.

"Não direito", Marra deu de ombros. "Eu estava muito longe, e havia um rei, uma rainha e um príncipe na sala. Eu não estava no palanque. Não acho que ela sequer tenha olhado na minha direção."

"Então está decidido", disse Agnes. "Você vai cuidar do Guia?"

"Guia", repetiu a dama do pó, em um tom que não incentivava mais comentários.

"O pintinho. Coloquei esse nome nele."

A dama do pó olhou para ela, então para o pintinho pequeno e preto, e de volta para Agnes. "Guia", repetiu.

"Porque foi a bênção que dei. Que ele nos guiaria até um lugar seguro."

"Você colocou um nome no pintinho."

"Bem, claro! Sua galinha não tem nome?"

A dama do pó olhou para a galinha marrom, que a encarou de volta. "Em primeiro lugar, não. Em segundo lugar, tem um demônio dentro dela, então eu estaria nomeando o demônio, que já tem um nome verdadeiro. Não vou sair por aí nomeando demônios. É assim que eles começam a ter ideias."

"Eu coloco nome em todas as minhas galinhas", comentou Agnes. "Pintalgada, Amarelinha, Madame, Jonquil e Sombra. Você não dá nome a nenhuma das suas?"

"Não. São galinhas. Não vêm quando são chamadas."

"Bem, não, mas é mais fácil para falar delas para os outros. Não dá para ficar dizendo 'aquela grandona cor de creme com os pés emplumados' e coisas do tipo."

"Eu não falo sobre minhas galinhas para os outros", retrucou a dama do pó, com um ar de quem encerrava a discussão.

"Mas já ouvi você falar sobre outras pessoas para a sua galinha", argumentou Fenris. Agnes deu uma risadinha.

"É a primeira vez", comentou a dama do pó, olhando para o teto, "que estou começando a questionar o sentido de toda essa empreitada."

"Eu questiono isso desde o primeiro dia", falou Marra.

"Eu não", retrucou Fenris. "Tenho fé em todas vocês."

"É a sua cara", resmungou a dama do pó. "Tudo bem. Eu cuido... do Guia."

Agnes sorriu para ela. "Seja um bom pintinho", recomendou ao Guia, antes de entregá-lo à dama do pó. Ele piou. A galinha marrom emitiu um ruído baixo e reptiliano de desdém.

Agnes limpou as mãos. "Vamos lá", falou. "Mal posso esperar para conhecer outra fada madrinha."

Descobrir onde a fada madrinha do príncipe morava foi mais fácil do que Marra esperava. Agnes apenas perguntou à dona da pensão.

"Não sei", respondeu ela, rouca, enquanto a marionete os olhava feio e batia as unhas de madeira. "Mas alguém assim deve morar em uma área de rico, e as casas vão ficando mais ricas conforme a espiral sobe. É só seguir pela estrada em espiral e perguntar por lá."

"Certo, então!", respondeu Agnes, feliz, e lá foram elas. Marra vestia as roupas mais simples que tinha, sem medalha, como uma criada ou uma parente pobre.

"Ela não mora no palácio?", perguntou Marra.

"Será que moraria?", perguntou Agnes. "Eu não moro."

"Sim, mas...", Marra identificou uma armadilha na conversa, que contornou com cuidado. *Sim, mas você é você. Sim, mas no Reino do Norte, a fada madrinha é aterrorizante e respeitada, não uma parente pobre. Sim, mas...*

E, uma hora depois: *Sim, mas você estava certa.*

A fada madrinha não morava no palácio. Ela vivia no distrito do templo, entre as moradas altas e estreitas dos deuses e santos, como se fosse uma sacerdotisa.

"Perto do topo, é claro", comentou Agnes. Embora a cidade fosse organizada em uma espiral de estradas, havia escadas que funcionavam como atalhos. E funcionavam bem. Também eram incrivelmente íngremes. "Por que os deuses sempre querem que a pessoa caminhe até eles? Poderiam fazer mais se estivessem perto de onde as pessoas costumam morar."

"Acho que depende do que as pessoas querem em um deus", respondeu Marra. "Mas a abadessa sempre dizia que a maioria quer que os deuses estejam perto o suficiente para serem acionados quando precisam, mas não o bastante para ficarem fungando no cangote."

Agnes grunhiu, acenando para que parassem um pouco. Elas se sentaram em um banco no meio da escadaria íngreme. Ambas estavam ofegantes.

"Então", disse Agnes.

"Humm?"

"E o Fenris?"

"O Fenris o quê?"

Agnes cutucou suas costelas. " O Fenris...", repetiu, levantando as sobrancelhas.

"Ai, deuses!", exclamou Marra. Descansou os cotovelos nos joelhos e baixou a cabeça. *Por favor, não me faça ter esta conversa com minha tia-avó. Por favor.*

"Hein? Hein?" Outro cutucão. "Jovem bonito, não é?"

"Ele não é jovem, tem quase 40 anos. E eu não tenho pensado nisso, tia Agnes. Estava com outras coisas na cabeça."

"Outro dia você ficou olhando o Fenris cortar lenha."

"O que isso...?", Marra teve que se interromper. Sim, ficara mesmo. Ele tirara a camisa. Deixara muitos músculos à mostra. Até a dama do pó tinha parado para dar uma olhada. A galinha cacarejara tão alto que as outras no curral próximo se juntaram a ela. "Ah. Sim. Tudo bem. Eu não estou *morta*."

Uma mulher idosa, mais velha do que Agnes, passou por elas. Andava curvada sob o peso de uma cesta e subia as escadas duas vezes mais rápido do que qualquer uma das duas. Marra não sabia se aquilo era inspirador ou deprimente.

"Então você *notou*", disse Agnes, satisfeita. "E ele é um verdadeiro cavalheiro."

"Ele é procurado por assassinato em sua terra natal."

Se esperava que isso fosse impedir Agnes, teve uma triste decepção.

"Tenho certeza de que ele teve motivos."

"Bem, teve."

"E ele é bom com galinhas. O Guia gosta dele."

Marra enfiou o rosto nas mãos. *Senhora das Gralhas, se quiser abrir a terra e me engolir inteirinha, agora seria um excelente momento.* "Tia Agnes, nós temos..." Não, não poderia dizer que tinham um assassinato para planejar, não é mesmo? Não onde pudessem ouvir. Droga. "Temos um monte de coisas acontecendo."

"Tudo bem, tudo bem. Vou parar. Só, sabe... mantenha isso em mente. Não é todo dia que aparece um homem assim, não é?"

"Eu ando muito desconfiada dos homens", murmurou Marra, entre os dedos.

"Pois uma mariposinha me contou que é ele o que você precisa."

"Ele *não é*...", Marra afastou as mãos, percebeu as palavras exatas de Agnes e olhou feio para ela. A madrinha parecia muito satisfeita consigo mesma.

"Além disso, tenho certeza de que ele não me vê dessa forma", retrucou. "Então não importa."

"Tem certeza?"

Fenris segurando a mão dela, acariciando sua palma, distraído. O sorriso irônico dele. A presença sólida dele contra as suas costas. O constrangimento mútuo de se verem dividindo um quarto. A maneira como ele segurara suas mãos e as soltara assim que ela fez menção de se afastar. "Absoluta", disse Marra, meio rouca. "Agora vamos. Estamos prestes a encontrar uma fada madrinha assustadora, ou você esqueceu?"

"Sim, sim", Agnes se levantou. "Mais escadas. Viva."

"Hunf."

Ambas chegaram vermelhas e ofegantes ao distrito do templo. Uma mulher alta de cabelo bem curto, usando as medalhas do Sol Invencível, indicou o caminho.

"Não que isso vá adiantar de muita coisa", acrescentou a mulher. "Ela não recebe visitantes."

"Ah, está tudo bem", respondeu Agnes, animada. "Ela vai me receber. Eu acho."

Marra esperava um olhar cínico, mas os olhos da mulher se suavizaram ao baixarem para Agnes. "Então boa sorte, avó."

A casa da fada madrinha parecia um templo. Era vizinha de paredes com dois edifícios, o lar de um sacerdote e um templo para o Santo do Pó. Um guarda estava de pé do lado de fora, armado e de armadura, segurando uma alabarda.

"Olá", cumprimentou Agnes, aproximando-se. "Eu gostaria de ver a fada madrinha, por favor."

O guarda inclinou a cabeça de forma quase imperceptível. "Ela não recebe visitas."

"É importante", insistiu Agnes.

"Você está perdendo tempo. Ela não abençoa ninguém além da família real."

"Ah, não tem problema." Agnes estendeu a mão e deu algumas batidinhas no braço dele, como se o guarda fosse uma criança pequena. "Eu não preciso de bênção. Sou uma fada madrinha também."

Marra se preparou para agarrar Agnes e rolar para longe, caso o guarda se ofendesse por ser tocado, mas ele pareceu apenas perplexo.

"Outra fada madrinha?"

"Isso mesmo. Pode dizer a ela que estou aqui?"

"Ela está esperando você?"

Agnes deu de ombros. "Bem, eu não sei com certeza, não é? Se for uma fada madrinha muito poderosa, talvez seja capaz de ver o futuro, e, nesse caso, sim. Mas, se ela for como o resto de nós, não deve estar me esperando. Ou pode ser muito poderosa, mas não ser boa em ver o futuro, o que também acontece. Futuros são muito obscuros. Não dá para tirar muita coisa deles, sabe?"

O guarda estava começando a ficar com a cara que as pessoas costumavam fazer ao lidar com Agnes. Marra se perguntou se era algo que dava para aprender, ou se a pessoa já nascia com essa habilidade. *Ou talvez só funcione com quem é mais velho e parece meio bobo, desprovido de maldade...*

"Como eu vou saber se você é uma fada madrinha?"

Agnes examinou o rosto dele. Pequenos fios de cabelo branco tinham escapado dos alfinetes, formando um halo esvoaçante. "Você... não teve uma fada madrinha", afirmou ela, bem devagar, "mas sua mãe teve, e a bênção era... era... Ai, meu deus, infelizmente não dá para ter certeza. Que os filhos nasceriam fortes ou saudáveis, um dos dois". Ela gesticulou. "Foi uma boa bênção", completou. "Acho que funcionou."

Os olhos do guarda se arregalaram. Ele olhou para a porta por cima do ombro, como se esperasse encontrar alguém olhando para ele.

"Espere aqui", disse, abrindo a porta, e entrou.

"Você consegue mesmo ver a bênção?", sussurrou Marra.

"Ah, sim. Em geral não dá para ver muito longe no passado, mas as que dizem respeito ao tipo de filhos que a pessoa vai ter deixam marcas na criança. Precisam deixar, senão não funcionariam. Mas não dura para sempre. Eu tentei com ratos." Ela balançou a cabeça. "Na terceira ou quarta geração, mesmo que você deseje que todos os descendentes sejam saudáveis, a bênção fica fraca demais. A magia dilui depois de um tempo. Acho que precisa ser assim. Para continuar funcionando além desse ponto, precisaria sugar a pessoa que lançou o feitiço de forma constante, e isso não é bom. Uma ninhada de ratos não é muita coisa, mas cem ou mais, tendo ninhadas atrás de ninhadas? Você viu o que aconteceu quando forcei a magia a grudar no Guia. Não quero descobrir quantos ratinhos saudáveis vou precisar para cair morta de exaustão."

O guarda abriu a porta de novo. "A fada madrinha real vai receber as senhoras", anunciou, impassível.

"Obrigada", agradeceu Agnes, com um sorriso luminoso. Marra olhou para o guarda com desconfiança ao passar, ciente do efeito que lidar com magia poderia ter sobre almas comuns. Achou que viu os indícios de um sorriso nos olhos dele, mas talvez fosse só imaginação.

A morada da fada madrinha também era um templo.

Era estranho de ver. Marra esperara portas, aposentos e as parafernálias da vida normal. Em vez disso, encontrara um corredor longo e estreito, decorado com tapeçarias. A fada madrinha estava sentada em um palanque no fim do corredor, com sua túnica formando um triângulo, e seu crânio pálido no ápice. Velas largas, com dez ou mais pavios, tremeluziam, lançando sombras profundas no teto, e o quarto cheirava a cera perfumada.

Ela passa o dia todo aqui, sentada?, ponderou Marra. *Será que é assim que recebe visitantes, ou ela só fica aqui, esperando ser chamada para o palácio?*

Não sabia por quê, mas era fácil acreditar na segunda opção. Havia um quê de imobilidade na fada madrinha naquela pose, como se ela tivesse sido feita a partir de uma sobreposição de couro e tecido, uma boneca que era feita para nunca se mexer.

Quando ela se moveu, foi um choque visceral. Marra deu um passo para trás, como se tivesse levado um golpe. Parecia que aquela pele antiga deveria se rasgar, em vez de se esticar.

"Chegue mais perto", pediu a fada madrinha, sua voz soava como um eco vindo do fundo do poço de ossos.

"Olá!", cumprimentou Agnes. "Eu também sou uma fada madrinha."

"Sssim...", sibilou ela, até a palavra sumir. Seus olhos passaram por Marra, e logo a dispensaram, fixando-se em Agnes. Marra se perguntou se, tendo dito isso, a fada madrinha estava prestes a expulsá-las de novo.

Então ela sorriu, e a boca quase sem lábios se esticou sobre o osso. "Entrem e tomem um pouco de chá."

• • •

As mãos de Marra doíam, e a pequena faixa de pele dormente aflorara como se tocada pelo fantasma da urtiga. Porém nada de ruim havia acontecido. Ou será que não? A fada madrinha tinha feito chá. Não tinha? Marra não conseguia evocar a lembrança da água fervendo, apenas das mãos longas e ressequidas segurando uma chaleira de ferro preto, despejando-a em pequenas xícaras de laca.

Marra se concentrou em inspirar e expirar. Não estava tonta nem nada tão dramático, mas algo estava acontecendo dentro de seus ouvidos, uma sensação enjoativa e atordoada. Sentia como se estivesse de pé, parada atrás do próprio ombro, observando-se respirar.

As fadas madrinhas pareciam muito distantes. Ouvia as duas conversando e entendia as palavras, mas só quando se concentrava. Era como se falassem uma língua que não dominava e ela precisasse se concentrar em cada palavra.

"... uma maldição? Rá. Sim, claro que tem uma maldição..."

Tem alguma coisa no chá? Ou nas velas? Não, era visível que Agnes estava tranquila, e Marra mal tinha tocado no chá.

Ela se levantou. Nem Agnes nem a fada madrinha pareceram notar. Quando olhou para elas, surpreendeu-se ao notar como eram parecidas, o que não fazia sentido. A fada madrinha era muito alta, não? Mas Agnes também era, de certa forma. Ela estava de preto? Marra não conseguia lembrar. *Claro que devia estar. Não é como se ela tivesse trocado de roupa sem você perceber.*

"... isso é muito inteligente. Eu não poderia ter feito..."

As fadas madrinhas não pareciam muito interessantes. As tapeçarias, no entanto... Ah, as tapeçarias eram muito estranhas. *Tecelagem de tapeçaria,* pensou Marra, distraída, *mas o que diabos a pessoa que teceu isso estava fazendo?* Parecia que estava alternando entre estilos sem qualquer padrão ou estrutura.

Aproximou-se de uma das tapeçarias enquanto Agnes e a fada madrinha conversavam. De perto, era ainda mais complicada e menos estética. Blocos de cor se entrelaçavam ou se separavam. Marra nunca foi uma grande tecelã, preferia o bordado. Tecer tapetes exigia muito planejamento, e ela nunca conseguira entender bem a técnica. Ainda assim, até mesmo suas piores tentativas eram mais arrumadas e regulares do que aquelas.

Esta parte é uma trava de trama... e esta aqui é uma trama dividida... mas por quê? Travas de trama entrelaçavam dois fios; tramas divididas deixavam uma pequena (e perceptível) lacuna entre os fios. Nenhum dos estilos era muito incomum, mas quem tecia costumava escolher um para seguir. Aquela tapeçaria não seguia nenhum padrão discernível. Seis divisões próximas umas das outras, seguidas por uma linha de travas, depois linha retas de uma única cor. O efeito era desorientador. No canto inferior direito, sem motivo aparente, a tecelã usara uma linha de bordado dourada para fazer uma espécie de nó, como se estivesse amarrando a tapeçaria, só que não era assim que se fazia. Era preciso amarrar as extremidades, e aquilo parecia mais como se uma criança tivesse espetado a linha na tecelagem, várias vezes, deixando laços feios. *É uma assinatura?*

Agnes riu, sua voz soou mais grave e, de alguma maneira, mais velha. Marra ergueu os olhos, mas viu apenas duas mulheres sentadas juntas, envoltas na escuridão. O que importava era a tapeçaria, as tecelagens estranhas e irregulares...

"Você é tecelã?", perguntou a fada madrinha.

Marra estava inclinada tão perto da tapeçaria que não percebera que a conversa havia parado. "Não", disse, recuando. "Quer dizer... já teci. Não sou boa. Eu costumo bordar."

"Estou trabalhando nelas há muitos anos", explicou a fada madrinha, com aquela voz estranha e inexpressiva que parecia ecoar em algum outro lugar. "Talvez você as considere interessantes."

"Ah... sim, claro", concordou Marra. Fez o rosto formar um sorriso educado. Não podia dizer a uma pessoa que sua produção era um troço confuso e feio de doer. Não teria insultado assim nem uma noviça, quem dirá uma criatura imortal com um poder terrível.

Foi até a tapeçaria seguinte e descobriu que o terço inferior era idêntico ao que olhara antes, mas depois se derivava para outras cores, outros padrões, outras uniões aleatórias de urdidura e trama. A seguinte também repetia o mesmo terço inferior das outras, assim como a que vinha depois dessa.

É para parecer alguma coisa? Não importava como estreitava os olhos ou virava a cabeça, Marra não conseguia extrair qualquer sentido daquilo. Aquela mancha vermelha poderia ter sido uma espada, mas também um lagarto ou a cabeça de um coelho com orelhas mais rígidas que o normal.

Estava tão absorta que mal ouviu as duas senhoras terminando a troca de amenidades. "Só um momentinho antes de vocês partirem", disse a fada madrinha. "Vou lhes dar uma coisa."

O pulso de Marra acelerou, como se a oferta de um presente fosse uma ameaça. *O que pode mesmo ser...*

A fada madrinha se levantou. Marra deu um passo para trás, pronta para fugir.

Agnes lhe lançou um olhar de censura e ofereceu o braço à mais idosa. Marra quase esperava que a mulher recusasse a ajuda, mas a fada madrinha apoiou grande parte do seu peso na colega, depois pegou sua bengala.

"Como eu ia dizendo", falou, movendo-se bem devagar até a segunda tapeçaria, "tenho trabalhado nelas há algum tempo." Ela ficou diante do tecido, mas seus olhos estavam em Marra. "Você sabe o que representam?"

"Não?", respondeu Marra. Os blocos de cor não pareciam nada. Não eram uniformes o suficiente para serem um mapa ou uma planta baixa, nem variados o bastante para serem algo escrito.

A fada madrinha assentiu. "Então posso dar isso a você." Ela pegou algo dentro da manga. Um brilho metálico. *Ai, deus, é uma faca, ela vai esfaquear Agnes! Por que estou com tanto medo? Ela nunca nos dirigiu uma só palavra grosseira*, pensou Marra.

Sabia a razão, é claro. Vorling temia a fada madrinha, e Marra temia Vorling, eram elos em uma corrente de predador e presa. *Eu sou uma minhoca, e Vorling é um estorninho. A minhoca não precisa temer o falcão, mas não consigo me convencer disso...*

Uma tesoura. A fada madrinha segurava uma tesoura. Ela pegou a tapeçaria e fechou as lâminas sobre um ponto não muito acima do meio. Marra exclamou, surpresa. Mesmo que a tecelagem fosse feia, aquilo representava horas e horas de trabalho.

A fada madrinha foi impiedosa: cortou a parte inferior da tapeçaria e a estendeu para Marra. Suas mãos tremiam, e os fios soltos, desenrolando-se na parte de cima, balançavam para a frente e para trás. Marra de repente se lembrou dos fios de seda do casulo no mercado dos goblins, da mariposa que tirara dias de sua vida... o que aquele presente estranho e violento tiraria dela?

"Pode pegar", ofereceu a fada madrinha. "Talvez seja útil. Talvez não." Seus olhos se cravavam em Marra enquanto ela falava.

A minhoca não precisa temer o falcão. Ela pegou o pedaço de tapeçaria, e suas mãos se esbarraram por um instante. A pele da fada madrinha deveria estar fria, mas estava na mesma temperatura do ar, como se ela não tivesse calor próprio.

Marra percebeu que suas mãos tremiam tanto quanto as daquela senhora. Ela encarou o pedaço de tapeçaria com as bordas desfiadas. "Eu... Eu... Obrigada", agradeceu por fim, como se fosse uma criança pequena, e sua ama tivesse acabado de lembrá-la de ter bons modos.

A fada madrinha emitiu um som, algo entre um sibilo e um grunhido. Ela balançou a cabeça para Agnes, que pegou o braço de Marra e a conduziu para fora do estranho templo.

A luz lá fora era de um brilho chocante. Marra lacrimejou. Ela piscou, baixando os olhos para a estranha tapeçaria esquartejada em suas mãos.

Espere... espere... o que acabou de acontecer? Eu deixei Agnes conversando com a fada madrinha e fui vagar pela sala?

"Agnes?", perguntou Marra, surpresa com o volume da própria voz. "Agnes, aconteceu alguma coisa? Eu estava sentada com você, estava prestando atenção, e de repente não estava..."

Agnes riu baixinho. "Ela é boa", comentou. "Tão poderosa quanto a dama do pó e dez vezes mais velha."

"Tinha alguma coisa no chá?"

"Não, nada. Ela só queria conversar sem ninguém ouvindo. Incluindo você." Agnes deu um tapinha no braço de Marra. "Vai passar daqui a pouco. Não foi nada prejudicial, só uma distração."

A dama do pó vai arrancar meu couro. Eu vim junto para manter Agnes segura e, em vez disso, fui pega por um feitiço. "Você acha que ela sabia quem eu era?"

"Acho que ela não se importava", disse Agnes. "Hoje em dia, acho que ela não se importa muito com nada." E mordeu o lábio inferior. "Parece solitário ser tão velha e não se importar, mas talvez ela também não se importe com a solidão."

O passo dela descendo a escada era leve, quase dançante. A cabeça de Marra latejava, e tudo parecia claro demais. Tentou não ser ríspida. "Descobrimos alguma coisa?"

"Ah, sim, bastante", respondeu Agnes. "Para começar, ela não está abençoando os bebês. Está amaldiçoando. E vem fazendo isso há séculos."

COMO MATAR UM PRÍNCIPE

Capítulo 16

“Uma maldição?”, perguntou a dama do pó, sentada na pequena sala de estar na casa da srta. Margaret. A dona da estalagem trouxe um bule de chá, e a criança-amaldiçoada, de cima de seu ombro, lançava olhares mortíferos. “Uma proteção contra magias malignas. Como isso é uma maldição?”

“Porque a atenção está indo para a coisa errada”, explicou Agnes. Ela esperou até a dona da pensão e a marionete saírem da sala, despejando mel em seu chá. “Estávamos obcecados com a parte sobre magia estrangeira e um inimigo tomando o trono. Essa parte é quase um teatro. A maldição de verdade é que a fada madrinha os servirá como serviu a toda a família, sua vida ligada à deles, enquanto respirar.” Ela deu um sorriso radiante para as outras três pessoas na mesa.

“ ... Eu não entendi”, disse Fenris. Embaixo da mesa, Ossudo roía alegre um osso da sopa, o que parecia um pouco com canibalismo na opinião de Marra.

"Ela vai servir à família como sempre serviu, e vinculou a vida deles à dela. Como sabemos que isso é bom?"

A dama do pó se recostou, pensativa. Marra franziu a testa. "Você quer dizer que ela está fazendo mal a eles?"

"A família real do Reino do Norte tem morrido jovem há séculos, não é?", Agnes bateu na mesa. "Não é nem mais um boato. Todo mundo sabe."

"Uma criada disse que havia uma maldição no reino e que os reis se exauriam por causa disso", lembrou Marra, bem devagar. "E que a fada madrinha os protegia."

"É a fada madrinha quem está causando isso", explicou Agnes. "Ela precisa tirar a imortalidade de algum lugar, e essa é a forma que encontrou. A vida da família está ligada à dela. A fada madrinha tira deles para se manter viva." Agnes fez uma pausa. "Sabe, eu não acho que ela goste disso. Um dos reis, um rei muito antigo, lá atrás, acho que foi o que construiu o primeiro palácio, a prendeu à família real. Ela precisa servi-los. Não é algo que escolheu fazer. Mas precisa ficar viva para servi-los, então está sugando a vida deles. Pensando bem, é terrível para todos."

Um pensamento aterrador atingiu Marra. "Foi por isso que minha sobrinha morreu? A fada madrinha a matou?" Fenris inspirou fundo.

"Não, não", Agnes acenou com as mãos. "Não é provável. Não quando ela tem Vorling, e o rei ainda estava vivo naquela época. Mas ela também impede que qualquer magia os ajude. Isso significa que, se eu tentar dar uma bênção de saúde a um dos bebês, não vai pegar. A família real não pode pedir a uma bruxa nem para remover uma verruga. A magia não pode tocá-los. O que significa que nenhuma magia pode quebrar o feitiço."

A dama do pó grunhiu. Depois de um momento, falou: "Então isso não nos ajuda, não é? Dá no mesmo de antes. Não podemos encantar Vorling".

"Não enquanto a fada madrinha viver", concordou Agnes. "Essa é a outra metade." Ela olhou para o trio de rostos confusos. "Minha nossa. Olha, é como o Guia, certo?"

Marra esfregou a testa. No momento, o pintinho estava aconchegado sob o corpo da galinha marrom, que não parecia muito feliz com isso. "O que tem o Guia?"

"O feitiço...", Agnes encontrou os olhos da dama do pó. "Certo, a *maldição* no Guia dizia que ele encontraria um lugar seguro para nós ficarmos ou... algo ruim aconteceria. As maldições costumam funcionar assim. Vêm em duas partes. A maldição diz que a família real está ligada a ela, que não é tocada por nenhuma outra magia enquanto viver e *enquanto a fada madrinha respirar*."

"Isso não parece promissor", comentou Fenris. "Teremos que matar a senhora?"

Os olhos de Agnes se arregalaram. "Não acho que conseguiríamos. Quer dizer, ela pode até querer deixar, mas, se pudesse morrer tão fácil, acredito que já teria morrido. Não acho que ela possa ser morta, não no sentido normal da coisa, pelo menos."

"Isso está ficando cada vez pior", murmurou Marra. Agnes parecera tão animada, mas, quando tentava explicar as coisas, fazia tudo parecer terrível para Marra. O que aconteceria com o próximo filho de Kania? Ela devia estar prestes a dar à luz, já estava com barriga na época do funeral... E se dessem um jeito de matar Vorling, e a criança crescesse e tivesse a vida drenada para alimentar uma maldição?

"Mas ela só está fazendo isso porque é obrigada!"

"E a fada madrinha se ressente deles?", perguntou Fenris.

Agnes mordeu o lábio inferior. "Acho que não", respondeu. "Acho que talvez tenha se ressentido, há muito tempo. Tenho certeza de que já os odiou. Agora simplesmente não se importa. Ela já viveu por tempo demais. Já ultrapassou qualquer sentimento verdadeiro. Ela não pode morrer. Só vai lá, amaldiçoa uma criança, depois vai embora e se senta em seu templo, apenas... existindo."

"Que destino terrível", comentou Fenris.

"Ela deveria pelo menos criar galinhas", disse a dama do pó. "Ou se dedicar à jardinagem. A imortalidade não presta, mas sempre dá para tentar aproveitar."

"Acha que ela vai nos ajudar?", perguntou Marra.

Agnes a olhou com preocupação. "Acho que o feitiço não deixaria. Acho que ela já fez o máximo que pôde."

Marra pegou o pedaço da tapeçaria esquartejada. Mais alguns fios tinham se soltado. Dava agonia olhar para aquilo, era como uma ferida aberta. "Ela disse que poderia me dar isto aqui porque eu não sabia o que era."

A dama do pó examinou a tapeçaria, mas balançou a cabeça. "Não significa nada para mim. Não tem nenhum tipo de magia. Se tiver, não consigo sentir. Não sei por que ela lhe deu isso, mas podemos presumir que tinha um motivo."

Marra olhou para a peça, tentando entender o padrão. Nada lhe ocorria. Encostou a cabeça na parede atrás de si. Fenris se sentara do lado oposto ao dela, tentando minimizar o espaço que ocupava na sala pequena. Ossudo estava com metade do corpo embaixo da mesa e a língua ilusória para fora. Guia, o pintinho, descera para se sentar entre as patas de Ossudo, onde parecia cochilar.

O cachorro tinha sido libertado do poço de ossos. Fenris, libertado do mercado dos goblins. Guia, libertado de uma caixa no mercado. *Aonde quer que vamos, levamos a liberdade, e estamos tentando libertar Kania de Vorling...*

"Poderíamos libertá-la?", perguntou Marra. "A fada madrinha?"

"O rei que a vinculou à família real já morreu faz muito tempo", falou Agnes. "Eu não..."

Ela parou. Seus olhos se arregalaram. Ela olhou para Marra, que sentiu a mesma ideia atingi-la em um momento compartilhado de compreensão. *O rei morreu.*

Devagar, segurando o pensamento na cabeça com a mesma delicadeza com que seguraria um ovo, Marra se virou para a dama do pó. "Os reis mortos vivem em um palácio de pó abaixo do palácio dos vivos", falou. Lembrou-se da enxurrada de tapeçarias e da criada contando sobre o labirinto abaixo do palácio. Ela mesma não o vira, ainda que apenas por um momento? Lembrava-se da pedra sob seus pés e de encarar as costas do vestido de Kania, tentando não se perder na escuridão. "Estão todos lá embaixo. Você pode encontrar o rei que vinculou a fada madrinha? Encontrá-lo e fazer com que a liberte?"

A dama do pó tamborilou os dedos no joelho. "Não sei", respondeu. "Teremos que descobrir."

• • •

"Três conjuntos de portões de ferro e uma ponte levadiça, e cada um deles requer equipes de cavalos de tração para serem abertos", disse Fenris, sombrio. "Isso sem falar na guarda de honra e no fato de que a entrada fica na praça principal, bem em frente ao palácio dos vivos, onde qualquer um pode nos ver tentando invadir."

Fenris passara dois dias de tocaia nos arredores do palácio, observando a entrada principal do palácio de pó. Às vezes contava com a ajuda de Agnes e da dama do pó, mas sem a galinha. Marra não podia ir, pois existia a possibilidade de ela ser reconhecida, mas se lembrava bem do lugar. Quando membros da família real eram sepultados, os cavalos usavam chairéis pretas e eram abençoados pelos sacerdotes de sete templos. Marra se lembrava da marcha solene daqueles animais enormes enquanto o caixão de sua sobrinha era carregado pelas portas de ferro, do rufar surdo dos tambores.

"Deve haver alguma entrada que não exija cavalos", sugeriu. "As pessoas precisam entrar mais cedo para preparar a tumba. Não dá para usar esse monte de cavalos toda vez."

"É só teatro", concordou Agnes.

Fenris pareceu confuso, mas Marra assentiu. "Sim, isso mesmo. Um funeral real é como um casamento. E o batismo é igual. Precisa ter cenografia, montar a cena e os cronogramas. Cavalos não aparecem do nada marchando nos trajes certos."

Fenris considerou a afirmativa. "Acho que você está certa. Porém é um trabalho que nunca cogitei. Nas coroações que supervisionei, meu trabalho principal era ajudar alguém a chegar ao ponto de ser coroado. Organizar banquetes, roupas e sacerdotes era problema de outra pessoa."

Marra pensou com seus botões que essa devia ser uma tarefa feminina, mas pelo menos Fenris reconhecia que era um trabalho.

"Então deve haver uma maneira de entrar e sair das catacumbas", concluiu Agnes. "Sem todos os cavalos."

"Mas talvez seja por dentro do palácio", argumentou Marra. Embora confiasse que ninguém a reconheceria na cidade, entrar no palácio seria provocar o azar.

"É uma catacumba", disse a dama do pó. "Sempre há outras entradas. Se estão cavando novas áreas ou construindo novas câmaras, deve haver uma entrada para os pedreiros passarem sem sujar o palácio com a poeira dos tijolos."

"Os mortos sabem?", perguntou Fenris.

A dama do pó revirou os olhos. "Os mortos já estão lá. Não ficam entrando e saindo. São cadáveres, não gatunos."

Fenris se recostou, batendo o polegar contra o lábio inferior.

"Tijolos. Hum. Poderia haver uma pedreira? Ou a entrada de uma pedreira? Como vamos descobrir?"

"Anuncie que você está procurando trabalho como pedreiro", sugeriu Agnes.

"Pedreiro?" Ele levantou as sobrancelhas. "Eu não entendo nada de pedra."

"É só tirar a camisa", retrucou a dama do pó, cutucando Fenris com o cajado, "que eu suspeito que você não terá metade da dificuldade que imagina."

No fim, Fenris nem precisou tirar a camisa. Ao que parecia, era musculoso o suficiente para que ninguém questionasse um passado esculpindo pedras. (Marra tentou não parecer decepcionada, mas Agnes nem se deu ao trabalho de tentar.) Ele voltou do primeiro dia de trabalho encharcado de suor e coberto de poeira branca, e foi direto até o poço despejar água sobre a cabeça. ("Quase tão bom quanto", comentou Agnes, dando uma cotovelada em Marra. A galinha da dama do pó cacarejou.)

"Não é terrível", disse ele. "Eu estou na base da hierarquia, então ninguém me entregou nem um cinzel. Só carrego coisas e tento memorizar o jargão. Não sei por quanto tempo consigo manter a farsa até que percebam que sou um novato. Podem me demitir amanhã."

"Com sorte, isso não vai fazer diferença", disse Marra. Um nó de empolgação se formava em seu peito. *É isso. Começamos. Estamos fazendo alguma coisa.* "Você só precisa durar o suficiente para encontrar a entrada."

Fenris aprendia rápido, e parece ter assimilado os termos especializados do ofício em um ritmo bom o suficiente para não ser demitido no dia seguinte, nem no outro. Mas havia várias pedreiras interligadas e nenhum jeito de saber qual levaria ao palácio dos mortos, a menos que a dama do pó fosse junto e perguntasse aos mortos.

Então, por cerca de cinco dias, ela e Fenris vagaram pelas pedreiras à noite, esquivando-se dos guardas e conversando com espíritos, enquanto Agnes fazia amizade com os vizinhos e Marra roía as unhas.

Era isso que sempre temera. Chegariam à cidade, e ninguém saberia o que fazer, e falariam, falariam e falariam, mas nada seria feito. Qualquer coisa que tentassem falharia e depois de um tempo ficariam sem dinheiro. Fenris provavelmente conseguiria um emprego cortando lenha, Agnes iria querer voltar para casa para ver como estavam suas galinhas, Kania sofreria uma queda misteriosa igual à de Damia, Vorling morreria de velhice e todos os seus esforços teriam sido em vão. Só que agora Marra sabia que, se Kania tivesse um filho que sobrevivesse, esse filho também seria amaldiçoado e envelheceria antes do tempo.

Ela estava sentada no pátio decadente e minúsculo da pensão, tentando não gritar. *Completei três tarefas impossíveis... ou melhor, duas. E fui ao mercado dos goblins. Mas agora estou aqui, sentada, enquanto meus amigos invadem pedreiras. Ai, Senhora das Gralhas, é difícil!*

Talvez meu erro tenha sido pular a terceira tarefa. Talvez fosse essa a que faz a pessoa ser herói. As duas primeiras foram só para ranger os dentes e machucar as mãos. Ela esfregou o polegar na faixa de pele dormente ao longo do dedo mindinho.

Ponderou se todas as histórias antigas de heróis matando monstros, com donzelas trancadas em torres, continham períodos longos e tediosos em que tentavam encontrar os monstros ou construir as torres, para começo de conversa. *Muito provável. Ou melhor,* quase certeza. *Quem quer ouvir sobre as partes práticas e chatas?*

Eu. Eu quero. Diminuiria a sensação de que estou fracassando.

Ela suspirou e se recostou no banco. Era o meio da tarde, e mal estava quente o suficiente para sentar do lado de fora. A vista do pátio não era lá grande coisa. Um banco, três paredes, uma porta. Alguns vasos que já deviam ter abrigado flores, mas que agora continham apenas galhos. Uma roseira trepadeira que se recolhera para o inverno e derramara folhas marrons-esverdeadas sobre os tijolos. Parecia já ter visto dias melhores e estava aguentando apenas por hábito. Marra achou que se identificava um pouco demais com a planta.

Agnes fizera amizade com uma vizinha e estava lavando roupa junto dela. De tempos em tempos, Marra ouvia sua risada por cima do muro. *E os grandes heróis lavavam roupa? Não me lembro de ouvir falar disso. Seria de se pensar que, depois de matar cem homens, precisariam lavar bem as roupas.*

Ossudo observava um pássaro que saltitava pela roseira morta enquanto as orelhas ilusórias se mexiam. Marra começou a se levantar, então Agnes irrompeu pela porta e disse, de um fôlego só: *arainhateveummenino.*

• • •

"Não pode ser", disse Marra, sem expressão. "Não pode ter se passado tanto tempo. Impossível."

Agnes deu de ombros. Seu rosto estava corado do esforço. Guia estava enfiado em seu decote generoso, sonhando os sonhos dos pintinhos aquecidos. "Só se fala nisso. Arautos estão anunciando pelo mercado que o herdeiro de Vorling nasceu."

Adiantado?, pensou Marra. Então se lembrou de Kania ajoelhada de forma desconfortável, com a barriga repousando nos joelhos. Meses tinham se passado até ela deixar o convento, e mais um mês até voltar para o Reino do Norte. *Já podem ter se passado nove meses. Você nunca perguntou de quanto tempo ela estava.*

"Kania?", murmurou ela. "Disseram algo sobre Kania?" Ela pegou a capa e a coleira de Ossudo. *Não é como se mandassem arautos se não tivessem certeza. Devem esperar que o bebê sobreviva. Mas Kania... como ela está? Como está minha irmã?*

Estavam na metade do corredor quando a dona da pensão parou na frente de Marra. Ela gesticulou para fora e perguntou, rouca: "Vocês ouviram? A rainha... a rainha...". Seus olhos estavam arregalados de deleite. O boneco em seu ombro batia os dentes e olhava de cara feia. "Um menino, dizem. Um m..." O boneco decidiu que já era o bastante e puxou a corda. A srta. Margaret baixou a cabeça, mas seus olhos ainda dançavam.

"Ouvimos", disse Marra. "Vamos atrás de mais detalhes."

"É tão emocionante!", exclamou Agnes. "Um bebê da família real!"

A srta. Margaret colocou o dedo por baixo da coleira em seu pescoço e puxou um pouco, criando uma folga. "E depois... depois da última..." Ela deu um sorriso radiante.

Marra considerou gritar, mas se contentou em se virar para passar pela dona da pensão e sua marionete.

"Calma", pediu Agnes, enquanto saíam para o beco. "É normal. Fofocar sobre a família real é o único verdadeiro benefício de ter uma. Você precisa deixar as pessoas aproveitarem."

"Estão fofocando sobre minha irmã", resmungou Marra. "E minha sobrinha. Minha sobrinha *morta*."

"Que também é minha sobrinha-bisneta", argumentou Agnes, com toda a calma. "Mas para eles não é assim. E, se ficar por aí ouvindo a notícia com essa cara de trovão, as pessoas vão achar que você não está feliz, e isso vai parecer suspeito."

Marra respirou fundo. Isso era verdade. Forçou o rosto em uma expressão de interesse educado e seguiu Agnes pelo beco, Ossudo puxando a coleira.

"Isso não está adiantando de nada", reclamou, depois de dez minutos e o mesmo número de histórias. A rainha estava morta. A rainha estava viva, mas à beira da morte. A rainha morrera, e seu último desejo fora que o príncipe seguisse a vida religiosa. A rainha estava viva, mas o bebê estava bebendo seu sangue misturado com leite materno, então não sobreviveria. A rainha estava bem, mas cansada. O bebê estava vivo. O bebê estava morto. Eram dois bebês. Era um bebê só. A rainha dera à luz um cardume de peixes.

Por fim, encontraram um arauto no mercado, cercado por uma multidão. O arauto vestia a libré do palácio e gritava: "Alegrem-se! Alegrem-se, pois o herdeiro nasceu! A rainha deu à luz um herdeiro do trono!".

"E a rainha?!", gritou Marra, acotovelando a multidão. "Como está a rainha?"

"Ela deu à luz um herdeiro!", berrava o arauto. "Um filho para assumir o trono do Norte!" Algumas pessoas na multidão comemoraram.

"Mas ela está viva? Está bem?" A multidão avançava, e Marra não tinha certeza se o arauto a ouvira. Ele não respondeu. Olhou em volta, para a multidão, e viu apenas bocas, abrindo e fechando, como se estivessem arrancando e devorando pedaços da história de sua irmã.

Você precisa deixar as pessoas aproveitarem, dissera Agnes. Aquilo não parecia um proveito. Parecia maléfico, terrível e estranho.

Começou a avançar de novo, mas Agnes segurou seu braço. "Deixe para lá", disse a madrinha. "Vamos saber muito em breve. De qualquer maneira, não há nada que possamos fazer."

"Eu posso ficar angustiada", retrucou Marra. "E é o que pretendo fazer!"

"E eu não vou impedir." Agnes deu um tapinha em seu braço. "Uma boa angústia é bálsamo para a alma. Só não exagere."

Marra rangeu os dentes. *Se eu for ao palácio e exigir ver a rainha... Não, não, eu não posso. Minha mãe pode estar aqui, e se estiver, ela vai me ver. E tudo isso é complicado demais para explicar.* Respirou fundo e soltou o ar de novo. Voltou para a pensão, onde encontrou a mulher com a marionete em seu pescoço e a garota que pulava mais refeições do que comia. Elas estavam sentadas no degrau da frente, a garota bradando sobre bebês que não eram muito normais.

Você precisa deixar as pessoas aproveitarem.

Isto não está certo. Não é justo.

E o que é justo?, Marra rosnou para si mesma. *Como é justo que você tenha crescido comendo carne em todas as refeições e que ninguém esperasse que você limpasse um estábulo só porque sua mãe se casou com um rei? Como é justo que Vorling não enfrente consequências pelos seus atos? Como é justo algumas mulheres irem à exaustão de tanto engravidar enquanto outras não podem ter filhos? Como é justo que Fenris nunca mais possa voltar para casa porque matou um homem terrível? Como é justo que os deuses castiguem as pessoas famintas na terra flagelada?*

Nada é justo. Nada está certo.

Respirou fundo e, com os olhos secos, encarou a parede. Agnes tocou seu braço, preocupada.

Nada é justo, exceto o que tentemos fazer ser justo. Talvez seja para isso que os humanos existem, para consertar as coisas que os deuses não conseguiram resolver.

A porta da frente se abriu. A galinha marrom cacarejou.

“Sabemos como entrar”, anunciou Fenris.

COMO MATAR UM PRÍNCIPE

Capítulo 17

"Sempre tem uma pedreira assombrada", explicou a dama do pó. "Com tanta gente carregando blocos de pedra enormes, como acontece por lá, mais cedo ou mais tarde alguém acaba esmagado." Ela mexeu a mão em um gesto displicente. "Não sei há quanto tempo está abandonada, mas o lugar com certeza tem uma passagem para as catacumbas. A entrada tem algumas maldições e algumas barras. O fantasma que me contou disse que as barras estão lá desde que ele se lembra, e ele está morto há mais tempo do que esteve vivo", acrescentou ela, fungando. "Bom sujeito. Pedreiro-chefe em outros tempos, uma daquelas pessoas que precisam sempre supervisionar tudo. Esse tipo nunca se deixa deter pela morte."

"Que tipo de maldições?", perguntou Marra.

"Ah, são todas para ostentação. Parecem impressionantes, mas nada que vá pegar." Ela franziu a testa. "Já lá dentro pode haver maldições reais."

"Acha que de lá conseguimos chegar à tumba do antigo rei? O que vinculou a madrinha?"

"Há uma boa chance."

"Teremos que ir logo", disse Agnes. "No máximo amanhã à noite. Vão fazer o batismo daqui alguns dias, assim que tiverem certeza de que a criança vai viver. O mais comum é esperar três dias. A fada madrinha precisa ser solta antes disso. Então eu posso ir e... Bem, tenho uma ideia."

Marra mal ouviu o que ela dizia. Um batismo. Em poucos dias. Estava acontecendo. Estava acontecendo *naquele instante*. Toda a conversa, a angústia, a espera e tudo o mais... Tudo estava se encaixando.

"Como vamos entrar no palácio em si?", perguntou Fenris. "O batismo estará cheio de nobres, e nobres vêm com guardas. Vão nos deixar entrar apenas porque estaremos com a irmã da rainha?"

"Talvez", disse Marra. Olhou para os outros três, pensando se uma princesa, mesmo que fosse irmã da rainha, conseguiria entrar com um cão de grande porte e uma mulher com uma galinha em um cajado. *Depois que nos trataram como parentes pobres da última vez... Não, talvez não seja tão fácil.*

Agnes pigarreou.

"Eu consigo entrar", anunciou.

"O quê?"

"Como?"

"Eu sou madrinha", explicou Agnes.

Os três a olharam, perplexos.

"Sei que não fui convidada", prosseguiu. "Esse é o ponto."

"Hã?"

Ela deu um sorriso gentil, aquela mulher pequena e cansada. "Só existe uma história sobre madrinhas que é sempre verdadeira. Coisas ruins acontecem se não nos convidam para o batismo."

"Tentem dormir", disse a dama do pó. "Não sei o que vai acontecer, mas suspeito que será melhor se estivermos descansados. Vamos amanhã à noite."

"E a srta. Margaret?", perguntou Marra. "Não precisamos...?" Ela não terminou a frase, gesticulando para a garganta.

"Ah, isso. Sim. Vamos oferecer antes de partirmos."

Naquela noite, Marra tentou dormir, mas não estava conseguindo. Ela se revirou na cama, com a mente tumultuada. Agnes achava que poderia fazer... algo... no batismo. A dama do pó parecia concordar. Marra teria ficado muito mais feliz se soubesse o quê, mas Agnes gesticulara para que deixassem aquilo de lado e dissera que, se não funcionasse, seria melhor se ninguém se preocupasse, por sua vez, a dama do pó cruzou os braços e disse que Marra havia lhe procurado para pedir ajuda, não para receber educação em magia. "Se libertarmos a madrinha, as proteções desaparecerão", explicou. "Isso é tudo que você precisa saber. E, quando as proteções sumirem, há mil magias que podem... corrigir... a situação."

"Você não pode me dizer mais?"

"Quanto menos você souber, menos pode deixar escapar quando falar com sua irmã sobre como vamos entrar no palácio. Você é uma péssima mentirosa, Marra, sempre fica com cara de quem tem medo de que o universo sinta vergonha de você."

Marra não queria aceitar essa resposta, mas a dama do pó trancou a porta do quarto e a deixou para se revirar na cama sem conseguir dormir. Sua irmã dera à luz. Estavam indo ao palácio dos mortos. Sua irmã dera à luz um menino. A vida de Kania estava em extremo perigo e, se ela morresse, seria enterrada em uma das tumbas subterrâneas, ao lado da tumba de Vorling, e teria que passar a eternidade ao lado dele. Será que fantasmas podiam atormentar uns aos outros? Os ossos de Vorling se arrastariam de seu sarcófago e bateriam na tampa do caixão de Kania?

Ai, deuses e santos, pensou, rolando na cama e enfiando o rosto no travesseiro. *Ai. Que sejam apenas ossos vazios.*

"Nunca consegui dormir na véspera de uma batalha", comentou Fenris.

Marra se virou para encará-lo, embora não pudesse vê-lo no escuro. "Amanhã vai ser uma batalha?"

"Não faço ideia do que esperar. Pode ser. Ou talvez a gente só fique vagando na escuridão por um tempo até a dama do pó sacudir as mãos e tudo estar resolvido."

Marra balançou a cabeça, sem se lembrar que Fenris não podia vê-la na escuridão. "Duvido. Sempre que vou a algum lugar com ela, algo terrível e mágico acontece, então eu desejo que não tivesse acontecido."

"Sim, eu notei algo do tipo."

"Mas suponho que ainda seja melhor do que uma batalha."

"Hum." Podia imaginar a expressão dele, como seus lábios estariam torcidos em um canto enquanto pensava. "Batalhas são terríveis, mas também são compreensíveis. Você sabe o que está fazendo. Certo, isso não é totalmente verdade. Você sabe o que *deveria* estar fazendo. Há muitos gritos e golpes, então você olha para cima e acabou. Mas, depois de passar por algumas, dá para entender mais ou menos como as coisas funcionam. Mas a magia... Não sei como deveria funcionar, nem por quê."

Fenris ficou tanto tempo em silêncio que Marra pensou que tinha pegado no sono. Então ele disse: "Nunca tive tanto medo quanto quando estávamos saindo do mercado dos goblins. Se você não tivesse me guiado para fora, eu ainda estaria escondido em um canto, torcendo para que tudo desaparecesse".

Marra piscou na escuridão, surpresa. "Eu não guiei você para fora. Fomos juntos. Eu me apoiei em você por metade do caminho."

Ele riu baixinho. "Não é assim que eu me lembro. Eu me lembro de você segurando meu braço. Você estava muito calma e corajosa, mesmo depois de alguém ter acabado de arrancar seu dente."

O Dançadente. Marra estremeceu. "Eu não me sentia calma nem corajosa."

"Você escondeu bem."

Era mais fácil conversar no escuro. Marra respirou fundo. "Eu não me sinto corajosa agora. Eu me sinto frustrada. Quero entrar lá correndo e arrastar Kania para longe daquele monstro, mas não posso. Se você não tivesse encontrado o caminho para as catacumbas esta noite, é provável que eu tivesse feito alguma tolice."

"Contanto que você me leve junto..."

"Eu preferiria que você não morresse por uma tolice minha."

"Eu já me resignei a morrer há muito tempo."

"Fenris..."

"Não, não, não venha soar consternada. Que serventia eu tenho? Você me deu algo útil para fazer com minha morte. Serei eternamente grato."

"Nada de morrer", replicou Marra, com raiva. "Não quero que você morra! Quero que você chegue a uma idade avançada, para eu poder dizer: 'Ei, Fenris, lembra daquela vez em que entramos em uma catacumba horrível e a dama do pó disse algo enigmático e Agnes balançou um pintinho?', e você vai dizer: 'Claro que lembro', e eu não vou ter que explicar para alguém que não estava lá."

O silêncio do outro lado do quarto de repente ficou mais profundo e pronunciado. Marra mordeu o lábio. "Além disso", prosseguiu, depois de um momento, "alguém precisa cortar minha lenha. Agora fiquei mimada."

"Hum."

Ela rolou na cama de novo. Não conseguia ficar confortável.

Se eu perguntar, ele vai pensar que estou propondo alguma coisa.

... Estou?

Não. Com certeza não. Não enquanto tudo isso estiver acontecendo. Só vai deixar as coisas terríveis e complicadas, e já é tudo terrível e complicado o suficiente.

Posso nunca ter outra chance.

Mas, se eu perguntar e for estranho e desconfortável, provavelmente morreremos com esse clima estranho e desconfortável, e eu não consigo lidar com isso.

Marra bateu no travesseiro, depois desistiu. "Fenris?"

"Sim?"

"Não sei como perguntar isso sem passar a ideia errada."

"Tudo bem...?"

"Você lembra, na estrada, quando dormimos de costas um para o outro?"

Ele não respondeu, mas Marra ouviu a cama ranger e, em seguida, o resmungo indignado de Ossudo ao ser cutucado para fora do caminho. Sua cama afundou quando Fenris se sentou na beirada. Marra se encolheu contra a parede para abrir espaço.

As costas dele eram tão sólidas e quentes quanto ela se lembrava. Marra suspirou e sentiu algo relaxar, embora não soubesse se foi na mandíbula, no estômago ou na alma.

"Você é um santo", sussurrou, puxando o cobertor até os ombros.

"Você não tem ideia", murmurou Fenris.

Dormiram o máximo que puderam, então se levantaram e ficaram olhando para as paredes. Comeram. Marra vestiu a capa de urtigas por cima das roupas, observando o pano de coruja quebrar sua figura. Fenris saiu por uma hora e voltou com a bolsa cheia de comida. "Deus sabe quanto tempo ficaremos lá embaixo", explicou. "Prefiro que ninguém passe fome."

Marra fazia cálculos mentais frenéticos. Se a criança tivesse nascido antes da meia-noite, tinham dois dias até o batizado. Se tivesse nascido depois da meia-noite, tinham três dias. Nenhuma das duas opções era boa.

A única coisa boa foi que a escuridão caiu cedo. Assim que as sombras começaram a se alongar, ela se levantou e se pôs a andar de um lado para o outro.

“Pelo amor dos deuses”, disse a dama do pó. “Vamos logo. Prefiro lutar contra os mortos a ver Marra fazer buracos no chão.”

“Vamos ter que lutar contra os mortos?”

“Tudo é possível.”

Marra hesitou. “Há histórias de saqueadores de tumbas tendo as almas arrancadas e assombrando as catacumbas.”

“Essas coisas acontecem.” A dama do pó se levantou, estendeu seu cajado e deixou a galinha se acomodar. Agnes acomodou Guia por baixo da echarpe.

Desceram as escadas em uma procissão grandiosa, apenas para encontrarem a dona da estalagem no corredor.

“Srta. Margaret”, disse a dama do pó. “Agradecemos a hospitalidade.” Suas palavras foram proferidas com o ar de um pronunciamento temido, como se estivesse sentenciando a dona da estalagem a receber agradecimentos, talvez por toda a eternidade.

A srta. Margaret pareceu perplexa, então fez uma reverência. O boneco lançou um olhar mortífero do ombro dela.

Rápida como uma cobra dando o bote, a dama do pó estendeu a mão e agarrou a cabeça do boneco. Assim que seus dedos o envolveram, ele ficou inerte. A corda na garganta da mulher afrouxou e ela ofegou, segurando o pescoço. Havia sulcos gravados em sua garganta, a pele raspada tantas vezes que deixara cicatrizes vermelhas e escamosas como um dragão.

"Essa coisa não pode mais machucar você", disse a dama do pó.

"Não o machuque!", exclamou a srta. Margaret. "Não!"

"Eu não machuquei... ele. Se o soltar, tudo voltará a ser como antes. Mas você foi gentil conosco, então lhe ofereço uma escolha." Ela se assomava sobre a dona da estalagem, uma criatura alta e ossuda, que parecia feita de pedras e pó, sem se encaixar no pequeno corredor. "É só concordar, e você pode ser livre. Ele será destruído e nunca mais a incomodará."

A escolha era tão óbvia que Marra nunca questionou, então as palavras da dona da estalagem foram ainda mais chocantes.

"*Coloque ele de volta*!", gritou ela, puxando o pulso da dama do pó. "Solte ele! O coitado nunca lhe fez nenhum mal, nunca fez mal a ninguém!"

... O quê?

"Tem certeza?", perguntou a dama do pó, implacável como a morte.

"Solte ele! Não o machuque!"

"Muito bem." A dama do pó soltou a marionete e recuou.

A face de madeira sulcada a encarou com ferocidade, e a dona da estalagem aconchegou o boneco como uma criança, segurando-o contra o peito. "Está tudo bem", murmurou. "Está tudo bem." E para a dama do pó, furiosa: "É melhor vocês irem".

"Muito bem", disse a dama do pó, mais uma vez, e os quatro saíram da pensão para sempre, com Ossudo quieto em seus calcanhares.

"O que acabou de acontecer?", perguntou Marra, entre dentes. "O que... Por que ela não... O troço ainda estava controlando a srta. Margaret?"

A dama do pó deu de ombros. "Ela não queria perdê-lo. As pessoas têm o direito de escolher."

"Mas ela escolheu *errado*! Eu não entendo! E... e...", Marra ficou sem palavras e agitou as mãos.

"Eu sei", disse a dama do pó. "Eu sei."

"Ela não deve ter entendido... não é possível que tenha entendido!"

"Ela entendeu."

"Ela estava com medo? Ela não acreditou em nós?"

"Talvez", disse a dama do pó. "Mas é mais provável que não quisesse que o boneco fosse destruído."

"Não se pode ajudar quem não quer ajuda", retumbou Fenris. "Não se pode obrigar uma pessoa a fazer o que você acha melhor para ela." Ele pausou, depois acrescentou, um tanto relutante, "Bem, até pode. Mas as pessoas não gostam, e, no fim das contas, quase sempre o errado era você."

"Mas..."

"Só dá para salvar quem quer ser salvo", disse a dama do pó. "Se isso continuar incomodando você, voltaremos depois, partindo do princípio de que algum de nós sobreviva para isso. Mas agora não temos tempo."

Marra segurou a coleira de Ossudo e calou a boca.

Era um longo caminho até a pedreira. As sombras foram se alongando mais, então se juntaram em um azul profundo nas paredes brancas da cidade. Marra não parava de olhar para cima, para o palácio, onde a irmã e o sobrinho recém-nascido esperavam.

Ela gerou um herdeiro. Depois do batizado, a vida de Kania não significará nada para o príncipe.

Não, não, não é possível. Crianças morrem fácil. Ele deve esperar até nascer o próximo, não? Sem dúvida? Seria o mais sensato a fazer.

Por que você espera sensatez de um homem que tortura a esposa?

Marra apertou as têmporas. Preocupado, Fenris estendeu a mão e pegou a coleira de Ossudo. "Você está bem?"

"Não, mas consigo suportar."

Estava escuro quando deixaram a cidade. Nenhum guarda os deteve. Aquele era o bairro mais pobre, onde moravam as pessoas que não podiam pagar por um lugar melhor. Ninguém se importava com quem entrava ou saía. Ratos e gatos de rua os observavam, e crianças com olhos de gatos de rua, mas ninguém mais.

Por um momento, olhando para a pedreira, Marra teve a impressão de que olhava para a cova de ossos na terra flagelada. Ao luar, a pedra branca tinha cor de ossos, e os pedaços de rocha abandonados eram desagradavelmente parecidos com crânios. Seu cérebro cantava que tudo tinha sido um sonho longo e impossível e que agora estava de volta ao início, com tudo ainda por fazer.

Seu pé escorregou na encosta, e Fenris estendeu a mão para equilibrá-la.

"Estou bem", murmurou. "Não é nada." Sua cabeça ainda estava preenchida pela imagem da srta. Margaret agarrada àquela marionete, então não era surpresa que estivesse um pouco distraída. *Além disso, você está prestes a entrar no palácio amaldiçoado dos mortos. Isso tende a afetar os nervos.*

Ponderou o que Mordecai teria pensado quando enfim se viu de pé diante do pântano, e se a serpente venenosa estava bem na sua frente ou se ele precisara vagar pelo pântano tentando encontrá-la. Ainda não tinham um mapa. Levara o pedaço arruinado da tapeçaria da madrinha, mas, a menos que começasse a brilhar ou a falar, não parecia que seria útil. Outro daqueles pequenos testes de inteligência que a vida faz. E, como de costume, Marra falhara até mesmo em saber a pergunta.

A entrada para o palácio ficava na metade da encosta, mas, em outros tempos, uma boa estrada havia sido construída até lá. Embora estivesse há muito abandonada e corroída pela negligência, ainda era estável sob seus pés. As três mulheres se aproximaram lado a lado da entrada, com Fenris seguindo logo atrás, segurando a coleira de Ossudo.

A palidez da pedra continuou dentro da passagem, o que fazia as grades de ferro se destacarem como faixas de sombra. Marra se perguntou como iriam derrubá-las. Não havia portão nem buraco de chave. Ninguém esperava que o caminho fosse usado de novo.

A dama do pó bateu em cada uma das grades com a unha, então grunhiu. Murmurou algumas palavras em voz baixa, levantou seu cajado e bateu a ponta no ferro, que se partiu na hora.

Marra arfou, surpresa. A dama do pó gargalhou. A galinha cacarejou. Ela bateu na barra seguinte e na outra, e cada uma se estilhaçou como um sincelo preto.

"Isso é magia?", perguntou Marra, sem fôlego. "Você consegue fazer isso com as espadas dos guardas?"

"De certa forma", disse a dama do pó. "E até conseguiria, se você me trouxer as espadas com pelo menos um dia de antecedência."

"Ela fez algo com a grade ontem à noite", murmurou Fenris. "Esfregou areia e despejou um frasquinho nas barras."

Marra conteve um suspiro. A magia nunca parecia muito útil para fazer as coisas pretendidas em um tempo razoável.

Saltaram sobre os dentes quebrados das barras e entraram na passagem. Fenris enrolou a coleira de Ossudo no pulso e tirou uma vela de sua bolsa. A dama do pó tirou algo de um dos muitos bolsos, disse duas palavras incisivas, e o luar floresceu sob suas mãos.

"É o luar em um jarro?", perguntou Marra, sentindo uma pontada de reconhecimento.

"Só um pouco. A lua adora essas coisas, então não vai se importar." Ela pendurou o pequeno frasco de luar no cajado. A galinha marrom projetou uma sombra derretida no teto, coroada com chifres.

"Então a ave é mesmo um demônio", comentou Fenris, observando a sombra.

“Claro que é. Por que eu mentiria sobre algo tão ridículo?”

A luz revelou palavras esculpidas no teto. Marra apontou para cima.

“O que dizem?”

“São maldições contra ladrões de túmulos. Ameaças de arrancar a alma, uma condenação a vagar pela eternidade, esse tipo de coisa.”

“A gente deveria se preocupar?”

“Não, é só exibicionismo.” A dama do pó fungou com desdém. “Mas eu não roubaria nenhuma tumba, só por segurança.”

Seguiram em frente. A passagem era rudimentar, uma entrada de serviço, não para cerimônias. Fragmentos de pedra quebrada estavam espalhados pelo chão. Ossudo farejou, mas ficou óbvio que não encontrou nada de interessante.

“Nós sabemos para onde vamos?”, perguntou Agnes. “Queremos o primeiro rei, aquele que vinculou a madrinha.”

“Então foi o primeiro rei?”, perguntou a dama do pó.

“Ah, sim. Foi o poder da madrinha que permitiu que ele mantivesse a dinastia. Antes disso, um monte de reis bruxos menores do Norte ficavam amaldiçoando uns aos outros, derrubando qualquer clã que parecesse ficar poderoso demais. A madrinha reequilibrou o jogo. Imagine só, uma madrinha mudando tudo!” Agnes irradiava orgulho, da mesma forma que ficava quando Guia fazia algo esperto.

“As tumbas são organizadas por família”, disse Marra. “Então, na teoria, só precisaríamos voltar até encontrar a mais antiga.” Sua voz ecoou pela passagem e repetiu as palavras: “... antiga... antiga... antiga...”.

"É fácil falar, fazer é que é difícil", resmungou a dama do pó. A galinha bateu as asas, deixando sombras demoníacas na parede.

A passagem se abriu para um aposento maior, cheio de cabos de picareta quebrados e troncos antigos que deviam ter sido usados para rolar material. Ossudo ficou muito interessado nos cheiros, e teve que farejar todos.

Três corredores saíam do aposento. Marra olhou de um para o outro com desânimo. "Precisamos do mais antigo", murmurou. "Mas qual será?"

Por falta de ideias melhores, escolheram o menor. O teto era baixo o bastante para fazer com que Fenris tivesse que que abaixar a cabeça e a dama do pó precisasse inclinar o cajado, para o desagrado da galinha marrom.

O chão rústico de repente deu lugar a um piso liso, e o corredor se alargou. A dama do pó parou, olhando ao redor. "Acredito que estamos entrando na tumba propriamente dita", anunciou.

Marra saiu atrás dela dizendo: "Uau". Tinha visto a câmara esculpida e abobadada onde sua sobrinha fora sepultada, mas não considerara o impacto no restante das catacumbas.

Aquele era mesmo um palácio dos mortos. Os tetos desapareciam na escuridão. A pensão onde tinham passado a última semana caberia inteira dentro daquelas paredes. Entalhes circundavam a sala, uma procissão interminável de guerreiros e grandes bestas se perseguindo pela eternidade. Havia estantes de armas nas paredes, armas de haste eriçadas como trigo, espadas ainda emitindo um brilho opaco, mesmo depois de sabe-se lá quantos anos.

O centro da sala continha uma única placa de pedra, e nela, incrustado com metal, um sarcófago. A pedra havia sido entalhada para formar um grande urso segurando o caixão nas costas, os dentes enterrados no estômago de algum pobre animal.

Fenris assobiou baixinho, e o som despertou ecos como uma revoada de pássaros nas abóbadas distantes.

"Muita ostentação", resmungou a dama do pó. Ela pôs as mãos no sarcófago e franziu a testa. Marra ficou impressionada com a incongruência da cena, a mulher magricela, com as vestes cheias de pacotes e barbantes, atrevendo-se a comandar o tipo de pessoa que poderia estar enterrada em uma câmara como aquela.

"Nada." A dama do pó deu um passo para trás. "Este fantasma se foi há muito tempo."

Marra mordeu o lábio. "E se o rei que procuramos também se foi?"

"Se tivesse ido, não poderia mais prender a madrinha. Não, ele está por aí. Talvez louco."

"Muito reconfortante", ironizou Fenris. "Estou mais tranquilo agora." Ele trocou um olhar divertido com Marra, que não pôde deixar de sorrir.

Duas passagens conduziam em direções opostas. Fenris e Marra foram por um lado, e a dama do pó e Agnes foram pelo outro. Ossudo trotava entre os dois, entediado pela falta de novos cheiros ou movimentos.

"Ah", exclamou Marra em voz baixa, observando a câmara seguinte. "Ah, entendi." O aposento era muito menor, as paredes ainda tinham restos de tinta vermelha.

Não havia armas nem guerreiros esculpidos, apenas pequenos frascos ornamentados com ouro. A máscara mortuária no sarcófago era de uma mulher mais jovem que Marra. Talvez fossem apenas as sombras, mas achou que os olhos da mulher pareciam tristes.

"A esposa dele", constatou Fenris. Mais duas câmaras se ramificavam a partir daquela, pouco maiores que nichos. Ele deu um passo à frente e olhou cada uma, depois se virou, balançando a cabeça para Marra. "Não acho que o que procuramos esteja lá dentro."

"São os filhos dela, não é?"

"São." Fenris segurou a mão dela. Marra podia imaginar os caixões pequenos e se perguntou se eram mais ou menos ornamentados que o de sua sobrinha. Ficou feliz por ter a mão dele segurando a sua. Fenris estava bem vivo, tanto ele quanto Ossudo, que não estava vivo, mas não sabia disso.

"Aqui", chamou Agnes. "Achamos um corredor."

O corredor era da largura da câmara da esposa. Desaparecia em ambas as direções, com ramificações do mesmo lado da tumba onde estavam. "Senhora Raposa?", chamou Fenris. "Acho que você deve ter mais experiência nisso do que o resto de nós. Para qual lado?"

"Hum", ela levantou a luz em seu cajado. "Meus mortos eram pessoas sensatas, enterradas no chão. Não nessas grandes tumbas congeladas. Aqui dentro, o fantasma deve ficar solto feito uma ervilha na tigela. Não faço ideia."

Ossudo resolveu o problema puxando a coleira em direção a uma das bifurcações, embora, no fim das contas, ele só quisesse fazer xixi em uma parede (o que fez, meditativo, enquanto todos fingiam interesse nos baixos-relevos nas paredes).

A bifurcação, recém-ungida, levava a outra câmara como a última, mas sem corredores ramificados. "Nunca se casou?", arriscou Marra. "Então não há outras salas para a sua linhagem?"

"Faz sentido." Fenris apontou para a máscara mortuária, que era jovem, mas tinha marcas de sofrimento. Havia menos armas ali. Voltaram daquela câmara e da seguinte. No fim do corredor, o chão era ornamentado com entalhes no limiar de outra passagem, que se estendiam um metro e meio a partir da porta em si: rostos gritando, mãos estendidas, espadas quebradas.

"É um pouco perturbador", comentou Marra, cutucando um dos entalhes com a ponta da bota.

"Inimigos derrotados em batalha?", sugeriu Agnes.

"Ou pecadores jogados no inferno."

"Acreditam no inferno, por aqui?"

"Acreditam", afirmou Marra. "A pessoa congela em um frio eterno." Ela balançou a cabeça. O conceito parecia estranho aos seus ouvidos. O Reino do Porto, muito mais sensato, acreditava que os mortos iam para o mar, de onde os bons renasciam, enquanto os condenados caíam até o fundo e eram devorados por caranguejos. Ainda assim, não podia culpar o Reino do Norte pela confusão. Não devia haver muitos caranguejos por ali.

"Odeio ter que pisar neles", murmurou.

"São apenas pedra", disse a dama do pó. "Nunca estiveram vivos." Ela atravessou as figuras entalhadas que gritavam, a bainha das vestes roçando seus rostos. Um por um, os outros foram atrás.

Aquela tumba era tão grande e suntuosa quanto a da esposa era simples. Tinha paredes estriadas com estátuas, cada uma de um deus do Norte de rosto severo. Apesar dos rostos, a impressão era de uma grande garganta esperando para engolir os incautos.

Havia figuras ao lado do sarcófago, entre as sombras. Marra parou na entrada, tentando compreender o número de pernas, as formas...

"Ah", disse, baixinho. "Ah, entendi."

O ar frio do palácio de pó preservara os cavalos mortos muito melhor do que Marra teria imaginado. As criaturas tinham afundado e murchado, mas ainda eram identificáveis. Estacas enfiadas nos corpos os mantinham no lugar, em pé, ao redor do mestre morto. O arco orgulhoso de seus pescoços tinha caído, mas Marra ainda reconhecia os sinais da raça pura e a riqueza das rédeas douradas.

"Um homem rico", afirmou Fenris. "Para ser enterrado desse jeito, com seus cavalos de guerra."

"O pai?", murmurou a dama do pó, erguendo os olhos para o sarcófago. "Ou o filho? Estamos avançando ou voltando?"

"Se avançarmos o suficiente em uma direção, as armas devem mudar", sugeriu Fenris, estudando os entalhes nas paredes. "Essas selas têm estribos. Se encontrarmos uma tumba sem..."

“Se eu conseguisse encontrar a droga de um fantasma, poderia só perguntar”, disse a dama do pó, irritada. Ela bateu na tampa do sarcófago e um som oco encheu a cripta, depois morreu. “Mas esses estão quietos demais e mortos há muito tempo. Precisamos de cadáveres mais jovens. Ou, pelo menos, mais furiosos.”

Marra não teve muito tempo para se preocupar com isso, porque o próximo cadáver que encontraram estava completamente furioso.

Capítulo 18

Era uma tumba pequena saindo de uma grande. Talvez a câmara de uma concubina. Os materiais eram caros e requintados, como ouro e jade e pau-rosa, e a máscara mortuária era linda, pintada com lápis-lazúli. Contudo, apesar dos materiais, tudo parecia... feito às pressas. Como se a câmara tivesse sido montada depressa e pelo medo. Azulejos de jade estalaram sob seus pés, caídos do caixão, e não havia entalhes, apenas pinturas desbotadas. O limiar da passagem era simples e não esculpido, escondido na sombra de uma das estátuas carrancudas.

"Esta", anunciou a dama do pó com satisfação profissional. "Esta aqui. É antiga, mas guarda *rancor*."

Ela tirou algo do bolso (Marra teve um vislumbre de algo vermelho-alaranjado, como cinábrio), e polvilhou nas mãos, depois bateu na tampa do caixão como se fosse uma porta.

Marra esperava que fosse levar alguns minutos, da mesma forma que ocorreu com o menino afogado, como um lento inchaço de horror à medida que o fantasma se manifestava, mas ela mal teve tempo de se preparar antes de a sala entrar em erupção.

Poeira explodiu do caixão. Azulejos quebrados voaram pela câmara. Fenris se lançou na frente de Agnes e de Marra, enquanto Ossudo latia sem barulho, tentando pegar um deles com a boca. Só a dama do pó permaneceu imóvel, no centro do caos, com o luar e a sombra de seu familiar sobre ela como um escudo.

"Acalme-se", falou. "Ou coloco você de volta e encontro outro espírito. Sua raiva não me impressiona."

O sarcófago inteiro se torceu, ganhando vida e pulando na placa de pedra, então rolou para o lado, para que a máscara mortuária os encarasse. O belo rosto estava sereno, mas os olhos estavam vivos e ardiam de fúria.

tu me acordas!

A voz era feita de ecos, de pequenos azulejos verdes caindo do sarcófago mal argamassado, de ornamentos dourados batendo juntos, como teias de metal.

como ousas me acordar!

camponesa! plebeia! entras assim na tumba da grande... da grande... a consorte de reis, a grande...

"Esqueceu seu nome, não foi?", perguntou a dama do pó. "Bem, acontece com reis e plebeus." Ela bateu com o cajado no chão da tumba. "Então por que esteve furiosa esse tempo todo?"

trocada, trocada, trocada! O vento varreu a câmara de novo. *descartada! como ousam, como ousam? eles não sabem quem eu sou? a grande... a grande...* De novo o vento agitado, a impressão de um grito em algum lugar além da audição humana, como morcegos caçando acima das cabeças deles.

"Pobrezinha", murmurou Agnes, tendo se libertado da tentativa de proteção de Fenris. "Descartada, foi? Você era amante do rei?"

amante! fui esposa dele por sete anos! mas não gerei filhos, então ele se casou com outra e, quando os pirralhos foram assassinados com um cordão escarlate, colocaram a culpa em mim! em mim!

"Você os matou?", perguntou a dama do pó, parecendo interessada, e não horrorizada.

não.

quem me dera.

se iam colocar a culpa em mim e me mandar para morrer na casa dos meus pais, eu poderia, pelo menos, ter cometido o crime.

não tinha amor nenhum por eles.

mas não.

Marra estava começando a pensar que, pelo menos, Vorling conquistara sua maldade de forma honesta.

"Parece que esbarramos em um escândalo antigo", comentou Agnes. "A filha de um rei mandada para casa com desonra."

desonra.

ah, sim.

não podiam me matar, sabe, então me trancaram aqui.

fui enterrada viva para esconder a vergonha deles.

Fenris arfou.

isso te choca, camponês?

também me chocou, aqui na escuridão.

eu gritei, e ninguém veio, então acabei morrendo, e ainda assim ninguém veio.

"Então enterraram você viva..." A dama do pó franziu a testa. "Você conhece as catacumbas?"

não.

por que conheceria?

sou uma rainha, não uma exploradora de túmulos.

A dama do pó estreitou os olhos. "O que você viu quando a trouxeram aqui para enterrá-la? Já deviam ter começado o túmulo do seu pai, mas como era o túmulo do seu avô?"

A máscara mortuária revirou os olhos pintados.

não me importo.

ele estava morto havia muito tempo e era um tédio.

eu sou uma rainha, sou a consorte de reis. eu sou a grande...

A dama do pó bateu a palma tingida de vermelho contra o sarcófago, e o espírito deu um grito como se tivesse sido atingido.

aah!

como ousas, camponesa.

não sabes quem eu sou?

"Não e, no momento, nem você."

O espírito enfurecido revirou a câmara, fazendo azulejos voarem. A dama do pó levantou a mão de novo, e o fantasma se acalmou. Quando voltou a falar, a voz estava sombria, o lamento distante de pássaros ressentidos.

ele foi enterrado com o barco.

ele falava sobre esse barco até eu querer gritar.

os saques pelos rios quando era jovem.

tédio, tédio, tédio.

"Obrigada", disse a dama do pó, solene. "Isso foi muito útil."

eu não quero saber de ser útil.

tu também és um tédio.

a roda-dos-ladrões logo vai te pegar, e tu bradarás na escuridão para sempre.

não penses que vou reconhecer tua reles presença, camponesa.

"Roda-dos-ladrões?", indagou a dama do pó, mas o fantasma apenas riu. Um último vento fraco varreu a cripta, erguendo os fragmentos quebrados de jade até a altura dos joelhos, então a máscara mortuária fechou os olhos, o sarcófago voltou a ser apenas um caixão derrubado do pedestal, e os ornamentos dourados ficaram em silêncio.

"Ela se foi?", perguntou Marra.

A dama do pó deu de ombros. "Mais ou menos. Ainda está lá dentro, mas não quer sair, e para compeli-la seria necessário mais poder do que estou disposta a gastar."

"Imagina passar todo esse tempo aqui", murmurou Agnes, "e ainda estar tão furiosa."

"A injustiça e o desejo de vingança envelhecem o corpo, mas alimentam a alma por até meia eternidade", explicou a dama do pó, em um tom prático. "E ser enterrada viva por um crime que não cometeu sem dúvida alimentará a sua alma por um bom tempo. Duvido que ela fosse uma pessoa muito agradável, para início de conversa, mas ninguém é enterrado vivo só por ser esnobe."

“O que você acha que é a roda-dos-ladrões?”, perguntou Marra.

“Não faço ideia.”

“Já visitei países onde prendem criminosos em rodas de carroça”, comentou Fenris, hesitante. “Amarram eles na roda e os deixam expostos aos elementos até morrer. É bem feio.”

“Não fazem isso por aqui”, disse Marra, “pelo menos, não que eu saiba.” Ela franziu o cenho. “Claro que, na época do fantasma, as coisas talvez fossem diferentes.”

“Pelo menos sabemos que precisamos procurar um barco”, disse Agnes, pragmática.

Encontraram o barco cerca de vinte minutos depois, após passarem por alguns corredores que levavam a membros menores da família real e seus inúmeros parentes. A dama do pó disse não ver fantasmas, ou, se havia algum, dormia um sono profundo.

“Bem, isso é um barco, com certeza”, disse Agnes.

Tinha cerca de seis metros de comprimento, com a proa esculpida na forma de uma fera rosnando. Remos se estendiam como pés de centopeia, e o sarcófago estava no centro do barco comprido, em um lugar de honra. Os entalhes nas paredes da tumba eram de ondas, monstros marinhos e batalhas navais, e o mastro do navio ainda ostentava uma vela, preservada pelo ar frio e seco. Ao olhar para cima, Marra distinguia listras azuis e brancas no tecido.

Gostaria que tivessem tempo para subir e ver do que era feita. *Não. Concentre-se. Temos que encontrar o velho rei antes do batismo.*

“Para onde vamos agora?”, perguntou Fenris.

"Se partirmos do pressuposto de que um dos primeiros reis vinculou a madrinha", respondeu Marra, "vamos seguir em direção ao pai dele, e depois ao pai do pai dele, e assim por diante."

"Nesta direção, então", concluiu a dama do pó. Atravessaram a tumba com o navio antigo e seguiram pelo corredor adiante.

Cinco passagens saíam daquele corredor, mas ignoraram todas. A tumba no fim era menos grandiosa do que as que vieram depois, embora os entalhes fossem mais realistas. Marra poderia ter passado sem a imagem agachada acima da entrada: uma fera com a boca cheia de vísceras, cada volta detalhada com esmero.

A tumba era uma encruzilhada, quatro aberturas em quatro paredes. Eles se entreolharam, impotentes, e avançaram. Outras três aberturas, outra encruzilhada...

Um pensamento começou a se formar no fundo da mente de Marra, como se já tivesse visto algo parecido.

Tinha um mapa em algum lugar no palácio? Algo nisto parece familiar.

Não teve tempo para pensar no assunto. A tumba seguinte havia sido saqueada.

"Dentes santos!", murmurou Agnes. A tampa do sarcófago estava quebrada. As fileiras de armas claramente tinham sido reviradas. Uma lança quebrada jazia descartada no chão, onde fora usada, sem sucesso, como alavanca. Alguém arrancara as pedras preciosas do plinto com um cinzel, deixando bestas com cavidades oculares quebradas.

"Não terminaram de saquear", anunciou a dama do pó, pensativa.

"Como você sabe?"

"No meu trabalho, você acaba aprendendo a sentir. Podem ter sido interrompidos ou estavam nervosos demais para terminar o trabalho." Ela pousou a mão no sarcófago e inclinou a cabeça. Depois de um momento, disse: "Seja lá o que estiver aqui dentro, perdeu quase toda a personalidade. Deve estar irritado por ter sido roubado, mas não restou o suficiente para eu trabalhar".

Algo assobiou nas proximidades. Todos se assustaram. Ossudo se levantou de repente, puxando a coleira. Era Fenris quem o segurava, e o cão fez tanta força que quase derrubou o guerreiro.

"O fantasma?", perguntou Fenris, tentando segurar Ossudo.

"Não este daqui", disse a dama do pó. "Talvez seja outro, que esteja vagando pelos corredores." Ela se virou. "Não consigo encontrar..."

Ossudo se acalmou aos poucos, e os pelos ilusórios se abaixaram. O assobio não se repetiu.

Duas tumbas depois, ouviram de novo. Ossudo latiu de verdade desta vez, e o som fantasmagórico acordou ecos como pássaros sibilantes. "Não estou gostando disso", comentou Agnes, para ninguém em particular.

"Não consigo entender o que é", disse a dama do pó. "Deveria ter um vínculo com um corpo em algum lugar, mas não há. Os mortos sem corpo são muito mais difíceis de agarrar. Mas, em geral, não podem machucar."

"Em geral?"

"Nunca diga nunca."

A última sílaba de *nunca* ecoou por tempo demais, *ca... ca... ca...* Então Marra percebeu que não era um eco. Deu um passo para trás, afastando-se do corredor atrás dela.

... cor... cor... cor... ra... ra... ra...!

"Um eco acabou de nos dizer para correr?", perguntou Agnes, ajeitando Guia e parecendo mais calma do que Marra se sentia.

"Os ecos fantasmagóricos querem o nosso bem?", perguntou Fenris, também com uma calma surpreendente.

"Isso é raro", afirmou a dama do pó.

Estou cercada por lunáticos, e amo todos, mas talvez a gente devesse correr só para garantir, pensou Marra. Deu mais um passo para trás.

... cor... cor... ra... vin... vin... do... do... do... vindo atrás de você... corra...

Có, disse a galinha marrom, muito desconfiada.

Assobios irromperam do corredor por onde tinham acabado de passar. Os ecos aceleraram até se chocarem uns com os outros. *Corra! Vindo! Esconda! Ladrões! Corra! Corra!*

Ossudo enlouqueceu. Fenris parou de tentar segurá-lo pela coleira e o pegou no colo, com as mãos atravessando a ilusão e agarrando a espinha. A dama do pó bateu com a ponta do cajado no chão. A galinha cacarejou.

A roda-dos-ladrões encheu o corredor e entrou rolando na câmara.

• • •

Em algum momento, aquilo poderia mesmo ter sido uma roda. Quando era menor, talvez. Quando continha apenas cinco ou dez almas abarrotadas, rolando umas sobre as outras, com seus rostos fantasmagóricos gritando antes de serem apertados contra o chão para moverem a massa da criatura. Agora eram dezenas de rostos, e a roda virara uma lesma grossa que se arrastava pelos corredores. Tinha três metros de altura e só os deuses sabiam quantos de comprimento.

Corram!

Escondam!

Vindo!

Corram, ladrões, corram!

A coisa encheu a entrada, arfando com gritos como se respirasse. Os ecos ecoaram pela câmara. Alguns dos rostos tinham mãos ao lado, debatendo-se desesperadas, e Marra percebeu que os saqueadores presos lá dentro estavam tentando avisar os humanos vivos. *Eles não estão nos ameaçando. Estão tentando nos dizer para fugirmos antes que aquilo nos pegue também.*

A dama do pó não vacilou. Ela deu um passo à frente, pondo-se bem no caminho da roda-dos-ladrões. "Mortos sem corpo", disse. "Não somos ladrões de túmulos. Vocês não têm poder sobre nós."

Estava tão calma e tão confiante que Marra acreditou. Claro que a dama do pó poderia cuidar daquilo. Ela era a mestra dos mortos. Era capaz de invocar fantasmas e bani-los. Por que Marra duvidara?

A roda-dos-ladrões gritou um aviso de cinquenta bocas e passou por cima da dama do pó.

O luar desapareceu. A sala caiu na mais completa escuridão.

Marra cambaleou para longe da roda-dos-ladrões, tropeçando no escuro. Esbarrou em algo e caiu com tudo, raspando as palmas no chão. Ouvia gritos e guinchos, os gemidos dos mortos e, mais alto do que tudo, o cacarejo furioso da galinha demoníaca.

Algo a agarrou. Não parecia humano. Era como uma grande parede de cola que envolveu metade de seu corpo. Marra gritou e bateu na parede, o que foi um erro. Seu braço entrou e ficou preso. Teve a presença de espírito de jogar a cabeça para trás e tentar manter a boca descoberta.

"Marra!", gritou Fenris.

Então a roda-dos-ladrões começou a se mover para a frente em um deslizar nauseante. Marra bateu a parte de trás da cabeça na parede e viu pontos brancos contra a escuridão.

Corram!

Corram!

Corram!, gritavam os rostos ao seu redor, no escuro. Então um, perto da sua orelha: *desculpe, desculpe, eu não consigo fazer parar, essa coisa não para de avançar...*

Estavam passando por outro corredor? A pedra raspou suas costas. Estava sendo arrastada para a frente, mas também deslizava de forma implacável para trás na roda-dos-ladrões, em um movimento enjoativo, como se estivesse em um barco. *Ai, deus*, pensou, com toda a clareza. *Serei devorada e ficarei para sempre como um fantasma sob o palácio.*

Aquilo lhe parecia especialmente horrível. Não que fosse morrer, mas que fosse acabar presa ali, no palácio que estava começando a odiar com uma paixão intensa e duradoura. Suas costas raspavam nas pedras, e ela tentou se aproximar mais da roda-dos-ladrões, mas não podia, não sem enfiar o rosto lá dentro, e preferiria acabar sem pele nas costas do que fazer isso.

Sinto muito por não poder parar, soluçou a voz junto à sua orelha. *Eu tento, mas isso não para...*

"Está tudo bem", respondeu, sem pensar. Ia vomitar, estava sendo arrastada ao longo de uma criatura feita de almas perdidas e cola, mas ainda assim estava tentando tranquilizar alguém. Claro. Era assim que ia morrer, dizendo a alguém que tudo bem a pessoa tê-la esfaqueado, de verdade, não se importava...

A roda-dos-ladrões a soltou. Talvez ela tivesse chegado ao final. Marra bateu no chão do corredor e desmaiou.

Capítulo 19

Quando Marra acordou, estava congelando. Estava encolhida sob a capa de urtigas, mas não fazia ideia de quanto tempo havia se passado. Tempo suficiente para que o chão de pedra sugasse todo o calor de seu corpo. Apurou os ouvidos, tentando escutar a roda-dos-ladrões, mas não ouviu nada. "Fenris?", chamou. "Agnes? Dama do pó?"

Sua voz ecoou, mas não trouxe resposta. Não havia luz em lugar algum.

Ela se levantou e estendeu os braços, sentindo as paredes. Um corredor. Chamou os amigos de novo, sem sucesso.

"Quando se perder na floresta, fique onde está", murmurou Marra. "Assim pode ser encontrada. Mas isso aqui não é uma floresta, e acho que não temos tempo..."

Para que direção a roda-dos-ladrões a arrastara? Quão longe teria ido? Não fazia ideia.

Marra respirou fundo e puxou a capa de urtigas bem junto ao corpo. “Tudo bem”, murmurou. “Tudo bem.” Escolheu uma direção e começou a andar.

Passagens para tumbas se abriram sob seus dedos. Ignorou todas. As tumbas grandes ficavam sempre no fim dos corredores. Caminhou até chegar em algum limiar, então tateou o caminho adiante na escuridão. Pelos ecos, parecia um salão grande.

Metal liso. Pedra esculpida. Pequenas bordas quadradas. Algo que parecia familiar, então Marra percebeu que estava tocando uma máscara mortuária. Ela se afastou em direção à parede aos tropeços, apenas para perceber que se desorientara em relação à entrada. Como saberia se estava indo na direção certa?

Bateu contra uma parede e quis chorar.

Estou perdida. Estou perdida no escuro e vou morrer aqui embaixo. A dama do pó pode já estar morta. Ai, Senhora das Gralhas, socorro, socorro. Tentei fazer algo para me ajudar, mas acho que não consigo...

Silêncio. Frio. Pó.

Então, na grande escuridão sob o palácio, Marra viu uma luz.

No começo era só uma faísca, mais dourada do que a luz de uma tocha. Pensou que talvez não estivesse lá de verdade, parecia as faíscas douradas que surgiam quando esfregava as pálpebras. Mas ficou mais forte e cada vez mais próxima, iluminando as paredes com entalhes de reis mortos e frios.

Era uma mulher. Por onde caminhava, ela erguia nuvens de luz como se fosse pó.

Marra ergueu os olhos e viu que a mulher segurava uma mão decepada na mão direita e que seu pulso esquerdo terminava em um coto.

Era a santa do mercado dos goblins.

Muito tempo depois, ocorreria a Marra se perguntar por que a santa estava lá, no palácio dos reis mortos. Naquele momento, não lhe ocorreu. Era uma santa. Os santos iam aonde queriam.

A santa ergueu a mão decepada de modo que o indicador repousasse sobre seus lábios, em um gesto pedindo silêncio. Marra se encolheu diante dos pés dela, olhando para cima, e assentiu.

A santa fez um gesto convidativo, e Marra a seguiu.

Avançaram devagar, mas sem vacilar. A luz da santa cintilava nos entalhes de homens e deuses e de coisas ainda mais estranhas. Marra viu histórias inteiras se desenrolarem, generais esculpidos derrotando exércitos de bestas deformadas, belas e estranhas.

Então, passo a passo, a santa começou a desaparecer.

Marra quis gritar, implorar para que ela não fosse embora, mas mordeu o lábio inferior. Os deuses tinham intervindo a seu favor. Com certeza não a levariam só até metade do caminho.

Espere. Espere e veja. O mundo nem sempre é cruel.

Seguiu o rastro dos passos da santa, que já estava sumindo. Parecia levar muito tempo, mudando aos poucos de ouro para prata, até que, por fim, Marra percebeu que a santa partira e a luz prateada vinha de mais adiante, de um frasco de luar preso em um jarro.

Saiu correndo, meio soluçando, sem se importar se a roda-dos-ladrões a ouviria. "Fenris! Agnes! Dama do pó!"

"Marra?"

Ela irrompeu câmara adentro e, antes mesmo de conseguir se orientar, Fenris lançara os braços ao redor dela e apertava o rosto contra o seu cabelo. "Você está viva!", exclamou. "Pensei que eu tinha perdido você. Mas você está viva."

"Você também está vivo!", disse ela. Marra queria parar e pensar no que *pensei que eu tinha perdido você* poderia significar, mas não parecia um bom momento. E Fenris era muito quente, e ela estava com muito frio, e era muito agradável ser abraçada daquela maneira. "Você está vivo."

"Sim, sim", falou a dama do pó, irritada. "Estamos todos vivos. Por favor, não vá chorar por isso."

Fenris enfim a soltou, embora relutante. Ossudo pulou em cima dela na hora, atacando seu rosto com a língua.

"O que aconteceu com vocês?", perguntou Marra. "Fui apanhada pela roda-dos-ladrões..."

"Eu também", disse Agnes. "Nem percebi que também pegou você."

"Ossudo correu atrás de você", contou Fenris. "Ele me arrastou junto, e achei que o cachorro teria mais chances de encontrar você. Quando Ossudo perdeu o rastro, estávamos completamente perdidos."

"Como vocês voltaram?", perguntou Marra.

"Ah, pedi ajuda para Guia", respondeu Agnes. Ela deu uma batidinha no peito, onde o pintinho dormia, exausto. "Pedi para ele me levar a um lugar seguro. Então a dama do pó apareceu."

"Ossudo encontrou as duas", disse Fenris. "Eu ia sugerir que procurássemos por você, então você apareceu. Como nos encontrou?"

"Uma santa me guiou", contou Marra. "Aquela do mercado dos goblins."

Os três a encararam.

"Hum", murmurou a dama do pó.

"Que fascinante!", comentou Agnes.

"Alguns meses atrás, eu teria pensado que você estava louca ou mentindo", disse Fenris. "Agora acho que só estou surpreso por ela não ter ficado para um chá."

"Mas como você escapou?", perguntou Marra. "A roda-dos-ladrões caiu em cima de você. Eu vi."

A dama do pó fungou com desdém. "Não foi nada."

"Você foi esmagada!"

"Tudo bem, foi alguma coisa." Ela parecia irritada. Marra notou que seu casaco estava amarrotado e que havia manchas onde o conteúdo dos bolsos se quebrara. A galinha marrom tinha perdido algumas penas do rabo. "Eram mortos muito desobedientes."

"Mortos feios. Nada de biscoito para eles", brincou Fenris, com uma voz não muito baixa.

Marra engasgou, gaguejou e começou a rir, sem conseguir se conter. Agnes também. A dama do pó cruzou os braços, e a galinha fez um barulho indignado, o que fez Marra rir ainda mais.

"Fico feliz que todos estejam se divertindo", disse a dama do pó, quando eles se cansaram de rir.

"Mas o que era aquilo?", perguntou Marra, dividida entre achar graça e se arrepiar de novo.

"Um emaranhado. Uma massa mutilada. Ladrões de túmulos e algumas almas infelizes, talvez de pedreiros perdidos. A maldição arrancou seus espíritos e enroscou todos para que vagassem pelas catacumbas em busca de outros. Mas não foi muito bem projetada. Não estabeleceram um limite para o número de almas, então acumulou muitas ao longo dos séculos e ficou desnorteada. Esse é o problema de dar ordens à maldição. Não há mais nada no comando, e a roda fica apenas vagando por aí, confusa." Ela fez uma careta. "Eu a afastei com um tapa, então ela fugiu. E vocês não roubaram nada, então ela não tinha como devorar suas almas, só podia arrastar todos. Ainda está por aí, mas não vai chegar perto de mim de novo."

"Você pode desfazer essa coisa?", perguntou Fenris. "Libertar as almas?"

"Eu poderia se tivéssemos alguns dias de sobra. Mas não temos, então a mandei embora." Ela olhou por cima do nariz, com as rugas se apertando ao redor da boca. "Estamos ficando sem tempo."

"Estamos?", perguntou Marra.

"O quê?", questionou Agnes.

"Eu desmaiei", admitiu Marra. "Quanto tempo se passou?"

O rosto de Fenris ficou sombrio, de repente. "Quase um dia inteiro", informou ele. "Precisamos ir logo. Vamos nos atrasar para o batizado."

• • •

Quatro corredores e uma interseção. Duas interseções e mais três corredores. Mais uma vez, Marra teve a sensação no fundo da mente de que conhecia o padrão, de que já tinha visto algo parecido, mas não lhe vinha à cabeça onde. Talvez não importasse.

Encontraram a tumba do primeiro rei.

Era pequena. Marra esperava algo enorme e grandioso, com vastos arcos emoldurados por guerreiros esculpidos, ouro, jade e glória. Em vez disso, era uma câmara de pedra pequena, com vigas de madeira sustentando o teto. Havia uma única espada, jogada quase sem cerimônia sobre a tampa do caixão de pedra. A máscara mortuária do rei era muito simples e estava rachada na testa, como se fosse uma cicatriz.

As paredes eram a parte mais impressionante. Tinta vermelha e preta cintilava sob o luar capturado. Os murais eram viçosos e vistosos, e o tempo tingira o pigmento branco dos rostos nortistas de azul, então parecia que um exército de guerreiros de pele azul varria as paredes da tumba. No centro, um rei azul estava sentado em um trono, segurando uma espada sobre os joelhos.

A dama do pó colocou as mãos no sarcófago e soltou uma risadinha curta e aguda, como o latido de uma raposa. "Ah, sim", falou. "Sim, ele está aqui dentro."

"Você consegue saber?"

"Deuses, sim. É como se tivesse um urso adormecido aqui." Ela fechou os olhos e pôs o peso nas palmas das mãos. "Acorde, homem morto. Temos negócios a tratar."

Marra, que não esperava nada específico, pensou que talvez a máscara mortuária começaria a falar, como tinha acontecido com a filha que fora enterrada viva. Em vez disso, a espada tilintou na tampa, e, na parede, a pintura do rei ergueu a cabeça e encarou a dama do pó com os olhos pintados.

Por que veio até aqui?

As palavras não tinham som, mas ecoaram pela câmara. Marra sentiu como se um martelo de metal as fincasse em seu crânio. Algo pesava nas palavras, uma mente de pedra e platina. Ossudo latiu e tentou se esconder atrás dos joelhos de Fenris.

Por que invade meu túmulo?

"Você deve libertar a fada madrinha da servidão", disse a dama do pó. "Ela está presa há tempo demais, isso está prejudicando seus descendentes."

Fada madrinha? Que fada madrinha?

"A mulher que abençoa seus filhos e serve à linhagem real."

Ah. A bruxelha. O desprezo tinha gosto de estanho dentro da cabeça de Marra. *Eu venci, ela perdeu. Eu poderia ter matado a mulher ali mesmo, mas lhe concedi a imortalidade. Ela deveria ser grata.*

Os dedos da dama do pó se cerraram em punhos contra a tampa do sarcófago. "Escravidão eterna não é uma dádiva."

O rei pintado estreitou os olhos. Atrás do trono, os guerreiros pintados se moviam e ondulavam, erguendo os escudos. Um arqueiro puxou a linha de carvão do arco. *Quem é você?*

"Alguém capaz de falar com os mortos."

O que você tem com essa bruxelha?

"Nada. Sequer nos conhecemos. Mas não permito que os vivos sirvam aos mortos para sempre. Liberte a mulher, e eu o deixarei descansar."

Implore. Talvez eu a liberte, se você implorar.

A dama do pó ergueu as sobrancelhas. "Acha que eu não imploraria pela vida de outra pessoa? Pois eu imploraria, se isso fosse convencer você."

O rei pintado desviou o olhar, a tinta azul se movendo ao redor da boca, que era uma mancha preta. *Isso me divertiria.*

"Diversão não é suficiente. Você precisa libertar essa mulher."

Não libertarei.

A dama do pó tirou uma das mãos do sarcófago e pegou seu cajado, que estivera apoiado nele. A galinha marrom bateu as asas. "Então vamos lutar", avisou.

Eu e você? Você, que viveu uma mera vidinha mortal, quer lutar contra mim por uma bruxa que deveria ter morrido há mil anos? O rei começou a rir. Era uma risada profunda, estrondosa, ainda mais parecida com um martelo batendo no metal do que sua voz, e Marra começou a sentir como se seu crânio estivesse em uma bigorna. *Vá embora, oradora dos mortos. Eu sou mais velho e melhor do que você.*

A dama do pó passou a ponta do dedo pela rachadura na máscara mortuária, e a risada na cabeça de Marra parou de repente.

"Aí", comentou a velha, com toda a calma, como se estivessem discutindo onde colocar um ponto. "Sim, bem aí, eu acho." Ela estendeu a mão em direção à galinha marrom, que subiu em seu braço. Marra já segurara falcões menos orgulhosos do que a galinha demoníaca naquele momento. A dama do pó baixou a ave para o sarcófago, e a galinha enfiou o bico na rachadura da máscara.

O berro do rei soou como uma folha de ferro sendo rasgada ao meio, um longo grito metálico que fez os dentes de Marra rangerem na mandíbula. Sua cabeça latejou. Ossudo latiu. Não era um latido de alarme, e sim o ganido agudo e ansioso de um cachorro em apuros, desesperado, pedindo ajuda da matilha. Mal era audível, mas pairava no ar em volta.

O que você está fazendo, bruxa?!

"Lutando", respondeu a dama do pó, como se fosse óbvio. A galinha começou a bicar a rachadura da máscara mortuária, pausando de vez em quando para erguer a cabeça e arranhar com as garras.

"Tem alguma outra coisa acontecendo", sussurrou Fenris. "Não é?" Ele se deixou cair contra a parede ao lado de Marra, segurando as têmporas. "Não é só uma galinha e uma máscara. Ela está fazendo... alguma coisa..."

"Ah, sim", concordou Agnes. Dos três, era a única que parecia estar se divertindo. Seus olhos brilhavam com interesse. "Dá para ver... ai, droga, acho que vocês não conseguem ver! Mas é muito bom. A magia dele está espalhada como espadas em um suporte, e ela está... não, essa é uma analogia terrível, não é nada parecido. Mas é bom!"

"Bom?", indagou Marra, fraca, com o crânio ainda tinindo depois do grito do rei morto.

"Desista", disse a dama do pó. "Você tentou proteger seus descendentes, mas, em vez disso, está encurtando a vida deles há gerações. Suas almas estão alimentando o feitiço que mantém a fada madrinha viva. Dá para ver. Você não vê?"

Sua voz era tão confiante que Marra se pegou olhando para o sarcófago como se ali houvesse algo que olhos mortais pudessem ver. Havia apenas um monte de pó e a galinha marrom bicando a máscara mortuária.

O feitiço funciona. Funciona há mil anos. Meus descendentes são fortes e resistem. Não permitirei que você o quebre.

"Você morreu", disse a dama do pó, com frieza. "Seu tempo de controlar a família já passou." A galinha demoníaca cacarejou enquanto lascas da máscara quebrada voavam. "Eles não podem mais viver sob a sua sombra."

O rei se preparou. Foi como se a tumba respirasse fundo. Os guerreiros pintados levantaram as espadas, e os arqueiros dispararam flechas, mirando na dama do pó. Estavam todos presos na parede, então não deveria ser possível alcançá-la, mas ainda assim, por um momento, pareceu que ela seria puxada para dentro da parede, que as flechas poderiam tocá-la...

O luar piscou enquanto a dama do pó levantava seu cajado e as flechas pintadas se desfaziam em pigmentos espalhados pelo chão.

Eu não vou me dobrar!, sibilou o rei morto, erguendo-se do trono.

"Então vai quebrar", retrucou a dama do pó, e bateu seu cajado na parede pintada.

Foi como um trovão naquela pequena câmara. O luar se apagou. Algo metálico caiu no chão. Pela segunda vez, Marra se viu na mais completa e absoluta escuridão. Ouviu o ganido fantasmagórico de Ossudo, e Fenris tateando sua caixa de fósforos. "Vela...", murmurou ele, ao seu lado. "Vela, vela. Onde está a... Ahá!"

A luz ardeu. A dama do pó estava caída, meio estirada por cima do sarcófago, com os cabelos despenteados ao redor dos ombros. Ela se reergueu, parecendo irritada. A galinha marrom estava de pé sobre a máscara mortuária, que se partira ao meio, e parecia tão serena quanto uma galinha pode parecer. Enquanto Marra olhava, a galinha levantou a cauda, esvaziou os intestinos na face quebrada do rei e subiu no ombro da dama do pó com um cacarejo satisfeito.

Fenris levantou a vela. A espada caíra no chão. Na parede, o rei estava de volta no trono e os arqueiros, às posições originais, mas uma marca longa e irregular atravessava a tinta como um raio, cortando o rosto do rei e quebrando o escudo do guarda logo ao seu lado.

"Acabou?", perguntou Marra. O ar parecia muito parado, e a câmara, de alguma maneira, menor. "Ele se foi?"

"Não, não se foi", respondeu a dama do pó. "Gente assim fica muito tempo por aí. Eu o obriguei a se soltar do mundo por um tempo, e deve ser o suficiente para a fada madrinha escapar das amarras."

"Simples assim?", perguntou Marra, maravilhada. "Foi só isso?"

"Foi só isso", concordou a dama do pó, avançando a passos confiantes, então desabou no chão, quase inconsciente.

Capítulo 20

"Bem, foi um pouco mais do que pareceu", disse Agnes, quando resgatavam a galinha indignada e conferiam se a dama do pó não quebrara nenhum osso. Ela soltou protestos fracos enquanto a apoiavam na parede e despejavam água em sua garganta. "Não tem como nocautear um rei feiticeiro morto e depois sair para tomar café da manhã."

"Estou bem", resmungou a dama do pó. Ela tentou se levantar e falhou miseravelmente.

"Você se entregou inteira para a magia e exagerou a ponto de desmaiar, sua tola", ralhou Agnes, em uma imitação muito boa da dama do pó. "Não foi isso que você disse para mim?"

A galinha cacarejou. A dama do pó olhou feio para Agnes e arrancou o odre de couro, com água, de suas mãos. "Certo. Talvez eu tenha merecido essa. Talvez."

"Com certeza."

"Consegue andar?", perguntou Fenris. "Posso carregar a senhora nas costas, se for preciso."

"Eu consigo andar", rosnou a velha. "Devolva o meu cajado. E me dê um minuto."

"Eu não sei quantos minutos mais nós temos", replicou ele. "Minha noção de tempo não está funcionando bem, mas acho que estamos muito perto de esgotá-lo."

"Talvez eu ainda possa encantar a criança", sugeriu Agnes, não parecendo ter muita certeza. "Mesmo se perdermos o batizado. Mas não pega tão bem, não com humanos. Quando recebem um nome, de repente todo o futuro deles se desenrola feito massa de pão, mas isso não dura. A vida começa a assar muito rápido."

"Essa foi uma péssima analogia", comentou a dama do pó, com desdém. "Alguém me dê meu cajado para eu bater na cabeça dela." Agnes deu uma risadinha.

Fenris fez menção de pegar o cajado, mas parou. A espada estava no chão, bem embaixo dela. "A espada caiu", falou ele.

"Pegue também", instruiu a dama do pó. "É minha por direito de conquista. Mas deixo para você. Uma espada pode ser necessária, e nem mesmo a roda-dos-ladrões pensaria que você saqueou um túmulo." Ela pegou o cajado das mãos de Fenris e, desta vez, conseguiu ficar de pé com o grandalhão segurando um de seus braços, e o auxílio duvidoso de Ossudo pulando ao redor.

"E o que acontece agora?", perguntou Marra. "A fada madrinha morreu?"

"Imagino que sim", disse a dama do pó. "No lugar dela, eu não ficaria por aí." Ela mancou mais um passo à frente. "Estou muito curiosa sobre todos os outros feitiços que as pessoas lançaram ao longo dos anos. Se algum ainda estiver ativo, agora que a fada madrinha se foi, a casa pode acabar caindo."

Todos se arrastaram até a porta da tumba e pararam. O corredor se estendia à frente. Três aberturas de um lado, duas do outro.

"E agora?", perguntou Agnes. "Eu me perdi quando aquele troço gritante me arrastou."

"Chegar à origem foi uma coisa", comentou Fenris, segurando a vela. "Podemos acabar entrando por muitos becos sem saída... Será que Guia pode ajudar?"

Agnes franziu a testa. "Acho que não. Estamos muito mais seguros aqui do que no palácio, não é? Talvez quando ficarmos sem comida e água, mas Guia vai nos fazer dar voltas pelos túmulos para evitar a tal roda."

Três aberturas de um lado... duas do outro... seis aberturas de um lado... cinco aberturas...

Você sabe o que representam?... Então posso dar isso a você.

"Já sei", falou Marra. Ela riu, incrédula. "Estava conosco esse tempo todo... a tapeçaria."

Desenrolou a tapeçaria com fios soltos, passando os dedos pela trama. Três linhas de fio. A do meio era uma linha única contínua, as duas laterais eram uma combinação de travas e divisões. Seis divisões em uma fileira. A princípio, pensara que era um padrão absurdo, feio e esquisito, mas não. Era uma marcação das aberturas nas paredes das tumbas. Seis corredores, então uma trava marcando... *uma passagem? Sim! É isso!*

Ela riu de novo. Fenris olhou por cima de seu ombro. "É um mapa? Não parece."

"Não, não é um mapa. São *instruções*. A fada madrinha não tinha como ajudar, não de forma direta, por causa do feitiço, então não poderia ter me dado instruções sobre o caminho se eu soubesse o que eram. Mas eu achava que era só uma tapeçaria feia, então ela pôde me dar isso." Essa talvez não tivesse sido a explicação mais clara. Fenris pareceu perplexo. Marra tentou explicar as divisões e as travas, e ele ergueu as mãos. "Você consegue ler?"

"Consigo."

"Então para mim está ótimo. Pode ir na frente."

"Preciso descobrir onde estamos", explicou ela. "O nó dourado... Será o rei... Não, não, a trama não corresponde. Acho que é a saída. O palácio, quem sabe, ou outra saída. Só tenho que encontrar onde estamos na tapeçaria." Passou os dedos pelos fios grossos, deixando o toque guiar quando a visão falhava. Três divisões de um lado, duas do outro, e uma trava no meio da fileira central, indicando a chegada ao destino... sim, lá estava!

Marra virou a tapeçaria esfarrapada e avançou. Fenris levava a vela. Ossudo pulava ao redor de Agnes, e a dama do pó ia atrás, sombria, com passos irregulares na pedra.

"Trava...", murmurou Marra, para si mesma. "Divisão, divisão, trava aqui." Ela pegou a entrada indicada, depois a próxima.

"É o caminho por onde viemos", disse Fenris. "Até aqui, tudo bem."

Ficando mais confiante, Marra apertou o passo. A tapeçaria ganhou vida sob seus dedos, e ela sabia para onde ia. Nem percebeu que estava quase correndo até que Fenris a chamou. "Espere um pouco, Marra."

"Certo." Ela parou, deixando a dama do pó e Agnes a alcançarem. "Certo. Desculpe. Eu só..." Acenou para cima. *Que horas são lá em cima? Não pode ter começado, pode? Mas deve estar quase na hora.* O tempo de repente parecia uma presença física, correndo por ela como ar pelos túneis. *O que acontece agora que a fada madrinha se foi? Feitiços antigos? Agnes acha que pode usar seus poderes se chegarmos ao batizado, ou talvez a dama do pó possa lançar um feitiço em Vorling, ou ressuscitar os mortos, mas ela não tem como fazer isso agora...* Será que conseguiria chegar à irmã antes do batizado e avisar que algo iria acontecer? Daria tempo? Ou feitiços lançados séculos atrás, esperando o momento certo, já estariam explodindo como fogos de artifício sobre o palácio?

Seguiram a tapeçaria por mais algumas curvas familiares, então o caminho mudou. Fenris olhou para cima. "Acho que não é por aqui que viemos", falou. "Mas confio nas suas orientações."

"Não se incomodem com a gente", comentou Agnes, de longe. "Estamos indo."

Marra respirou fundo e os conduziu para a escuridão.

• • •

Era um caminho muito mais curto que o da pedreira, ou talvez o outro caminho tivesse parecido mais longo porque tinham se perdido, andado devagar e entrado em inúmeros becos sem saída. Quando alcançaram uma tumba que parecia não ter passagem, Marra começou a ponderar se tinha lido errado, até que Ossudo, farejando, correu em direção a uma tapeçaria que se movia com uma brisa invisível. Atrás, meio escondida, estava a porta seguinte. Então, tão rápido que Marra mal teve tempo de compreender, avistaram um contorno brilhante no fim do corredor. Fenris abriu a porta e entrou, espada a postos... no templo da fada madrinha.

Era uma sala pequena, mas Marra via o salão principal através de um biombo esculpido. Talvez tivesse sido um lugar onde padres se preparavam para os sermões. A fada madrinha estava sentada em uma pequena plataforma, ainda formando aquele triângulo perfeito de crânio, capa e ombros. Ela não moveu a cabeça ao falar. "Baixe a espada, guerreiro", mandou. "De qualquer forma, suspeito que morrerei em breve."

"Eu não ia...", Fenris baixou a espada, constrangido. "Perdão, senhora."

Ela riu. "Não há o que perdoar. Mas não foi você quem me libertou. Nem você." Os olhos dela se voltaram para a porta quando Agnes entrou. "E você é poderosa, por mais que tente esconder, mas não de uma maneira que possa compelir os mortos. Então deve ter sido... ah. É claro. Deve ter sido você."

A dama do pó inclinou a cabeça.

"Eu poderia ter morrido quando o feitiço foi quebrado", afirmou a fada madrinha. "Até considerei isso. Mas estava curiosa para saber quem enfim me libertou." Ela examinou o rosto da dama do pó, observou o casaco cheio de bolsos e a galinha marrom empoleirada no cajado. "Por quê? Nunca fiz nada de bom por você. E estamos muito, muito longe dos seus queridos mortos."

"Uma amiga me pediu", explicou a dama do pó.

"Ah." A fada madrinha então sorriu, e fendas se abriram em sua pele com o movimento, como um muro de gesso desmoronando. Enquanto Marra assistia, horrorizada, um pedaço de pele caiu da maçã do rosto da madrinha. Não havia sangue por baixo, só um osso seco e escurecido. "Sim. Agnes, pode me passar minha xícara de chá? Parece que estou prestes a morrer, e gostaria de mais um pouco de chá."

Agnes se apressou em servir o chá com as mãos trêmulas. Tentou entregá-lo para a fada madrinha, mas as mãos dela eram apenas ossos, recolhidas com educação em um monte de pó. "Ah, não", murmurou Agnes. "Ah, nossa." Ela se ajoelhou, levou a xícara até os lábios anciãos e a inclinou.

"Obrigada", a fada madrinha agradeceu contra a borda da xícara, então desmoronou. Marra deu um passo para trás, mas havia algo estranhamente pacífico naquilo, nos ossos afundando na roupa, no pó caindo ao redor. Restava pouquíssima carne na fada madrinha, ela era só pele, esqueleto e uma vontade de ferro. Suas vestes permaneceram naquele triângulo perfeito, rígidas com o brocado dourado.

Agnes enxugou os olhos. “Droga”, sussurrou. “Agora tenho que ir lá e ser impressionante. Tenho que ser a fada madrinha má. Não posso chorar.”

“Ela está em paz agora”, disse Fenris.

Agnes lhe deu um olhar irônico. “Ela está em paz há séculos, eu acho. Ainda posso chorar por isso.”

Agnes se levantou e limpou as mãos no vestido. Parecia pequena e desgrenhada naquele vestido sem forma, com o lenço em volta do pescoço e um pintinho dormindo dentro dele. O cabelo tinha vários fios soltos, e havia rugas em volta dos olhos devido ao sorriso preocupado.

Então ela respirou fundo, sacudiu a si mesma, e seus olhos cintilaram, verdes como veneno. “Certo”, falou. “Vamos.”

A porta da frente do templo da fada madrinha estava trancada por dentro, mas Marra ouvia batidas frenéticas. *O guarda. Sim, é claro que havia um guarda.* Um mero guarda humano, que agora parecia tão banal. A porta de metal ressoava como um gongo, e, quando Fenris a abriu, o guarda ficou tão chocado que recuou um passo, boquiaberto. “A fada madrinha”, explicou. “Convocaram a fada madrinha, e ela deveria ter vindo. Ela sempre vem, mas não veio. Onde ela está? Ela vai se *atrasar*!” Sua voz falhou na palavra *atrasar*, e o pânico o deixou muito mais jovem do que seus anos.

Agnes deu tapinhas gentis na mão dele. Marra ficou bem longe, na sombra da porta, imaginando se teriam que golpear a cabeça do guarda, mas Agnes disse: “Ela está vindo. Não se preocupe”.

"Sim", concordou a dama do pó. "Pedimos desculpas. Estávamos em uma consulta sobre um assunto de importância mágica."

O guarda piscou para ela, surpreso, então olhou o cajado e a galinha. "Ah. Hã. Eu... Ela está pronta?"

"Sim. Você deveria entrar. Mas ela está muito cansada."

O sujeito entrou correndo, sem nem olhar na direção de Marra. Fecharam a porta com ele lá dentro, e a dama do pó tirou um frasquinho do bolso e passou algo no dedo, então espalhou a substância nas frestas da porta, até onde alcançava, e o metal se juntou dos dois lados, tão macio e moldável quanto argila.

"O que é isso?", perguntou Fenris.

"Engobe da roda do oleiro de um grande santo. Ele pregava para estátuas, que ganhavam vida para louvar os deuses." A velha deu de ombros. "Ele já morreu, é claro."

"Já?"

"Não se pode ficar dando vida a estátuas em nome da religião. Mais cedo ou mais tarde, elas percebem que não têm alma, então as coisas acabam muito mal para todos os envolvidos." Ela tentou se virar, mas se deixou cair com tudo nos degraus. "Ah, inferno."

"Senhora Raposa!"

"Não, não", disse a dama do pó. A galinha cacarejou, desconfiada. "Já chega para mim. Vão. Vou garantir que nosso amigo aqui não incomode ninguém."

"Você vai matar o homem?", perguntou Agnes, não parecendo muito chocada.

"Não, perder a memória por alguns dias deve bastar. Espero que ele não tenha aceitado nenhuma proposta de casamento surpresa ou algo assim." Ela os enxotou. "Vão, vão logo. Vocês ouviram o guarda. O batizado está prestes a começar."

Marra tinha pouca memória da corrida frenética pelas ruas. Ossudo galopava ao seu lado. Logo antes de chegarem aos portões do palácio, Fenris pegou a coleira do cachorro, e Agnes acenou para Marra ir na frente. "Vá", mandou. "Farei minha entrada triunfal logo depois de você."

Não havia tempo para questionar. Marra correu até os guardas. "Minha irmã", disse, ofegante. "Minha irmã. A rainha. Eu sou irmã dela. A freira." E levantou o colar com a pena de gralha. Estava ofegante, mas tinha esperanças de que aquilo fosse deixar sua história mais plausível. Em um frenesi, acenou em direção à cidade baixa. "Minha carruagem. Cavalo. Perdeu a ferradura. Por favor. Minha mãe já está lá dentro. Preciso assistir!"

Não esperava que fosse dar certo. Era provável que não fosse funcionar. Mas os guardas piscaram para ela, surpresos, então se entreolharam, e ela avançou entre os dois. Ambos esperavam que o outro dissesse alguma coisa, mas nenhum disse nada e, quando perceberam, Marra já passara.

Graças à Senhora das Gralhas ela reconheceu um criado de libré que estava ali, logo depois dos guardas. "Por favor!", chamou, sem fôlego. "Por favor, estou atrasada, estou muito atrasada. Onde é o batizado?"

"Princesa Marra?"

"Sim! Minha carruagem... O cavalo..." Não conseguia se lembrar se alegara que a roda quebrara ou que o cavalo perdera a ferradura, por isso apenas agitou as mãos.

"Você a conhece?", perguntou um dos guardas. "Ela é a princesa?"

"Sim, claro. Mas onde está a fada madrinha?" O sujeito espiou por cima do ombro dela. "Ela sempre vem." Ele parecia um pouco perdido.

"Não a vi", respondeu Marra. "Leve-me até minha irmã. Tenho certeza de que ela vai aparecer."

O homem a conduziu pelo salão, ainda se virando de vez em quando para olhar para trás, o que os criados de libré nunca faziam. A pele de Marra se arrepiou. Agnes viria? E Fenris? Teriam conseguido passar pelos guardas? Sem dúvida conseguiriam, mas ela se sentiria muito melhor se a dama do pó estivesse junto.

Eu consigo, pensou, sombria. *Eu consigo. Eu cumpri duas tarefas impossíveis e encontrei o caminho para fora do palácio de pó. Eu consigo terminar isso. Só preciso encontrar Kania.*

Chegaram à sala cheia de cortesãos. Todos os olhares se voltaram para ela quando as grandes portas se abriram, e a sala prendeu a respiração. "A fada mad... A princesa Marra!", anunciou o mordomo na porta.

O silêncio se quebrou. Os cortesãos desviaram o olhar e começaram a murmurar entre si enquanto Marra entrava na sala. Conheciam a princesa Marra e sabiam que não era alguém importante.

"Marra?", chamou sua mãe, e não perguntou *Onde você esteve?* ou *Como chegou aqui?*, embora seus olhos estivessem cheios de perguntas.

"Onde está a fada madrinha?", perguntou Vorling. Ele também parecia perdido, e Marra o odiou por isso, de uma maneira que não odiara o criado de libré ou o guarda. *Como você ousa?*, pensou. *Como ousa colocar a linhagem real nas costas de uma mulher mantida cativa há tanto tempo que se transformou em poeira viva? Como ousa?* O que era injusto, e ela sabia disso, mas não sentia a necessidade de ser justa com o homem que deixava hematomas nos braços de sua irmã.

"Marra?", chamou Kania. Ela estava parada junto ao berço, com os olhos esgazeados. "Marra, é você?"

"Desculpe pelo atraso...", balbuciou Marra, correndo pela sala imensa. Podia sentir os olhos sobre si, mas eram olhares desprezíveis e desdenhosos, o que era bom, muito bom: ninguém ali se importava com ela, ninguém sabia que deveria sentir medo da possível tempestade que logo a seguiria. Foi para o lado de Kania e segurou a manga dela. "Kania. Kania, eu preciso dizer... Kania..."

"Dizer o quê?"

Marra abriu a boca e percebeu que não fazia ideia do que dizer. Sempre planejara falar com a irmã a sós, avisá-la de que haveria outra fada madrinha, de que algo estranho aconteceria, mas Vorling estava a poucos metros de distância, e sua mãe estava bem ali. "É... é... eu estou atrasada...", ela se ouviu dizer.

"Onde está a fada madrinha?", inquiriu Vorling, virando-se para ela. Não parecia mais perdido. Parecia irritado.

"Ela estava atrás de você? Por que estão me fazendo de tolo no meu próprio palácio?"

A mão de Kania segurou a de Marra e a apertou em um medo repentino.

Marra ergueu o queixo e encontrou os olhos de Vorling. *Você não é tão grande assim. Você é só um rei vivo. Vi uma mulher idosa derrotar um rei morto. Você não pode me machucar mais do que a lã de urtiga que eu fiei, e você não pode me confundir mais do que o palácio de pó. Até sua crueldade é pequena comparada à terra flagelada.*

Talvez Vorling tenha visto um pouco desse desafio em seus olhos. Homens como ele sempre tinham um sexto sentido para essas coisas, não? Ele deu um passo à frente, com as mãos cerradas ao lado do corpo.

"Estão todos perguntando sobre ela", falou Marra, em uma voz clara. "Ninguém nos portões a viu. Estão dizendo que morreu."

"*O quê?*"

Ele deu outro passo em direção a ela, e Kania deu um passo para trás. Marra se pôs entre os dois, ponderando se a decência o deteria, e sabendo com todo o seu ser que se um rei decidisse espancar a esposa e sua irmã na frente da corte, todos ficariam parados, só olhando. *Por favor, Senhora das Gralhas. Por favor.*

"Eu serei a madrinha da criança!", exclamou Agnes, da entrada.

Capítulo 21

Agnes, alta. Agnes com os olhos verdes faiscando como olhos de besta refletidos em fogo. Agnes, uma fada madrinha malvada.

Vorling se virou. Dessa vez foi ele quem deu um passo para trás.

Ela não parecia mais uma mulher pequena e agitada que vivia com galinhas e um jardim que saíra do controle. Parecia uma criatura de magia e terror, a versão sombria de uma santa, que se encaixava melhor no mercado dos goblins do que na sala do trono.

Apesar de tudo, o primeiro instinto de Marra foi se lançar sobre o berço e se jogar por cima do sobrinho para protegê-lo. Em vez disso, segurou a mão de Kania com mais força.

A irmã tentou dar um passo à frente. Marra segurou seu braço com força. "Não", sussurrou. "Não! É a nossa velha fada madrinha, a fada madrinha do reino se foi, a maldição..." Não estava dizendo nada coerente e sabia muito bem disso, mas não importava. Não precisava ser coerente. Só precisava deter Kania até que Agnes chegasse ao berço, então tudo logo terminaria.

"A fada madrinha do Reino do Norte enfim morreu!", exclamou Agnes, e sua voz ecoou como aço naquela grande sala de pedra. "A maldição foi quebrada. E, assim, para esta criança, eu dou uma nova bênção, para uma nova era."

Marra olhou para Vorling, cercado por seu pequeno triângulo de guardas, e viu seus lábios se movendo. *Morreu?* Ele parecia surpreso, como se fosse algo que nunca tivesse considerado possível, como se estivesse ouvindo que o sol tinha nascido no oeste e caído do céu.

Agnes se inclinou e colocou as pontas dos dedos sobre o crânio do bebê. Kania fez menção de se mover outra vez, mas Marra a segurou pelo braço. "Aqui está minha bênção", disse Agnes. "Você crescerá sem pai." Então, em uma voz muito mais parecida com a da antiga Agnes, acrescentou: "E saudável".

Por cerca de meia dúzia de batimentos cardíacos, a sala ficou absolutamente imóvel. Todos pareceram respirar ao mesmo tempo. Vorling gritou: "Prendam-na!". Então os cortesãos avançaram ou recuaram, dependendo de sua natureza. Os guardas correram na direção de Agnes, empunhando as espadas, enquanto ela ergueu as saias e correu para a porta, não mais como uma figura imponente e sombria, e sim uma mulher pequena e roliça, com o rosto corado e um pintinho meio crescido enfiado no lenço.

"Prendam-na!", bradou Vorling de novo. "Isso é um ataque! Derrubem a mulher! Tragam-me a cabeça dela! Encontrem a verdadeira fada madrinha!"

Os dois guardas ao lado da porta deram um passo à frente, com as alabardas a postos. Marra enfiou a lateral da mão na boca. Agnes seria atacada e não havia como salvá-la. Fingir ser uma freira não funcionaria, não tinha como funcionar...

Um rosnado fantasmagórico encheu o corredor. Ossudo atacou o guarda à esquerda pelas costas, seus dentes se afundando nas sedas do uniforme e rasgando a carne da coxa. O homem gritou, sua perna estava falhando, e ele caiu.

Com um rosnado sem ruído, Ossudo rondou o segundo guarda, e Agnes passou por ele, saindo para o corredor. "Andem logo, andem logo!", gritou Vorling para os homens ao redor dele, "Vão logo! Matem o familiar e tragam a cabeça dela!"

Os guardas avançaram pela sala. Vorling ficou sozinho, e quatro guardas estavam indo atrás de Ossudo, que não poderia vencê-los sem ajuda. *Ai, Ossudo, não, não... fuja! Fenris, cadê você? Você precisar salvar Ossudo, Fenris!*

Fugir nunca foi a natureza daquele cão. Marra inspirou bem fundo e prendeu o ar, e as mandíbulas de Ossudo se fecharam no joelho de um dos guardas. Então a alabarda desceu, e o fantasma de um ganido encheu a sala.

Os ossos explodiram em todas as direções, não mais unidos pelo arame. As pequenas articulações da pata e do rabo quicaram pelo chão como contas soltas. Marra gemeu de dor, e a única coisa boa foi que os cortesãos estavam ofegando e gritando de surpresa, de modo que ninguém percebeu, exceto sua irmã.

"Magia suja!", gritou um dos cortesãos, um homem grande com uma barba da cor de uma raposa. "Feitiçaria!"

"Prendam-n...", gritou Vorling, mais uma vez, mas a última sílaba saiu mais baixa, molhada e surpresa. Marra se forçou a desviar os olhos de Ossudo, voltando a atenção para o rei.

Fenris estava com a mão no ombro dele, quase em um gesto amigável, exceto pelos trinta centímetros de aço que se projetavam do peito de Vorling. O rei encarava a lâmina, com uma expressão tão perplexa quanto antes, então Fenris puxou a espada, o sangue jorrou da boca do rei, e ele morreu.

"Ele conseguiu", Marra falou baixinho. "Ele conseguiu." *Deve ter se esgueirado pela parede enquanto todos olhavam para Agnes e Ossudo. Foi a coisa certa a fazer. Foi por isso que viemos. Não foi?*

Teria trocado a vitória em um piscar de olhos se pudesse ter Ossudo inteiro de novo.

Kania virou a cabeça. Seus olhos passaram pelo marido morto e se voltaram para a irmã viva, e Marra pôde ver todas as peças se encaixando em sua mente. Mas, ao contrário de Marra, Kania nunca foi tola.

Os guardas que tentavam perseguir Agnes pararam de repente. Correram todos de volta na direção de Fenris. Eram cinco, quatro com espadas, um com uma alabarda. Fenris não usava armadura e só tinha a velha espada de ferro manchada com o sangue do rei.

Do outro lado da sala, seus olhos encontraram os dela. Era o mesmo olhar de sempre, aquele que dizia: *dá para acreditar que duas pessoas sensatas como nós estão nesta situação?* Então se virou para enfrentar os guardas, e Marra viu em seu rosto o momento em que decidiu morrer.

Os guardas o cercaram. Fenris ergueu a espada. Marra estava presa em um daqueles pesadelos nos quais não importava o quão rápido corresse ou o quanto gritasse, seria lenta demais, o ar era como cola, então ficou com a garganta fechada e os pés pregados no chão, incapaz de desviar o olhar.

As espadas se ergueram. Só precisariam atacá-lo todos juntos, e tudo acabaria. Fenris não poderia se defender de todas as direções, e os guardas eram jovens.

Naquele terrível momento de espera, a rainha do Reino do Norte gritou: "*Parem!*".

Os guardas obedeceram. Parecia impossível, mas todos deram um passo para trás, ampliando o círculo ao redor de Fenris. Eles olharam para Kania, e depois de volta para Fenris.

A rainha falou, fria e cristalina feito gelo: "Este homem foi enviado por nossos inimigos para matar nosso rei. Quero saber tudo que ele sabe antes que morra". Ela avançou, e sabe-se lá como, os guardas a ouviram e os cortesãos a olharam como se ela fosse mesmo a rainha, não apenas a esposa maltratada do rei. Kania se aproximou do berço. "Meu filho foi amaldiçoado", disse, ainda naquela voz fria e cristalina. "Meu marido está morto. Eu quero saber quem fez isso. Vocês vão capturar este homem com vida."

Outro longo e terrível momento de espera se seguiu, mas o equilíbrio havia mudado. O fator decisivo já não eram as espadas dos guardas, e sim a rainha de pé ao lado do berço. O homem com a barba cor de raposa deu um passo à frente, ficando um pouco atrás dela, como se lhe emprestasse sua presença, e todos os cortesãos viram o gesto, então Marra viu a atitude ser absorvida por muitos rostos, embora não soubesse o que significava.

Por favor, pensou. *Por favor, Fenris, por favor.* Implorou com os olhos para que ele se rendesse. Se Fenris sobrevivesse, poderia tirá-lo daquela situação. Achava. Ou a dama do pó poderia, pelo menos, ou Agnes, ou alguém.

Fenris baixou a espada.

Os guardas avançaram, nada delicados. Fenris caiu de joelhos, e eles puxaram seus braços para as costas. "Coloquem o sujeito em uma cela", ordenou Kania. "Ele estará vivo quando eu o vir de novo, ou todas as suas vidas serão perdidas. Fui clara?"

"Sim, minha rainha", disse o guarda com a alabarda, e o grupo arrastou Fenris para longe.

Kania não ficou olhando. Ela se virou para Marra, que reconheceu aquele olhar. Era o olhar que tinha quando criança, quando estava fazendo algo que não devia. Dizia: *Não se atreva a me dedurar, ou acabo com você.*

Aquele olhar acalmou os nervos de Marra como quase nada mais poderia. As duas de repente eram crianças, estavam naquela situação juntas, e a consciência do ódio que a irmã nutria por ela, alojado sob seu peito desde criança, desapareceu. Marra deu um passo à frente.

"Você tentou avisar, irmã", disse Kania. Jogou a mentira, esperando que Marra a agarrasse.

"Eu tentei", respondeu, em sua melhor voz de freira. "Sinto muito. Cheguei tarde demais, e a... falsa madrinha estava atrás de mim. Achei que havia algo errado. Só queria ter percebido o plano dela."

Kania assentiu. "Seu aviso pode ter nos poupado de coisa pior. Essa foi uma armadilha astuta, bem montada", falou, e porque falou como uma rainha, virou verdade. Todos os cortesãos tinham visto Agnes fugir, e Fenris era só um homem com uma espada. Ainda assim, Marra quase podia ouvir a história mudar dentro de cada cabeça.

"Meu filho é o rei legítimo", anunciou Kania. "Mas ele não tem uma semana de vida e já foi amaldiçoado pelos inimigos deste reino." Seu olhar varreu o aposento. "Serei sua regente, mas não estarei sozinha. Vou precisar de conselheiros leais ao meu lado, de homens que colocarão o reino em primeiro lugar, acima do poder ou do ganho pessoal." Ela se virou para o sujeito com barba de raposa. "Lorde Marlin, quero que seja o primeiro. Aceita?"

O homem inclinou a cabeça, muito sério. Marra suspeitava que ele começara a maquinar logo no instante em que o rei morrera, mas ele deixou o silêncio se prolongar, para dar à pergunta a gravidade apropriada. "Sim, minha rainha", falou, por fim. "Pelo jovem rei."

"E general Takise", continuou Kania, seus olhos varrendo na outra direção. "O senhor era o confidente mais próximo do avô de meu filho. Também ficará ao lado do jovem rei?"

O general Takise tinha cabelos de ferro e uma postura de ferro. Ele posicionou o punho sobre o coração. "Pelo jovem rei", respondeu, um pouco rouco.

"Então estamos de acordo", declarou Kania. Ela estendeu a mão para o berço e ergueu o filho. "Nós três serviremos como regentes até que meu filho chegue à maioridade. E agora..." Pela primeira vez, sua voz se encheu de emoção, de uma tristeza tão bem fingida que Marra ficou maravilhada. "Agora ficarei de luto pelo meu marido e cuidarei dos preparativos para o seu funeral. E do assassino dele. Peço aos demais regentes que me tragam propostas para a segurança do meu filho. Parece que estamos em guerra com alguém, e precisamos descobrir quem. E rápido."

E saiu da sala de cabeça erguida, carregando o filho, deixando os cortesãos atônitos para trás.

"Isso foi impressionante", comentou a mãe de Marra, menos de uma hora depois. "Você conseguiu o apoio dos dois maiores rivais ao trono."

"Eles precisavam me apoiar, ou correriam o risco de o outro ganhar mais influência. E, de qualquer forma, Takise é um bom sujeito. Marlin não é flor que se cheire, mas pelo menos sua fome por poder é previsível." Kania segurava seu filho contra o peito, olhando para ele com uma espécie de assombro perplexo. "Mãe... o que diabos eu faço agora?"

"Exatamente o que já vem fazendo. Você assumiu o controle no momento em que tudo estava no ar. Se um dos outros tivesse agido primeiro como se estivesse no comando, você teria perdido tudo, mas você agiu antes, e isso importa."

Marra balançou a cabeça. Já tinha ultrapassado os limites da exaustão e mal conseguia pensar. "Fenris...", começou.

Kania olhou em volta. Havia dispensado os criados, e as três estavam de novo na pequena capela, fingindo rezar pela alma de Vorling. "Eu farei o que puder", disse, em um meio sussurro. "Mas não sei se posso poupar a vida dele. O homem matou o rei na frente de todos. Eu não sei."

O estômago de Marra se contraiu. Ela apoiou a testa no corrimão que separava os enlutados dos caixões. Ainda não havia caixão. Será que Fenris teria um?

Achei que tínhamos um plano melhor. Achei que teria feito mais sentido. Achei que Agnes lançaria a maldição, então a magia faria Vorling tropeçar nas escadas, engasgar com uma espinha de peixe ou algo assim. Não percebi que Fenris ia... ia...

Mas é claro que ele faria isso. Fenris era um homem que fazia as coisas acontecerem. Estava disposto a morrer, e vira uma maneira de encerrar o assunto. Agnes escapara. Kania estava livre. Um tirano estava morto. Fenris teria pensado que era uma troca justa, sua vida pela morte de Vorling, mas Marra só conseguia pensar que não era justo, era mais uma crueldade, como se Vorling tivesse estendido a mão do túmulo e desferido um último golpe.

"Nós vamos pensar em alguma coisa", continuou Kania. Marra levantou a cabeça.

A mãe não parecia muito convencida. "Às vezes sacrifícios precisam ser feitos", falou. "Pode não ser possível fazer algo sem arriscar tudo que você ganhou. Sua posição ainda não é segura, pelo menos não por completo. Só a ausência de regras claras de sucessão é que lhe permitiu assumir a regência como fez."

"Abençoada seja a paranoia desses reis do Norte", resmungou Kania. "Nenhum deles permite o crescimento de qualquer um com poder para fazer oposição." Ela esfregou o antebraço, e Marra se perguntou que ferimentos estariam escondidos sob a manga.

"É verdade. No entanto, se você for vista como leniente com o assassino de seu marido..."

Kania baixou os olhos para o filho. Marra percebeu que sequer sabia o nome da criança. Tinham chegado atrasados demais no batismo para essas amenidades.

"Eu o odiava tanto", disse a irmã, em voz baixa. "Tanto, e por tanto tempo. Achava que, se ele morresse, seria um grande peso tirado dos meus ombros, mas o peso é o mesmo de antes. Ele está mesmo morto? Isto está mesmo acontecendo?"

"Está", respondeu a mãe.

Kania deixou escapar um soluço seco, assustando o jovem rei, que começou a chorar.

"Você se saiu tão bem", disse Marra. "De verdade. Toda aquela história com os nobres e os generais, você até convenceu as pessoas de que eu não estava envolvida. Eu não consegui acreditar."

Dessa vez, o soluço veio acompanhado de uma leve risada. "Ah, sim", concordou Kania. "Ah, sim, *essa* parte eu sabia.

Ensaio tudo na minha cabeça há anos, o que eu ia fazer se ele morresse de forma milagrosa. Eu tinha cada possível cenário memorizado. Só agora é que não sei o que fazer."

"Desculpe por não ter conseguido fazer nada antes", pediu Marra, impotente. "Perdão. Tudo levou tanto tempo, e... e..."

Ela tentou explicar. Chegou até a parte sobre Ossudo e começou a chorar, então Kania também começou a chorar, e a mãe colocou um braço em volta de cada uma e abraçou as filhas como se elas fossem muito mais jovens.

"Vou ajudar você", afirmou a mãe. "Vou ajudar o máximo que puder. Não posso ficar muito tempo, mas as avós têm permissão de mimar os netos por um curto período, e passaremos por todos os detalhes enquanto estou aqui. Pode haver estratégias para impedir que os demais cortesãos tentem assumir o poder."

Kania enxugou os olhos. "Eu queria que Damia estivesse aqui", falou. "Queria que ela soubesse que as coisas foram resolvidas. Que houve justiça."

Marra engoliu em seco. Estava com o nariz e os olhos úmidos, e os limpou na manga. A justiça parecia tão pequena e tão tardia. Kania sofrera por muitos anos, e a madrinha, por séculos. Os reis do Norte tinham deixado cicatrizes no tempo. Até a roda-dos-ladrões, que ainda perambulava pelos corredores. E a filha fantasma, furiosa...

Fui enterrada viva para esconder a vergonha deles.

Olhou para cima. Uma ideia havia surgido, tão terrível à sua própria maneira quanto a primeira, aquela que a lançara no caminho de matar um príncipe e amaldiçoar um reino.

"Eu sei como salvar Fenris."

Capítulo 22

O funeral do Rei Vorling foi modesto para os padrões do Reino do Norte. Seu reinado durara menos de meio ano, e quase nenhum preparativo fora feito para a sua tumba. Sua esposa, a nova rainha regente, disse que o marido teria preferido que a riqueza fosse gasta fortificando as defesas do reino, pois estava claro que eram alvos de um inimigo que poderia atacar de novo, não importava qual fosse a história ridícula que o assassino hardishano tivesse contado sobre uma dama do pó, um mercado dos goblins e obrigações mágicas. Diplomatas foram enviados a Hardack para exigir respostas, mas ninguém estava muito otimista. Havia feitiçaria na história.

Talvez os nobres estivessem preocupados com uma mulher estrangeira no trono, mas a rainha Kania já se mostrara tão implacável quanto os reis do passado. Aos pés do sarcófago de Vorling, sob a máscara mortuária de um rosto berrando, o assassino havia sido enterrado vivo, para morrer de sede nos corredores dos mortos. A rainha ficou à frente do cortejo e assistiu à tampa descer. "Pelo que você fez ao meu marido", falou, "e pelo que você fez a mim." Então a escuridão cobriu o rosto do hardishano, e o cortejo deixou a tumba para trás, nas profundezas da escuridão e do pó.

Catorze horas depois, Marra e a dama do pó se lançaram sobre a tampa de pedra, arranhando e puxando com toda a força. Por um momento horrível, Marra pensou que não seria o suficiente, que precisariam voltar com algo para servir de alavanca, mas a tampa começou a deslizar, um centímetro agonizante por vez. Conseguiram abrir cerca de quinze centímetros e tiveram que parar, ofegantes.

Dedos escorregaram para fora da abertura e agarraram a borda. Marra quase chorou de alívio. Fenris empurrou a tampa e se sentou, ofegante.

"Vocês estão mesmo aqui!", exclamou, curvando-se para que sua testa tocasse nos joelhos. "Eu ficava imaginando vozes, mas dessa vez vocês estão aqui de verdade."

"Estamos aqui", concordou Marra, o *dessa vez* cutucando feito alfinete.

Ele inspirou algumas vezes, soluçante. "É muito apertado lá dentro", disse, "mesmo com os buracos." Seu rosto estava úmido, e Marra não sabia se era suor ou lágrimas. "Apertado e frio."

"Sinto muito", falou. "Sinto muito. Foi o único jeito que consegui pensar." Ela o puxou para fora do caixão, ou Fenris saiu e ela ajudou, então ele a envolveu em seus braços, e eles ficaram ali parados, tremendo.

"Deu certo", disse ele. "Eu não gostaria de passar por isso de novo. Foram quantos dias?"

"Um pouco mais de meio dia", respondeu a dama do pó.

"Só isso? Pareceu muito mais."

Deslizaram a tampa de volta e saíram pé ante pé, passando pela tumba que fora aberta para Kania, atravessando a pequena e triste sala onde a sobrinha de Marra estava deitada em sua cama de pedra. Ela precisou ajudar Fenris a se aguentar de pé. Seus músculos estavam tensos e doloridos, e ele cambaleava. "Por que não tem nenhum guarda?", sussurrou ele.

"Por causa da rainha", disse a dama do pó.

"Ela não poderia retirar os guardas da entrada sem causar estranhamento", explicou Marra, "mas chamou os outros aqui dentro para escoltá-la. Foi visitar a tumba da mãe de Vorling. Disse que ninguém pensa nas mães nesses momentos e que gostaria de entrar em comunhão com o espírito que também perdera um filho e... Ah, foi incrível. De verdade. Ela é tão boa nisso. Em ser rainha. Todos ficaram muito impressionados."

"Eu com certeza fiquei", Fenris afirmou com a voz um pouco seca. "Quando ela olhou para mim naquela caixa de pedra, pensei que ia me deixar morrer uma morte lenta na escuridão." Um canto de sua boca se curvou para cima. "E descobri que não queria morrer. Não assim."

"Sinto muito", desculpou-se Marra, mais uma vez.

"Não precisa. Eu tinha fé. Pensei que, se resistisse por tempo suficiente... Bem, então você e a Senhora Raposa viriam me buscar."

A dama do pó resmungou. "Eu teria mesmo", respondeu. "Você poderia até não estar vivo quando eu viesse. Homens mortos dão muito menos trabalho."

Ele cambaleou de novo. Marra fez uma careta. "Torturaram você?"

"Muito pouco, considerando as circunstâncias. O general Takise é um bom homem, mas, mais importante, é um bom soldado, e sabe quão pouco a tortura serve para extrair informações utilizáveis. Inventei uma história com verdades aqui e ali, e ele decidiu que eu devia estar louco, mas, com a magia que tínhamos visto, não dava para ter certeza. A tortura só diz o que a vítima pensa que vai salvá-la, e eles sabiam disso. Por isso, eles até me bateram um pouco, mas, quando minha história não mudou para algo útil, pararam."

"Para onde vamos agora?", perguntou Fenris.

"Para longe." A dama do pó olhou por cima do ombro. "Agnes providenciou uma carroça."

"Agnes está andando por aí?"

Marra riu. "Todos se lembram dela como muito alta", explicou, "com os olhos verdes brilhantes... É tão estranho."

"Mas é verdade", disse Fenris. Ele precisou parar e se apoiar na parede por um momento, esticando as pernas e dobrando o joelho para desfazer as cãibras. "Eu vi. Ela não estava assim? Foi uma ilusão, como aquela no Ossudo?"

"Não é uma ilusão", explicou a dama do pó. "Não exatamente. Sua mente sabe como certas coisas deveriam ser, e quando os olhos vacilam, a mente vence. A magia de Agnes acredita que ela deveria ter um metro e oitenta, e olhos como os de um lobo faminto. Que o corpo de Agnes não tenha obedecido é um mero detalhe para a magia."

"Ela é uma fada madrinha muito má, não é?", perguntou Marra.

"A magia maligna pode fluir por ela como um rio na cheia. Para a nossa sorte, muito da própria Agnes fica no caminho. Se isso faz dela má, deixo para os filósofos decidirem. Acho que precisamos virar aqui."

Saíram para a luz embotada que precede o amanhecer. Marra mal prestava atenção no entorno. Outra pedreira, ao que parecia. Estava ocupada demais ajudando Fenris a se manter de pé. Um passo após o outro, um passo, mais um passo, e de repente havia uma carroça na frente deles, e Agnes estava escorregando do banco do condutor e pulando para abraçá-los. "Vocês estão vivos!", exclamou a fada madrinha. "Mas é claro que estão. Eu não achava que vocês tivessem morrido... quer dizer, Fenris, achei que havia uma chance de você acabar morto, eu não sabia, mas é óbvio que Marra não iria morrer... sem ofensa aos mortos, claro que eles servem aos seus propósitos, e todos acabaremos mortos, de qualquer maneira, então nós não deveríamos falar mal deles, mas não posso dizer que lamento muito a morte de Vorling..."

"Como está Guia?", perguntou Fenris, interrompendo o fluxo de palavras.

Agnes mexeu na echarpe e tirou Guia, meio sonolento e demonstrando indignação por ter sido acordado.

"Ele precisa ser treinado para ficar em outro lugar", disse a dama do pó, em tom de desaprovação. "Senão você vai acabar com um galo que acha que pode enfiar a cabeça no seu decote todas as noites na hora de dormir."

"Faz bastante tempo que um macho não enfia a cabeça no meu decote", comentou Agnes. "Pode ser uma boa mudança."

"Não quando as esporas crescerem."

"Ah, bem, é verdade."

Acomodaram Fenris na carroça, e Marra lhe entregou o saco pendurado nas costas. O conteúdo tilintou quando ele pegou. "O que tem aqui dentro?"

"Um amigo."

Fenris ergueu as sobrancelhas. Marra subiu ao seu lado, e ela e a dama do pó posicionaram sacos de ração vazios para escondê-lo. Ele espirrou algumas vezes, mas não discutiu.

"Pelo visto, você tem muito para me contar", comentou. "Ah... em cima do rosto não, a menos que pareça que vamos ser parados. Fiquei muito tempo naquele caixão, ter algo cobrindo meu rosto..." Ele sorriu, mas era como uma máscara fina encobrindo um horror mais profundo. Marra encontrou a mão dele por baixo das camadas de estopa e a apertou. *Outra cicatriz na conta de Vorling. Mas, se escaparmos, estará tudo terminado. Terminado, enfim.*

"Nada de conversa agora", disse a dama do pó.

As rodas da carroça rangiam enquanto deixavam a pedreira, afastando-se da cidade. Marra apertou bem a capa de urtigas em volta dos ombros, um pouco arrepiada com o frio antes do amanhecer. Os dedos de Fenris estavam quentes nos dela.

Quando o sol se ergueu, a cidade branca já ficara para trás. Ainda dava para vê-la, como um dente canino na mandíbula da terra, mas estava longe e não podia mais mordê-la.

E eu nunca mais vou voltar.

Ao se despedir da irmã, ambas sabiam que aquela seria a última vez. Kania quase dissera em voz alta. "Não sei por quanto tempo consigo manter você fora disso. Vou tentar, mas..."

"Eu sei", replicou Marra. "Eu sei. Alguém vai se lembrar de ter me visto. Alguém vai juntar as peças. Enquanto eu estiver aqui, o risco existe. É melhor eu ir."

"Não é bem isso", contestou a irmã. "Embora isso seja verdade, sem dúvida. Você agora é a irmã da rainha regente do Reino do Norte, e não precisa mais continuar solteira para apaziguar a paranoia de Vorling. Nossa mãe vai começar a pensar em onde deve ser posicionada."

Por um momento, Marra ficou atônita demais para conseguir se sentir horrorizada. "Mas eu não sou... não sou virgem, e nem sou princesa. Sou quase uma freira!"

"*Quase* faz toda a diferença", afirmou Kania, um pouco seca. "Você pode voltar correndo para casa e tentar fazer os votos, e aposto o melhor cavalo do reino que a abadessa não aceitará."

Marra inspirou fundo. Ser casada por motivos políticos. Ser mandada para a cama de um homem estranho, enquanto Fenris jazia em uma caixa no palácio de pó, esperando pelo resgate...

"A intenção dela não é ser cruel", disse Kania. "Ela não é assim. Casando nossa família com a de Vorling, ela impediu uma guerra. O Reino do Norte teria nos engolido feito a maré, e nosso povo agora estaria alimentando os caranguejos. Ela precisou escolher o povo em vez de nós, e usar nossos corpos para fechar o acordo." Distraída, ela esfregou o antebraço, com os hematomas amarelos e desbotados. "Ela salvou milhares de vidas."

"Eu sei", concordou Marra. "Eu sei."

Kania lhe dera dois presentes antes de partir. Uma bolsa cheia de dinheiro e um saco cheio de ossos.

"Recolheram todos", explicou a irmã. "Cada um deles, até a menor garra. Estavam morrendo de medo de que, se esquecessem algum, abriria caminho para a magia maligna entrar na sala. Eu disse que os ossos precisavam ser descartados da maneira adequada e que minha irmã os levaria para a Nossa Senhora das Gralhas, para que as freiras os santificassem antes de serem queimados."

Marra não conseguia enxergar por conta das lágrimas que começaram a brotar, mas Kania passou o braço ao redor do ombro da irmã. "Vá", sussurrou, no ouvido de Marra. "Fuja e seja livre. Eles não podem usar o que não conseguem encontrar."

Marra a abraçou de volta e saiu pela porta do palácio da madrinha com o capuz cobrindo a cabeça, depois se esgueirou até a cidade para encontrar a dama do pó e salvar seus amigos.

Seguiram em direção ao sul, dia após dia. A carroça era puxada por uma mula muito paciente, que tolerava a galinha marrom em suas costas. Marra estava sentada na parte de trás da carroça, trabalhando o máximo que podia enquanto tudo se movia e sacudia abaixo de si. À noite, perto da fogueira, avançava muito mais, só que a luz era fraca, então ela espetava os dedos até eles voltarem a sangrar. Agnes soltava muxoxos de reprovação enquanto aplicava um bálsamo nas pontas de seus dedos. A dama do pó observava, sem expressão no rosto comprido.

"Vai funcionar?", perguntou Marra, torcendo o arame.

A dama do pó baixou os olhos para ela e sua saia coberta de ossos. "Nunca funcionaria em um humano", respondeu. "Humanos sabem quando estão mortos. Talvez funcione em um cachorro. Cachorros são mais simples."

À noite, dormia com as costas coladas às de Fenris. Ninguém fez qualquer comentário. Às vezes ele se mexia, e Marra sabia que ele também estava acordado no escuro, mas nenhum dos dois tinha coragem para tomar qualquer atitude, não com Agnes e a dama do pó ali. *Eu poderia me virar. Eu poderia colocar meu braço em volta da cintura dele. Eu poderia...*

"Eu vou voltar para casa", anunciou a dama do pó, certa manhã. "Agnes, você deveria vir comigo. Qualquer dia desses, vão desvendar aquela história de madrinha, e você vai acabar tendo que se defender do inimigo com um frangote."

"Eu sei", disse Agnes. "Eu já planejava ir com você."

"Ah?"

"Sim, claro." Agnes tocou o bico de Guia. O jovem galo estava ganhando as penas adultas, embora ainda tivesse a metade do tamanho da galinha marrom e nenhum sinal de crista. "Guia, encontre o lugar mais seguro onde eu poderia estar."

Guia inclinou a cabeça para o lado, depois se virou e caminhou até os pés da dama do pó, onde começou a ciscar na terra atrás de uma minhoca que despertara seu interesse.

"Ah", disse a dama do pó.

"Mas precisamos passar no meu chalé. Quero meu baú com os remédios bons, e não vou deixar todas as minhas galinhas para trás. E quero sementes de todas as minhas plantas boas. E..."

"Sim, sim." A dama do pó se virou de novo para Fenris e Marra. "Vocês dois podem seguir seu próprio caminho. Com isso, quero dizer que todo esse desejo mal contido está me dando coceira."

Fenris tossiu. Marra cobriu o rosto com as mãos.

"Venham nos visitar", pediu Agnes. "Por favor. Vou gostar de conversar com alguém que não seja rabugento."

"Eu não sou rabugenta."

"Você é muito rabugenta, assim como sua galinha." As duas idosas subiram na carroça e se afastaram, ainda discutindo. Marra sentiu uma pontada no coração e uma onda de alívio, tudo de uma vez.

Passaram o dia onde tinham acampado na noite anterior, em um casebre pastoril localizado em uma encosta, abrigados do vento. Fenris mantinha a fogueira acesa, e Marra enroscava fios de arame nos ossos, esfregando os dedos pelo crânio amplo e fiel, pela caixa torácica de costelas compridas e pelo rabo estreito como um chicote.

Fenris ficou sentado ao lado dela, entregando ossos e fios conforme ela ia pedindo, mas não a pressionou.

Ao pôr do sol, quando a luz da fogueira estava ficando mais brilhante que a luz que vinha da porta, ela terminou. O esqueleto estava deitado em seu colo, completo, com as garras conectadas às patas e as vértebras enfileiradas como contas.

"Acorde", sussurrou, enquanto a luz desaparecia do lado de fora da porta. "Acorde. Por favor."

Os ossos jaziam em seu colo, imóveis. Ela baixou a cabeça. *Por favor. Por favor, Ossudo. Eu nunca mais verei minha irmã, nem minha mãe. Não verei mais a Irmã Boticária ou a abadessa. Preciso de mais um amigo. Por favor.*

Foi muito parecido com a primeira vez. A segunda tarefa impossível era também a terceira. Sempre soubera que se safara fácil por ter recebido o luar em um jarro.

Fenris segurou sua mão livre, tomando cuidado com as pontas dos dedos doloridas, e a segurou entre as palmas, esperando com ela.

"Por favor", repetiu Marra, e uma única lágrima quente escorreu por sua bochecha e respingou no crânio branco e largo.

Ossudo bocejou, espreguiçou o corpo e despertou.

Marra começou a chorar de alívio e enfiou a cabeça no pescoço de Fenris. Ele a abraçou com um braço enquanto Ossudo se levantava, pulava e brincava no casebre.

"Precisamos encantar ele de novo", comentou Fenris, observando o cachorro tentar lamber partes que tinham desaparecido junto com a ilusão.

"Vamos dar um jeito."

"Hum. E agora? Você vai voltar para o convento?"

Marra pensou em se sentar, mas o corpo dele era quente. "Certa vez, você disse que não poderia voltar", lembrou ela. "Disse que a saudade de casa não valia uma guerra de clãs."

Fenris assentiu. "Ainda é verdade."

"Se eu voltar agora, não sei o que vai acontecer. Talvez nada. Mas é provável que me obriguem a casar, eu estarei de volta àquele mundo, e eu... eu não sou boa nisso. Sou péssima. E sempre há uma chance de alguém descobrir o que fizemos." Marra respirou fundo. "Acho que não vale a pena."

"É bem possível." Ele a fitava com aquele olhar sério e pensativo, mas havia um toque de humor em seus olhos, o que era encorajador ou enlouquecedor, ou ambos.

"E já concordei em ajudar você a resgatar os outros humanos no mercado dos goblins."

"É verdade."

"Então. Quem sabe nós não poderíamos... não voltar para casa juntos?"

As palavras pairaram no ar entre os dois, tão finas e tão frágeis quanto vidro recém soprado. Marra esperou que ele dissesse alguma coisa, que acolhesse as palavras ou as despedaçasse, fosse lá o que escolhesse.

"Acho que eu gostaria disso", respondeu Fenris.

Marra desabou de alívio.

Estivera tão focada no que ele poderia dizer que quase não pensara no que ele poderia fazer. Então foi uma surpresa quando Fenris a envolveu com ambos os braços e encostou os lábios em seu cabelo. "Acho que eu gostaria muito", murmurou.

"Ah, que bom", Marra respondeu contra o pescoço dele. E o teria beijado, ou ele a teria beijado, mas Ossudo decidiu que estavam brigando, então começou a pular e a latir sem fazer barulho.

Cachorro preto, cachorro branco,
Cachorro vivo, cachorro morto...
Cachorro amarelo, corre!

Nota da autora

Este livro começou em um estacionamento de supermercado, com a frase "com o cachorro feito de ossos ao seu lado". Não sei por quê, mas a frase surgiu na minha cabeça e começou a martelar como uma música chiclete sem melodia.

É sempre legal quando algo cai no nosso colo desse jeito, mas, em geral, é preciso passar a primeira hora tentando descobrir se aquilo foi mesmo um pensamento novo ou se é um fragmento de algo lido por aí. Autores têm mentes acumuladoras, e muita coisa fica guardada, algumas que pertencem a outras pessoas. No entanto, a frase era insistente e não parecia familiar.

Quando cheguei ao supermercado, tinha se transformado em "Você veio até mim em sua capa de urtigas com um cachorro feito de ossos ao seu lado". Na fila do caixa, eu já tinha grande parte de um brevíssimo conto intitulado "Madrinha". Ele tinha muitas imagens em comum com o livro que você acabou de ler, embora a trama fosse muito diferente. Eu o publiquei na internet, depois em uma antologia, e fui viver minha vida.

Ainda assim, as imagens não me deixavam em paz. Por que ela construíra o próprio cachorro feito de ossos? Por que suas mãos estavam sujas do sangue de um príncipe? Como é construir o próprio cachorro? Quem era a madrinha narrando a história? E julgando pelas mensagens, meus leitores também não foram deixados em paz. As pessoas queriam saber sobre a mulher com o cachorro de ossos.

Ao mesmo tempo e sem qualquer relação com isso, em minha outra vida como autora de livros infantis, uma editora me perguntou se eu poderia fazer uma releitura do conto "A Princesa e a Ervilha", mas eu não consegui. Sempre achei a história... meio nojenta. Por que um príncipe iria querer uma noiva com uma pele tão sensível? Se uma ervilha debaixo de uma dúzia de colchões é suficiente para deixar hematomas, o que o toque de outra pessoa faria? Por que alguém iria querer isso? O que isso diz sobre o príncipe? Nenhuma das minhas ideias era o ideal para uma história positiva para crianças de 7 anos. Negociamos e acabamos com "Chapeuzinho Vermelho", então levei meu nojo embora.

Em algum lugar entre o cachorro de ossos e o príncipe obcecado por uma pele delicada, acabei com os primeiros capítulos. Isso incluía uma pessoa chamada "dama do pó", sobre a qual eu não sabia nada, a terra flagelada, e Kania e Damia sendo casadas. Então, como costuma acontecer, a história ficou na gaveta por alguns anos, sendo retirada e espanada de vez em quando, até que um dia mandei cerca de dez mil palavras para a minha editora com o bilhete de sempre: "Ei, eu fiz isso aqui, você quer?". (Já ouvi dizer que alguns autores escrevem cartas de apresentação, sinopses e coisas assim. Um dia vou experimentar isso.)

Bem, como dá para ver, ela quis, e com isso tive que criar muito mais livro em um prazo relativamente curto. O que é uma dama do pó? O que elas fazem? Cadê a madrinha? Por que as madrinhas estão envolvidas? Por que meu prazo é de apenas dois meses? O que estou fazendo? Por que não virei uma cobaia da medicina, como minha mãe sempre quis? Será que eu preciso mesmo desses dois rins, quando o mercado de órgãos é tão lucrativo?

Isso tudo é normal no processo autoral, e é claro que as perguntas foram respondidas e o livro acabou sendo escrito. No entanto, suspeito que eu ainda estaria presa no estacionamento do supermercado se não fosse pela ajuda de algumas pessoas. Primeiro, minha editora fabulosa, Lindsey Hall, que ficava empolgada com alguns trechos e me ajudava a perceber que eu deveria fazer algo com esses trechos, em vez de deixá-los no vácuo. Minha agente, Helen, que já aceitou meu estilo de carta de apresentação "você quer?" e me ajuda a me lembrar de assinar documentos e ganhar dinheiro com isso. Meu leitor beta, Shepherd, que teve toda a paciência do mundo para me explicar sobre fiação, fuso e trancas de trama, e que até demonstrou como um fuso funcionava, apesar da minha recusa em adicionar mais ovelhas ao livro. E meu amado marido, Kevin, que sempre me apoia e também cria galinhas, várias das quais acabaram entrando na história de um jeito ou de outro.

Eu talvez conseguiria escrever sem todas essas pessoas, mas seriam livros piores e eu viveria muito mais aflita e talvez com um rim a menos. Quaisquer partes especialmente boas devem ser culpa delas, e quaisquer erros devem ter sido meus, apesar dos esforços deles para me impedirem.

Espero que seus cachorros sejam todos leais, bobos e de bom coração e que suas galinhas não sejam possuídas por demônios.

T. Kingfisher
Carolina do Norte
Maio de 2020

T. KINGFISHER escreve fantasia, terror e bizarrices. Por suas obras, foi agraciada com prêmios como o Hugo Award, o Nebula Award e o Locus Award. Mora na Carolina do Norte, nos Estados Unidos, com o marido, os cachorros e galinhas, que podem ou não estar possuídas. É autora de *A Queda da Casa Morta*, também publicado pela DarkSide® Books.

DARKLOVE.

*"Todo conto de fadas escondia um lado sangrento.
Todos tinham dentes e garras."*

— ALICE HOFFMAN —

DARKSIDEBOOKS.COM